FENGXING
BUXI

风行不息

任 健 著

山西出版传媒集团
山西人民出版社

图书在版编目(CIP)数据

风行不息/任健著.—太原:山西人民出版社,
2021.10
ISBN 978-7-203-11952-4

Ⅰ.①风… Ⅱ.①任… Ⅲ.①散文集－中国－当代Ⅳ.
①I267

中国版本图书馆CIP数据核字(2021)第205602号

风行不息

著　　者:任　健
责任编辑:王晓斌
复　　审:傅晓红
终　　审:贺　权
装帧设计:陈　婷

出 版 者:山西出版传媒集团·山西人民出版社
地　　址:太原市建设南路21号
邮　　编:030012
发行营销:0351—4922220　4955996　4956039　4922127(传真)
天猫官网:https://sxrmcbs.tmall.com　电话:0351—4922159
E — mail:sxskcb@163.com　发行部
　　　　　sxskcb@126.com　总编室
网　　址:www.sxskcb.com

经 销 者:山西出版传媒集团·山西人民出版社
承 印 厂:山西辰昱印务有限公司

开　　本:720mm×1020mm　1/16
印　　张:16.5
字　　数:230千字
印　　数:1—2500册
版　　次:2021年10月　第1版
印　　次:2021年10月　第1次印刷
书　　号:ISBN 978-7-203-11952-4
定　　价:78.00元

自　序

　　当岁月的车轮疾驰至我来京后的第五个年头，我忽然不再甘于让这平淡无奇的日子继续平淡无奇下去，我想，是时候做些什么了。几年间，在这座超级都市中生存的压力让我不敢有丝毫懈怠，我辗转于各种行政职务间，从事着各种琐碎而繁重的工作，一度与自己的公众号绝交，每每提笔，竟都是一些生涩无趣的公文式的文字，渐渐竟也不再有继续创作的欲望了。

　　然而历经风雨沧桑，渐觉文字仍是自己最初的，也是最终的热爱。也许这文字不够诱人，甚或无味，但回头看时，全是自己生活的点点滴滴的积累，是一时一境的独特感受，一旦错过，便不复当时。于是还是决意要重返文字之乡了。更何况，如今的自己终于可以卸下一身负累而专意于自己想做之事，岂非最美妙的人生状态？若只任时光在闲与静中虚度，岂非自误？

　　在决意开始新的创作之前，还是决定将先前所有文字做一梳理，尽管许多现时看来太过稚嫩，但毕竟代表走过。这样，也才好专意眼下，不负未来。于是，从我自己的公众号中，从研究会的公众号中，从手头的几本刊物中，从我的简书账号中，还有自己存在电脑中从未公开的片言只语中，居然整理、摘录出洋洋十多万字，以此作为多年的创作成果集。这些文字，多是近五六年的作品，再早一些的，大多已无处可觅了，却也不复留恋，不是所有的文字都值得示众的；无处可觅的，或许本就是应该消失的吧；自然，还有一些，也许当时颇有感觉，现在再读却已无味，便也舍弃掉了。

整理是从寒假开始的。在整理的过程中，才发现，这样的整理无疑是一次新的创作，需要将原有的文章重新整合，需要将一些与自己现在的思想不一致的内容修改或是删减，还有很多言之未尽的内容需要继续补充创作，于是，每日晨起锻炼之后，便开始了在电脑前的伏案工作，竟然一伏便是数小时，其间除了生活的必要事件外，便别无他事相扰了。自然，这样的清静最要感谢的是我的爱人，因为疫情，他不得不开始很长一段时间的居家生活，他虽然因为工作的难以开展而颇多遗憾，但对我却是一件幸事，每日无须关注生活的琐碎，只一味埋头于自己的文字之中，疲累时，还会有一杯热茶送到手边，真是无上的享受。感谢我的爱人，在我走过的漫长的弯路中，从无怨言，默默支撑，这才有我今日的专注与收获。此文集的成果，首功当归于他。

于是忽觉古人"不平则鸣""国家不幸诗家幸"的观点未必有理，记得一次听程翔老师的讲座，提到自己得益于无家庭后顾之忧，每日可以专心一意读书写作，方有今日之成就。我也是一样，家庭为我提供了最好的庇护，在我工作时，他们不会影响我；在我疲累时，他们会陪我一起看剧、打牌、聊天、出游，让我得以无忧于心，全力以赴，让我在创作整理的艰辛中也始终满溢幸福，实为至幸。

自然，还需感谢的还有所有曾出现在笔下的人物，他们使我的世界更加丰富充盈，他们或是我生活中的指引者、陪伴者，或是我文学道路上的同行者、鼓励者，他们让我在生活中收获感动与快乐，让我在这条道路上的行走充满信心与幸福。

本文集收录的文章多为近年来的所见所闻所思所感，以及在阅读与教学中的思考，故在整理中也将文集分为如下几个部分：爱在心间、"我"在何方、感悟生活、人在旅途、读书之思、我与语文。这些部分分别收入散文若干篇。此分法虽不免简单化，却也可一目了然，希望读者可以从中找到合于个人品位之作。

　　此文集中的文章创作之时因并不曾想过出版，往往过于随意，只作消遣之用，望读者不必深究其意义价值。

2021 年 2 月于北京

目 录

第五章

读书之思

爱在心间

总有些人，

无论岁月如何变迁，

无论世事如何无常，

都会在你心间深深镌刻；

总有些爱，

即便隔着千山万水，

即便不用言语传达，

也都让你心为之动，

情为之系。

永远的怀念

又是一个新年了。

这已是第五个新年，五年间，每到新年，家无尊长的悲凉凄惶之感便会弥漫在我与爱人心间。也是在这时，"家有老人是块宝"的古训才那样真切地被我们感知着。

与爱人相识相爱后，他曾郑重地告知我："我有三位老人要奉养，你可要想清楚了。"却不料，我们还未真正尽到奉养之劳，三位老人竟于几年间先后离世，婆婆去世时，我嫁来才不过七年。总想写点文字来纪念这三位曾在我生命中占据了重要位置的老人，可叹一支拙笔无法曲尽心意，但依然想要记录点什么，难传其神，便只描其形吧。

怀念婆婆

想给已过世的婆婆写一点文字是我一直以来的心愿。别人总说婆媳关系如何难处，矛盾如何尖锐，我却从未感受过，如果有，现在想来，多半源于我的自私，与婆婆无涉。

婆婆的聪明能干，我大概不及半分，她特别善用心思，在我这里视为莫大难题之事，在她那里都能极轻松地巧妙化解。十年过去了，很多细节我早已遗忘，只记得婆婆每日拖着矮胖的身躯在厨房忙碌，只一会儿功夫，一切收拾妥当，厨房永远是那么整洁，几乎没留下做饭的痕迹。婆婆与我交集最多的地方便是厨房，初为人妇时，婆婆总是有意识地教导我，菜刀如何放置，切菜时如何才能既快又不伤手，如何控制饭量，等等，然而，粗心马虎的我从来志不在此，对婆婆的教导从来置若罔闻，我行我素，此后，婆婆大概意识到了我之朽木不可雕，便不再教我。而从未如她所愿做好过的我，至今却仍记得她一次次重复的那些话语，并渐渐将那些动作做得习以为常了。

婆婆在世时很少与我们一起住，她与公公两个人住在村子里的旧屋中。第一次跟随爱人去那旧屋，不免有些许的失望，从来住惯了高门大院的我，看不上那低矮的平房、低洼的门楼。然而此后，那座小院留给我的，却尽是温馨：新婚后的甜蜜，每晚公婆与我们一起看电视、嗑瓜子的闲适，门前自留地中生长着绿油油的各样蔬菜。这些都让我在不知觉中感受着一份真正的家的温暖，这是我在自己的家中未曾感受到的。我们家的亲子关系、兄弟姐妹间的关系相对要疏离得多，这让我从小便很独立，对任何人都会保持一定的距离。而在这个我后来的家中，我才真正感受到了浓于水的亲情。婆婆总是会对我说，也会对她的几个女儿说："媳妇女儿都是一样的，都是我的亲人，你们也要好好相处。"她也一直以来都是这样做的，从未让我在这个家中感受过后来者的不适，而我的三个姑姐，更是比我自己的姐姐对我都亲善友好得多，我的一双儿女，便都是她们帮着我带大的。这不能不说是婆婆以她自身之正泽及后辈了。

我常想，若婆婆生于如今的时代，可以读书识字、走南闯北，她定是少见的女强人。据说老公的一位堂姐出生时多长了一个小脚趾，婆婆去看时，一刀下去，截掉了那多余的肉趾，迅速处理了伤口，那位堂姐如今一切健康。这故事听得我有些心惊肉跳，虽然隐隐感觉这样的做法过于冒险，但那份勇气着实令我惊叹不已。还听说，婆婆嫁来后，这个弟兄六人的大家庭还在一个大院中生活，二十几个人的大家庭全仗婆婆一人操持，而她不仅将一切安排得有条不紊，还主持操办了弟妹六人的婚事，还帮忙照看孩子，在我看来，这几乎便是传奇了。但这一切都不是虚构，我自己就亲眼见证了婆婆将姑姐、大伯的孩子一个个拉扯大，更让这些孩子在她身边都成长得那么健康、茁壮。倒是我自己无福消受，女儿小的时候，每回村里就会皮肤过敏；而儿子出生时，婆婆早已过世五六年了。

婆婆的去世是一场意外，也是我与爱人长久的心上的痛，唯一可以稍作安慰的是她离世前的那一年，我在北京，爱人带她与女儿来北京看我，我们同去北海划船，去动物园，去天安门前合影，又同坐飞机返回。那是婆婆第一次坐飞机，很可惜，已是暮色沉沉，婆婆竟未能看到天上的奇景，即便如此，那张与飞机的合影也被她放入相框内炫耀了许久。

常常会想：如果婆婆还在……

然而，一切如果都只是逝去后的追怀。

我的公公

婆婆在我的印象中总是那么慈爱，公公却以他严肃认真的姿容让我敬重，同时又似与我隔着万水千山。

婚前，第一次跟随爱人去他家，公公将他叫去，嘱咐他，既然都带我来了家里，就一定要对我负责任，不能三心二意。爱人的转述让我几乎感动得落泪的同时更加坚定了自己的选择。

公公少言寡语、不苟言笑，但内心同样慈爱，吃饭时，总会时不时地告诉我："把菜夹上，多吃点。"仿佛我永远是那个还没进家门的新媳妇。但除此，便没有太多的话，而我，偏也是不会奉承之人，于是，我们的交集便几乎只限于饭桌之上了。

公公从我们那里成立电业局之日起便开始担任财务管理的工作了，一直到退休，但他一生的清廉真是日月可鉴。我再不曾遇到过像他一样勤俭的人，每日起早贪黑地劳作着，几乎一刻不停歇，但却连家中做饭生火都不舍得使用火柴，而将硬纸片剪成一条一条的悬挂在灶前，要生火时就着火炉点着，再引燃柴火。他的俭朴以至于吝啬常常成为家里人甚至村里人的笑料，他也不以为然，依然如故。公公退休后在村里设立了一个储蓄点，每到年前，他都会跑去银行换取面额不等的大量的新钱，村里无论在他这里有无储蓄的人，都会来他这里换新钱，于是那几天家里便总是挤满了来换钱的人，他也总是不厌其烦地一边听着人们对他善意的嘲讪，一边认真地数着钱，从没听说过有弄错的时候。

与公公真正的交集始于婆婆去世那年，我们将他接到身边来住。婆婆的去世显然给了他沉重的打击，他的性情大变，对一切人一切事似乎都看不顺眼，连看电视也不免嘟囔着："都是骗人的。"一直处在忙碌之中的他，一旦闲下来，大概浑身不自在，在家中走来走去，不知该做些什么。爱人工作忙，我又很少主动与他搭腔，常常是他在客厅干坐着，我在卧室闭门做我自己的工作，现在想来，那时的他一定很寂寞，很希望有人与他说话，可我却如此无情地用一扇门隔绝了他的希望。

考虑到住在五楼上下楼不便，我们便在对面小区的一楼为他购置了新房，从此，守望成了他生命中最后几年的核心词。他常常站在阳台的窗前守望，我因为做饭时来来去去的行人太多，便将下面的窗户贴上了玻璃贴膜，这让他不快了很长时间，却并没有让我揭下来；有时，他会站在小区的门口守望，孤单的身影佝偻着，远远望去，令人心生凄然；如若望见我爱人的身影，他便急匆匆地奔过去，全不顾路上来往穿梭的车辆，时常让人担心；甚至，他会走到我爱人单位的门口守望，以至于人们笑说门口多了一名保安，这给我的爱人正常开展工作带来了一定的影响，但又不便忤逆他，只能在每次听说他在单位门口时出去劝他回家。以后，每每回想起他，脑海中出现的便是他落寞的守望的身影。

很多年我都在疑惑，他到底在守望什么。大家最惯常的解释便是人到老时特别脆弱，需要身边有人陪伴，然而，儿女环侍也好，我们为他找来的保姆每日陪他出门也罢，都不曾消减掉他眉间深深的落寞，他似乎一直有所等待，却不知道自己在等待什么。很多年后，他严肃认真的面容渐渐淡去，我再去想时，才似乎渐渐悟出，他并不像表面上那样坚强，一生耿直的他，其实就像婆婆一直宠着的一个大孩子一般，任性而执拗，只是随着自己的心意不停歇地做着自己认为对的事情而已，外界的风雨，自有聪明圆融的婆婆去应对，一旦婆婆离去，他的支柱就此坍塌，他便从此陷入了无所适从的境地之中，他的灵魂，或许早已随着婆婆而离开了。于是，他的本该让人羡慕的晚年却抹上了一层悲凉的色彩。

公公的追悼会很是隆重，单是人们送来的鲜花便摆了几百米，从我家巷口一直到村口，我想，他若有知，一定又会责怪大家的铺张浪费了。他在世时，村里人有时会拿他的"小气"寻开心，现在，人们却几乎都来了，更多地念叨着他的正直善良，真诚地向他致敬来了。

记一位老人

爱人要奉养的第三位老人，是他的养父。

爱人在大概四五岁时进了他的家门，这是因为他年事已高而膝下无子，百般哀求公公将幼子交给他照看，公公是个正直而又善良的人，又看在同村的份上，就答应了他，于是，爱人成了他名义上的养子。老人千恩万谢，从此不仅担起了养育爱人之责，也义务担起了公公农田中的一切活计，因为那时公公在县城上班，常常顾不上照看农田。而爱人从那个家教甚严的家中走出，从此备受呵护宠爱，颇有"小霸王"之风，我常想，爱人之所以不同于他哥哥那份拘谨小心，而能阳光开朗、敢想敢做，大概应归功于老人的这番呵护宠爱吧。

然而我想要纪念他，却与爱人无涉。老人的日子很落魄，两间低矮的小土屋，泥墙在一次次夏日的大雨中已被冲刷得泥坯剥落、斑驳不堪，大门上的锁徒有其表，因为那扇木门估计连我都可以一脚踹开。初见老人时，我是满怀着同情可怜的，但因他满口费解的晋北方言，我连与他对话的心思都没有了，只是好奇他何以从那么遥远的应县来到这样偏僻的村子中。

谜底的揭晓令我震惊：老人原是国民党驻闻喜部队的总指挥官，国民党军队失败后，最终选择了来到这偏僻的村庄度过余生。我问他可曾后悔，老人说："只能怪自己走错了路，但再去走另一条路，那便是人品的问题了。"我又问他，可曾痛恨共产党，他说："共产党还是好的，对待不投降的俘虏，还是给了一条生路，换作是国民党，这些人可能早就没命了。"

从我见到老人时起，他便一直独居着，我们也只在每个周末去探望他，他却从未流露过消极索然之意，他生活极端俭朴，却总是精神抖擞、侃侃而谈，他会给我们回忆那时国共力量的此消彼长，会分析当今的社会现状，更多地，还是鼓励我们好好工作，不是为多挣多少钱，而是要对得起自己的良心。

老人一生嗜烟，烟斗总不离手，直到他去世前两天，我们还专程到运城为他购置他习惯了的烟叶。而这也并未能侵损他的身体健康，他活到了九十多岁，生命最终化为一缕轻烟。

还记得一次他问我可有繁体字的书，我说有，他想借来看，我却在工作的忙碌中忘却了此事，如今想来，满是追悔。

年关之思

一

又是年关了，想到自己不能回家探望父母，心中沉沉地装满愧疚。春节不回家也有过一次，那年因公公去世，我们举家去了三亚，以免感受过年时没有大人可以奉养的悲凉。然而也不过一周多的时间便回到了家中，再去拜望父母。今年却是当真决意不回了，因为儿子过了初六便要上学。但是在这年关之时，思亲之情还是不由升起。

这种乡情于我是少有的，早已习惯奔波的我，少有他人渲染的那种浓郁的乡愁。这种性情，大约正是秉承了父亲的情感冷漠吧。这么说似乎有大不敬之意，然而我想，自小失怙的父亲会如此，本是再自然不过的了。自然，父亲对我们兄弟姐妹几个还是很慈爱的，我印象中最深的一次是在我五年级那年，下着大雨，父亲去学校接我，不近的一段路，父亲背着我，我撑着伞，有几个看到的同学不免讥笑我："都那么大了，还要爸爸背。"我要下来，父亲却执意不让。我很少感受到父亲的不舍，无论是我们上学、就业，或者各种远离，父亲都很少表现出不舍，至少表面如此。这也使得我们兄弟姐妹彼此间也是如此，虽然有事总会相互关照，不用挂在嘴上，但平时的交往却淡漠得很。

然而另一面，我必须感激父亲的是，我从他身上秉承更多的是一种大气、一种贵气。父亲出生于我们当地最大的财主之家，虽然父母早亡，又因日军的入侵而不得不寄养在外祖家，但他身上那种万事不萦于心、做事果断利落的大气，却是一般人所难及的。父亲年轻时因他的出身而经受了不少苦难，但他似乎并不以为苦，批斗会上，他一样戴上了"黑五类"的帽子，但批斗一结束，他便开始在台上侃侃而谈，讲那些村里人从未听说过的见闻，引得许多人围过来听讲。他是那个年代的知识分子，受命运的捉弄而一生在农村度过，却从不叫苦叫屈，总是笑谈天下之事，那份乐观洒脱在我遇到的人中当真是少有的。父亲现今已是八十高龄，却精神矍铄胜于年轻人，每天快步走在大街上，总会引人关注，这也是他的一大骄傲。受父亲影响极深，我于外物也并不太挂心，所以虽也经受了不少挫折却能始终保持乐观的心态，无论处境如何也能自我开脱。自然，孤身在外也不觉凄然也便不在话下了。

母亲一生平淡，没有经历过什么大风大浪，然而她却是个不甘于平淡之人，她很勤苦努力，大概总想通过自己的努力改变命运。这点也遗传给了我们，我想，我的不甘，我的努力，也是母亲馈赠给我最好的礼物。母亲年轻时办过缝纫班，我记得每年寒假时都会跟着母亲到各村各镇去张贴招生海报，而一旦开班，因为学生众多，母亲又要一边教学，一边忙于家中各种事务，以至劳累过度，有一次竟晕倒在地，送医院就医了。然而她依然坚忍着接受生活的各种严酷，五十多岁那年，母亲被查出腹部肿瘤，手术后，医生说，那么大的肿瘤，不知已积了多少年，然而母亲却从未说过不舒服。母亲是个坚强的人，自己有能力完成之事从不求助于人，甚至不向自己的子女求助，现在也一样，母亲很少开口要我们帮忙，家中每个子女都有车，但母亲前几年去看望外婆，总还是自己去搭公共车，虽然颇费周折，也不肯开口。

母亲影响给我的除了她的坚韧坚忍，还有她宽容的性情。我几乎很少听到母亲说哪个人不好，她总是设身处地替他人考虑。对于我们兄妹们的婚姻也是如此，虽然我们婚前她同样免不了会从一个婆婆或是丈母娘的角度去挑剔，但一旦我们确定下来，她从不会在子女面前说一句媳妇或是女婿的不好，如果要说，可能就是这段婚姻已然难以维持了。对于我的爱人便是如此，到现在为止，我没有听母亲说过爱人的不好，而爱人也说他当初因为母亲并不像其他为人母者一样过分计较他那时没有房子没有工作而更加坚定了与我的情感。母亲虽然不像父亲那样出身于大户人家，却也一样有着一种大气的风范。

特别清楚地记得，父亲有几年在全国各地讲学，在西双版纳待了几个月，想让母亲前去，然而我们那里到西双版纳，实在是一段特别艰难的路程，那时运城还没有机场，要去西安乘坐飞机，到昆明后还要转机，谁也不放心让年过六旬的母亲一个人出门。于是我们几个纷纷劝说母亲不要去，母亲没说什么，然而晚上回家时，我却发现母亲在偷偷垂泪，我才猛省，原来年过六旬的父母彼此间的牵挂如此之深，那么，我们这些做儿女的做得岂非太过无情？第二日，我向单位请了一天假，陪母亲辗转来到了西安机场，买好去昆明的机票，又很担心她能否顺利在昆明倒飞机，要知道，那可是母亲生平第一次坐飞机啊。然而她只是微笑着，并没有一丝的忧惧，向我摆摆手，走进了候机室。那微笑到现在还清晰地印在我的心间……

感恩我的父母，虽然他们没有能给予我很多金钱或是权势地位，但却在我的血液中注入了他们的基因，让我可以在艰难中坦然自若，在现实中执着于理想，在前行时始终清醒地保持着自我。不能回去探望，便只能将这一份思念放在心底，以这篇文字权寄深情了。

二　怀旧

又是年关，又是思亲之时。

去年过年，我没回家，时近年关，思亲之念便越来越盛，才有了上面一篇文字。今年过年，我回家了，然而父母留在了海南过年，邀我也去，又因爱人工作忙碌不能成行，竟不能一见，于是，年关之时，思亲之念重又袭来。

似乎每隔一段时日便要去看望父母已成习惯，虽然不过是小坐一会儿，或是一起吃顿饭，但之后便觉心安，便能够重新放下思虑，全力以赴于自己的工作生活了。只是这一年余，离得远了，不能常常见面，便会常常心下不安，即便电话问候，也觉不能尽到为人子女应尽之责。又想到事实上这些年真的从未陪同父母生活过哪怕只是几日，竟在年关之时，也只能遥相问候，一时心头百味齐涌而至。上学时，我是个从不恋家的孩子，但凡有时间，定会四处寻朋访友，而不肯安于家中，倒是婚后，因为很长时间我们自己不开锅灶，父母那里便成了我们蹭饭之处，每次去后，只管在沙发上一坐，等着开饭，而丝毫不觉不妥，只是不知从何时起感觉到了父母的苍老，于是，在家中聚餐的时日渐少，而不知不觉间转战到了饭店之中。于是，连家门进得都少了，常常是一个电话，让父母在小区门口等待我们去接，饭后便各自回家了。昨晚看到电视上一则小品，母亲去看望女儿，虽然心知女儿欺瞒自己，却不愿声张，只为了能多陪女儿一会儿，竟看得我泪落如珠，在此年关之际，诸事顺心遂意，唯此一件耿耿于怀。

昨日下午无事，带孩子去父母所住小区附近的游乐场玩，车近小区，往日下车探望父母的情形又浮上心头，而此时却只能缓行而过，心头忽然升起一丝酸涩，但转念想到父母一生辛劳，晚年总算可以安静地享受生活的舒适惬意，心中的遗憾又减轻了许多。

心中这样想着，游乐场已到。门前依然车满为患，找不到停车位，便一直向前开去，前面不远，便是我生活了二十多年的故园了，忽然生念想去探看一番。车一转弯，便将街道的繁华喧嚣抛在了背后，那条我走了二十多年，后来也曾不断往来的宁静的村中道路便在眼前了，不同的是，两旁原本简陋的房舍现在已全部建成了高门大院，尽显现代化乡村的气派，偶有从两旁的家门中走出的村人，竟没有我熟识的面孔。尽管车速已降到最低，但那村子正中拐角处的二层小楼依然那么快便映入了眼中，那曾是村里最气派显赫的房屋，不过现在，多年未住人，而周边的房屋又都经过了翻新，它便略显破旧了，但它却也不失身份地挺立着。背后的小窗也依然成为我第一个关注的对象，同许多年前一样，因为那是我曾住过的房间，那房间中发生过的种种过往，此时也都只似昨日了。

再转个弯，屋舍的正门便在眼前了，依然是古铜色的大铁门，依然是略显高陡的门坡，依然是门的两边可以坐下歇息的石凳，只是门的上方高悬的"涑滨居"三个大字被后来家中添丁时悬挂着的喜帘遮蔽，只是那熟悉得令我心悸的大铁门现在由锁将军把关。闭目，想象着进入家门的情形，宽阔的门廊，旁边是大大的厨房，院子正中砌着汉白玉的栏杆，栏杆通向正屋之中，进门，正对面是那时特别流行的高高的一排组合柜，旁边是家中称得上古董的长四五米的条几，上面放着同样称得上古董的梳妆镜，虽然我知道现在它们早已随父母搬家而搬走了，但在感觉中，它一直便在那里，诉说着岁月的故事……

放下冥想，想要下车再近距离看看，又觉得有些发怵，怕被偶过的乡人看到，于是没有下车。向前，便是小时候常走的田间小道了，后来旁边建起篮球场，来丰富村民们的生活，但现在，那个篮球场显然也成为停车场了，儿时的踪迹，都只能在意念之中。继续向前，每座房屋，都会与一些我熟悉的人们相联，都会有一段与我相关的往事浮现，而左手边的田地，那时人们生活最大的凭借，现在竟有很多都是荒芜的，包括很多年来一直都是我家的那片田地，那片田地最好辨认，因为它的正前方便是村里的水塔，水塔前原本有着一个大大的蓄水池，小时候，清水每日从粗粗的铁管中喷涌而出，这里便成了村人洗衣、淘菜，当然也是孩童们戏水的最佳场所，现在，蓄水池早已没有了，连同自己的很多记忆也消散了。

右手边有一段破败的墙垣，不知为何没有随同乡村共同发展，那里曾是一处阔大的场院，是那时人们晾晒小麦的好地方，自然也是我们儿时的游乐场所，那时的我们是自由的，没有大人会不让孩子们出门，一玩往往便是一上午或者一下午，什么时候饿了才想到回家，大人们似乎也并不急于让孩子们回家。那时的我们，都会有一些关系要好的同伴，一天中的很多时间，便是与同伴一起度过的。我们最常玩的便是砸沙包和跳皮筋，这大约是那个年代的人们共同的回忆吧。

一路向前，一路向儿子讲解着我的童年、我的往事，竟不觉间湿了眼眶，回过头去，后座的儿子竟也湿了眼眶，问他，他说是想到了自己童年在村里生活的时光，不免笑他多情，又为他的多情而感动。

　　怀旧之思似乎越来越盛，大约真是年岁渐长之故吧。许多年来，与家乡的距离越走越远，眷恋之情便渐渐从无到有而渐渐浓厚。此次回家，让爱人带着我和儿子绕行几十公里，直走到大山脚下，看山岭间那还未融化的积雪，吹吹那寒透骨髓的山风，这些我从未眷恋过的风景，现在都被我放在心间了。与此同时，我也知道，我已成为漂泊的游子，思亲怀旧，不过是游子在羁旅之中寻求的心灵慰藉而已。

一帆风雨路三千

家中的微信群里，侄女问奶奶在不在家，说是晚上梦到奶奶，今天要过去坐坐，不过因为孩子睡着了，还得稍等一会。心急的奶奶没过多久便回信息说："我和爷爷现在过去。"

这大概不过是他们生活中最平常的一个插曲而已，却不知这简短的几句对话触动了千里之外的我内心最脆弱的神经，以至于在教室看自习时竟然泪眼婆娑了。

我必须承认，自己一直不是一个情感丰富的人，对于父母，我从来不知该如何表达我的情感，但这些年，早已养成了每隔十天半月就要去探望父母的习惯，虽然往往也只是同他们吃一顿饭而已，然而一顿饭过后便觉心安了，又可以全心全意于自己的家庭生活，否则，可能会一直在心上挂着此事，一直到见到他们为止。这次，竟已是半年未见父亲了，母亲离开我这里回家也已月余了，心下便不安起来，这几日竟会常常梦到母亲，侄女说她梦到奶奶，便正触动了我的心弦。

从小，我便是母亲的跟屁虫，那时，母亲在农业社的缝纫组里，我每天放了学就会径直奔向那里，等到母亲忙完，同她一起回家。母亲一到晚上会视力不佳，我便充当了她的夜视灯，一路问这问那，母亲还总记得我那时将天上的月亮看作数字，时常念叨，说我有想象力，其实大概小孩子都会如此吧。后来，母亲自己在家办起了缝纫班，我也总厮混在其中，每期学生学完，都会有一张合影，我记得每张合影中都有我，可能一直到上初中。

结婚后很长时间，一直处于无家的状态，公婆离得远，娘家便成了我们蹭饭的地方。每次去了，只管往沙发上一歪，电视一开，心安理得地等着母亲端上满桌饭菜叫我们吃饭，爱人常常为此而批评我，我却不以为然，似乎觉得回娘家就是该放下包袱安心享受的时候。现在想来，终于明白什么叫港湾了，原来，母亲那里，一直是我的港湾啊。

父亲也是我的港湾。第一次坐火车去运城，第一次见识西安古城的庄严华丽，第一次来到首都，从此开启自己的梦想之旅……这许多的第一次中都有父亲陪在身边。毕业那年独自来京，半个多月，寄人篱下，找不到工作，当接到父亲的电话要我回家时，我再也绷不住脆弱的情感之弦，在电话中泣不成声，第二天就打道回府了。在父母那里，无论我长到多大，都只是一个孩子罢了。

初中时，电视正热播《红楼梦》，我是最着迷的一个，就连里面的每一首插曲我都能哼唱得出。最能扣动我心扉的是那首《分骨肉》："一帆风雨路三千，把骨肉家园齐来抛闪，恐哭损残年，告爹娘，休把儿悬念……"曲调虽有些低落悲凉却也不失激昂旷放，许多年来，我都会在无意中回味那曲调，却没想到，这唱词竟成谶语。如今的我，远离父母，再也不能恣意享受父母的宠爱，反给父母带来了许多的担忧牵挂。母亲主动提出要来帮我带孩子，我又怎能忍心她年事已高还要受此劳累？然而她还是来待了两周，这大概是自我婚后母女相处时间最长的一段日子了，然而工作与孩子的负担已使我每日没有精力多去陪她，想来她在这里的日子会很孤单，况且年过八旬的父亲独自在家又怎么让我安心？人生不知为何总是不能圆满，想来总是会有如此多的遗憾。然而这遗憾又只在自己心头，依然学不会向父母表达，于是竟不免羡慕甚至嫉妒起侄女来，她总是那么善于表达，得人欢心，而我，却总是习惯于将情感放在心间。

一帆风雨路三千，把骨肉家园齐来抛闪，恐哭损残年，告爹娘，休把儿悬念……

夜曲

说不清是第多少次怄气了，我的心情糟糕至极，为了心中向往的美景，我毫不顾惜地放弃了那份令很多人羡慕不已的工作，整理行装上了路。然而，还没有机会去打一场或者成功或者失败的仗，便被宣判了死刑。回到家中，每日面对柴米油盐的烦琐，我的愤懑、苦涩已经无法收敛，每一件小事都可以成为自己发火的理由，每一句安慰的话都被当作一种讽刺。这次，我又在一次原本和美的两家人的饭局上因为闹情绪扭头而去，全不顾旁人异样的目光。

走到楼下的长椅前，仍然无法排遣心中的郁闷，独自坐着，一年的辛苦付出与结局的巨大反差又令我几乎落泪。仅仅几分钟，爱人的身影便又出现在我的视线中，走到身边，仍是不愠不火地说："回去吧。"原本喷薄欲出的怒火便再次被这话语浇熄。原以为他会不理会我的无理取闹，继续与朋友的欢聚，可他还是来了，没有抱怨，没有争吵，平心静气地，不去触碰我那敏感到可怜的自尊。

夜半，爱人和孩子都熟睡了，我却睡不着，爬起身来，打开电脑，无意识地浏览着邮箱里以往的信件，几乎全是爱人发送给我的呵护与关心，是他在我身后一直默默支持着我。我忽然意识到：结婚至今，十年的光阴，自己何其自私、无情，没有考虑过家，没有考虑过孩子，没有考虑过经济，只是一心一意地向前奔。我总是天真地以为，自己拥有的一切，都是自己这些年的努力换来的，是没有依靠过任何人的；也总是狂妄地以为，即便失去家庭，我也不会伤心难过，我能撑起属于自己的天空。然而，那个夜晚，当往事的点点滴滴荡漾心头，我才发现，一直以来，我都错了……

从最初在火车上的邂逅开始，我们便与列车、车站结下了不解之缘。生性难以安定的自己，已无法记清将多少时光掷于列车之上，只记得每一次出行，每一次回家，站台上，总会有他熟悉的身影，默默地等待，默默地守望，没有对于不肯成为贤妻良母的妻子的任何抱怨，只是无声地支持着、鼓励着我。而我，每一次下车，第一件事，便是顺手将大包小包全都塞到他的怀中，然后洒脱地谈论自己在外的所见所闻；每次乘车而去，则满怀着对于外面的世界的新的憧憬，全忘了车下送行人的牵挂。

怀孕时，一次意外事件，让我差点流产，是他，在我们那个权且当家的小办公室里悉心照料我。办公室里没有办法做饭，每一顿饭他都必须走很远一段路才能买到。至今我仍清晰地记得那个风雨交加的寒夜，已是子夜时分，我说饿了，他二话没说，爬起身来，不顾我的极力劝阻，不顾我的满怀懊恼，便冲入风雨之中，到夜市去为我买吃的，站在窗边，看到他急行的身影，我的泪也如窗外的雨，滂沱而下。

孩子才三岁多，我便又毫不留情地去北京读研了，从此，我们的小区中，总有他独自带着孩子的身影，他成了众人眼中的"模范丈夫"。现在回想，我常常会感到迷惑，在那两年的时光中，一个大男人，怎样去面对独自带孩子的艰辛，怎样去面对周围人或善意或挖苦的嘲讽，却始终没有对我有过任何指责。并且，每一次回家，站台上依旧会有他的身影，而家，总是被收拾得一尘不染地迎接女主人的归来。

独自在外的岁月，虽也有过无限荣光与辉煌，却无法掩饰内心的孤寂与无奈，常常会独自落泪，独自忧伤，他成了我最大的安慰。每晚，他都会给我打来电话，于是，守望电话便成了一种习惯，拿起电话，我总会不由自主向他倾诉委屈，听他给我安慰鼓励。有时，他会在电话中唱歌给我听，他的声音很动听，唱得最多的，是那首《等你等到我心痛》，每次听完，我总会泪流满面，但心中却已释然，似乎重新寻回了一种力量，支持我继续向前奔走。接通网络后，我们的联系方式改为电子邮件和QQ聊天，但无论何种方式，一成不变的总是我的倾诉与他的安慰，从不记得他向我诉及过生活的无奈与心酸。现在想来，一个男人的胸怀，真的是可以撑得起整个世界的。

……

曾经年少爱追梦，一心只想往前飞，却全然忘却了身边的风景。那一夜的突然反省让我终于看清了自己，在泪落如雨的那一刻，我知道，我不会再为现实的不如意而苦闷不堪，我的心灵将不再孤单，我会从此珍惜手中满溢的幸福。

学会爱

　　一旦习惯于奔波忙碌，待到一个长长的假期可以任由自己懈怠无为，反而觉得处处别扭，处处不适应了，这大约便是我这个假期最真切的感受。爱人说："你难道不觉得这也是生活的一部分吗？眼里只有工作没有家庭了，你的工作还有什么意义？"想想也是，许多年来，家在我心中似乎从未占据首要地位，我从来都是一往无前地昂首阔步，很少回头看看后方的大本营，认真想来，不过因为这大本营让我一直心中踏实安稳，不用顾及罢了，但也因此而错失了许多最平凡的幸福，少了很多付出的快乐。

　　其实我不想承认却不得不承认的一点，是许多年来我一直缺乏爱的能力。周作人因他文章中对故乡真实却不免冷漠的观点而受人诟病，我却能真切地体会他的感知。我知道无论从道义或从情感，我都应该爱我的故乡，但我真实地爱不起来，我想不出我的童年有哪些值得回味的快事，想不出我的少年有哪些值得牵挂的伙伴，甚至想不出青春时期朦胧的爱情有什么值得追怀的故事，故乡在我的心中大约只剩下了家人与朋友，然而对于家人与朋友，我似乎长久以来也并未视为不可或缺，我只在自己的世界中咀嚼自己的感受，很少顾及他人，甚至包括父母。而这一切，在很多年中我都视为理所当然，现在想来，不过是爱的缺失罢了。

　　如果没有那一年生活对于自己的沉重打击与爱人在这其中坚定而有力的支撑，我大约会如《乱世佳人》中的斯卡利特一样，一直追寻着一个毫无意义的意念中的目标而迷失自我，在终于幡然醒悟时却发现已然错失最珍贵的美好。大约也是从那一年起，我才懂得什么是真正的爱，我该如何学会付出我的爱而不是只希望从别人身上索取。我不再以自己口无遮拦的对他人的伤害而自鸣得意，不再自诩自己居于道德精神的制高点而对他人鄙夷唾弃，因为我渐渐明白，所谓的心直口快不过是缺乏站在他人角度替他人着想的自私自利，所谓的道德精神更是自我意识膨胀而无视他人境遇的借口，妄自揣测别人的生活别人的情感毫无意义，因为你不曾经历不曾有过别人的感受，学会尊重才是更好的为人处世之道。

对这一点的清晰认识也缘于一双儿女。女儿身上有很多我的影子，从她那里，我看到了原生态家庭对子女会产生怎样的重大影响，不过还好，在我自己渐渐意识到这些的同时，她也在不断地进步着。这个假期，在她可以真正放下学业的压力与我们用心相处时，我可以看到她有时喜怒无常但却尽量控制自己情绪的努力，可以看到她从原来对弟弟的漠不关心到愿意为他付出耐心与情感的尝试，这个假期，对她而言，与其说是一个彻底放松休闲的假期，不如说是她学习爱的能力的过程。儿子却恰恰相反，他表达爱的能力特别强，他会用他丰富的表情与夸张的动作让你意识到他需要你的陪伴，需要你的关爱，让你不得不将精力放在他的身上，他爽朗快乐的笑声会感染你，让你从这笑声中学会爱，与其说是他在渴求我们的爱，不如说是我们在向他学习如何爱。

人生的学习从来没有止境，我一直这样认为，对我而言，要学习的远远不止自己的专业自己的工作，更有爱的能力和生活的能力，《乱世佳人》中那些并未接受过多少正规教育的所谓"上等人家"的女子却大多接受过如何成为一位贤妻良母的教育，这大约是我们这个社会所缺失的。学会爱，大约远比学会知识更重要。

随性不随意

　　儿子生性执拗，在他大约三四个月大时，这执拗便已体现无遗了。那时他开始对灯的开关感兴趣，每次抱他在家中走，一到开关处，他总会努力伸手去够，如果无视他的努力继续向前，他会拼命地扭转身子并伸着手，试图让我转身，直到如愿以偿，才又恢复安静。发展到后来，他想要得到什么，总是会尽其全力孜孜以求，尤其是在他迷上了玩具小汽车之后，家中的小汽车便泛滥成灾，他却永不满足，只要看到新的便走不动道了。为此，我开始与他约法三章：1.家里已有的车型不可以再买；2.如果想要买其他的东西，便不能再买小汽车，否则就必须放弃原本想买的东西；3.如果提前约好不买，就必须遵守承诺。小孩子对这样的承诺往往并不放在心上，毫不思索便点头答应了，但是在以后他想要买玩具车时，我便会提出我们的承诺，要求他遵守，儿子居然毫无违背地做到了。守诺意识就这样渐渐在他心里生了根，只要答应了的，他大多都能够主动遵守，不再只限于这一件事了。

　　儿子迷上汽车是从一岁多就开始了的，不只是玩具汽车，也包括真正的汽车，无论走到哪里，他的眼球都会锁定在或疾驰或停靠的汽车上，还要挨个问我们："这是什么车？"我告诉他，爸爸的车叫"本田"，他很快就记住了，并且每见到一辆本田车，就会说："这是爸爸的车。"我开始以为他是认车型，小孩子不免会认错，怎么可能无论越野还是轿车都是爸爸的车呢？一段时间后我才发现，他是在认车标，这令我震惊不已，因为我们从来没有教过他应该认车标。两岁时，站在大街上，他几乎能够准确无误地叫出每一辆驶过的车的车标，经常让身边的人惊叹不已。并且，不仅仅是车的标志他能够准确辨识，其他的标志他也会无意识地辨认出来，他爸爸在电力公司上班，办公大楼上有一个显著的电力标志，他居然在家里的一个便签本上一眼辨认出来："爸爸上班的地方。"这也是我们从来没有教过他的。这些让我意识到，他的天性中有着对于事物特色的敏锐辨识力及对世界的主动探究意识，这以后，我也会有意识地引导他去辨识那些标志或是一些有特色的生活场景，例如大街上的盲人道、各种交通指示标志，一些比较有名的商家的标志，还会给他讲解空中电线的架构，讲解发电的原理，虽然这些实在不是我这个学文科的妈妈的专长，但只要孩子提出问题，我都尽可能做到耐心讲解，他也会认真地听。有一段时间，我们约定，每天晚上临睡前提六个问题，儿子提的问题颇有一些值得深思，例如人为什么会有影子、门为什么能够开关、地球是圆的可是我们为什么觉得它是平的，等等，有些问题我回答不上来，便答应儿子等查到了再告诉他。我的不厌其烦也使儿子明白做事要有耐心，有时我们在说话，电话响起，我告诉他我要接个电话，他便在一旁耐心等待，并不哭闹或催促。一次等公交，好长时间不至，我提出要打车，他便批评我："做事要有耐心，不可以着急。"

儿子的语言系统发展极快，一岁两三个月时，他还仅仅只会叫最简单的"爸爸""妈妈"，令我很是担心他的语言能力的发展，但仅仅两三个月的时间，他就迅速掌握了大量词汇，并基本能够表情达意了。别人不经意中说出的词汇会迅速转化成他的语言，例如那时他姑姑带他，他姑姑爱看娱乐节目，"开门大吉"与"星光大道"很快便成为他的词汇，到处搬弄，让大家忍俊不禁。两岁时，他已掌握了绝大多数语言规范，与成人对话可以没有障碍了。特别令人称奇的是，迫于工作关系，他一岁后我便没能一直带他，他的周边环境中全是方言，只有周末的两天回到我身边，教他说普通话，但他的语言竟自觉地以普通话为基调，偶尔冒出的方言反倒让人大笑。我不知道语言学家有没有进行过这样的研究，是不是小孩子都会自觉地选择自己更乐于亲近的人去模仿他的语言呢？不过，这也让我意识到对他的语言表达的培养，从那时起，我开始带他读绘本，除了在附近的绘本馆借阅，家中买的绘本也不计其数，每天晚上给他读，在读的时候，我会有意识地强调一些比较书面化的词语，他也会时不时地问我哪个词是什么意思，就这样，他的词汇量渐渐增大，例如他会用"慢吞吞地"来形容别人行动迟缓，会用"五彩缤纷"来形容自己看到的美景，朋友来家里，对他的词汇运用能力很是称奇，觉得这么大的孩子能够使用这么多的书面语实在是很稀罕的。现在，阅读已成了我们的一种习惯，有时我没有时间陪他一起读，他也能够自己拿起书来静看了，在阅读的过程中，虽然没有刻意教他认字，但现在他也能够认出几百个汉字了。

儿子的又一天性是谨慎，从小，无论别人给他什么，在他还不太确定这东西是否安全之前，他不会随意触碰，才几个月大时，一次母亲递给他一朵花，他竟然缩手不去拿，引得我们大笑。这种谨慎的性格倒是有不少裨益的，例如他几乎没有过从床上掉下来的事情，除了一次我不慎将垫子放得超过了床边。然而这谨慎也使他很多时候缺乏一种尝试的勇气，甚至是孩子们玩的弹跳床，一直到现在他才敢放心大胆地玩。这也包括在学校中与同伴们的交往，他也很少主动，在老家上学时，他的老师常常告诉我他的性格偏内向，但我以为，内向是后天的，大概与我在他两三岁时未能充分尽到母亲的职责有关，而谨慎却是先天的，如何让他的谨慎成为优点而非内向的根源才是最重要的。他父亲的社交活动较多，我总是尽量鼓动他带孩子去，让孩子多接触不一样的人，见识不一样的世界，而自己也是只要有时间就带孩子出门，陪伴或鼓励他参加一些他先前不敢参加的项目，尝试得多了，他的胆量渐渐大了起来，尤其来到北京后，幼儿园人性化的教育理念也使他活泼的天性被激发出来，做事不再畏首畏尾了，现在，无论到哪里，他都能很快交到朋友，玩得不亦乐乎了。

儿子生性平和，这大概也与我怀他的时候的平和有关，他从小便极少哭闹，比别的孩子省心得多。在他快要过周岁生日的那个寒假，我们带他去了三亚，每天下午，我们都会在海边的沙滩上带他看潮涨潮落，看夕阳西下，他似乎很惬意于那种状态，特别是我双手拉着他在沙滩上学走路的时刻，他显得特别开心，脸上总挂着笑，是那种真挚而又友善的笑，这大概是他性格中最显著的一面。他的平和、友善总是写在脸上，遇到任何状况，他都很少表现出过激的性情。有一段时间，自己因为境遇的不顺心，有时不自觉地将情绪带到家中，结果，那段时间，儿子的戾气似乎也比较重，常常哭闹，这也让我意识到，家长的言传身教对孩子影响之重大，我开始努力控制自己的情绪，即便有再不开心的事情，晚上依然尽可能平和地陪伴儿子，引导他做一些力所能及的事。遇到他将饭碗碰洒、打碎，将东西撞翻的情形，我从不会重言相责，只是和他一起收拾残局；晚上他会在地上摆满玩具，睡觉前我会提醒他自己收起；家中养的花我会提醒他浇水，垃圾收拾起来会要求他去扔，晾衣服时会请他帮忙……现在，他已算得家中的一个小大人了。只是有一种情形我会严厉地批评他，便是在公共场合他不遵守规则的情况下，如果当时无法劝止，事后我会再三跟他提起，让他意识到问题的严重性，以免再犯。小孩子其实是很容易讲理的，他们之所以不讲理往往是因为大人的怂恿，所以，说明了道理，以后他便不会再犯同样的错误了。

我总在想，人的性格中，先天的成分一定远远大于后天的养成，后天若没有碰到什么严重的变故，这种先天性格往往会成为人生的主导，而家长适时适度的引导便显得极其重要了。要随其天性任其发展，但不能无原则地迁让纵容，随性而不随意才好。

家有"暖男"

儿子是家里妥妥的小"暖男"。

这与我最初的预期可大相径庭。他还没有出生的时候，我们曾做过种种设想，大约因为做姐姐的很多地方随了爸爸，比较温和，比较多话，我总以为儿子一定会随我，一样的沉默，一样的冷酷，一样的执着。于是，他的形象在他还没有真正来到这世上的时候已然被我界定：瘦峭、冷峻的面容，沉默、不易接近的性格，执着、冒险的精神。

万不曾料的是，他与我的设想基本无缘，甚至全然无干。一岁时，我把他送到大姑姐那里断奶，十天未见，当我推开大姑姐家门那一刻，他正趴在地上玩小车子，抬起头一看见我，便"哇"的一声大哭起来，丝毫不加掩饰不觉害羞。从那时起，我便明确地知道了，我所设想的他的喜怒不形于色完全是一种臆想。

他表达感情便从来是这样直接明确，绝不含糊。两三岁的时候，一次在小区带他出来遇到同事，我们坐着聊了一会儿，他在一边玩着玩着突然跑到我身边说："妈妈，我爱你！"然后在我脸上大大地亲了一口，同事笑着说："真是一个小暖男啊！"倒让我有略微的尴尬了。还有一年他暑假放得早，比我先回老家，一天跟着爸爸与几位叔叔一起吃饭，大家正聊得欢，不曾想他突然放声大哭起来，问他怎么了，他一边抽噎一边说："我想妈妈了。"这样的情形跟着我时也有过，一次带他去天津，坐上有名的"天津之眼"摩天轮，升到半空，我正兴致勃勃指点他看四处的风景，他却又满眼泪水，说："我想爸爸了，我想要爸爸跟我们一起坐。"给他读

《孤独的小螃蟹》，以为这样一本抒情性的读本不会引发他的兴趣，未曾想读完的时候，他的眼中早已含满泪水，情不能自抑了；每次到机场送姐姐离开，他都会牵着姐姐的衣襟号啕大哭，令本来无感的我们也不由感伤起来；甚至只是对一个初次相识的朋友，玩得熟络之后也总是恋恋不舍，定要约了下次再见才放心……更不要提看电影电视的时候他会将自己的全部感情投入进去，随人物的悲喜而悲喜了。

儿子今年8岁，正是一个小男孩调皮爱闹的年龄，为此他也没少受他姐的教训管束。有时他会很乖巧听话，有时他也会忍不住自己的脾气发火，从而引发一场家庭内部的争吵。一般在这种时候，我都只作壁上观，避免让他们两人中的任何一人增添不快。但在争吵过后，儿子总能及时止损，给姐姐端一杯水，说一声"对不起"，做姐姐的便不能不放下所有的不愉快，说一声"真拿你没办法"便雨过天晴了。遇到我偶有心情不愉快，他也总会察言观色，想办法让我开心，或是给我端杯水，或是帮我做饭、洗碗，或是看我躺着便过来给我盖上被子、掖一掖被角，简直就是天生的小跟班。

他的话也特别多，用他姐的话说就是"一分钟都停不下来"，甚至自己学习看书时，嘴里也会念念有词。为了证明姐姐的话错误，他会特意憋着不说话，仅仅几秒钟，就会得意地说："看我刚才就没有说话吧。"然后便哈哈大笑。这已经完全破坏了我对他的沉默不语的形象的想象，更兼他的长相也将我最初的想象彻底粉碎了，瘦峭、冷峻与他全然无关，尤其自我去年在澳洲待了一个多月，他跟着爸爸在太原家里，做饭阿姨天天变着法儿给他吃好的之后，他原本虽不瘦削但还算苗条的身材一下子开始发起福来，小肚腩都明显地挺了起来，后半年的减肥计划还没完全成功，紧接着便是疫情开始后在家中长达半年的蜗居，虽然我也努力让他每天有时间锻炼锻炼，但还是没能让他瘦回原来的模样。不过，摸着他肥嘟嘟的小手小胳膊，"暖男"的感觉倒是更强烈了。

"暖男"从小就有人缘。他一岁那年，我们一大家子外出旅游，到了中山陵长长的台阶下面，七八个人簇拥着他的小车子，硬是把这位小少爷抬上了山；两三岁的时候，因为我工作忙，他有很多时间是在姑姑家度过的，几乎每天三个姑姑还有姑姑的家人们都会围着他打转，他大爸也会时不时过来看他，大概因为他的存在，一家人的关系都亲近了很多；我不在时，他爸爸带他出去吃饭或是旅游，也总是一大群人带着，备受呵护……他倒也不曾辜负大家对他的关爱，特别善于"投桃报李"。记得那次我们要返京前，到他大爸的厂里吃饭，待到大家都上了桌，发现不见了他的踪影，随后做饭的阿姨带他过来，说："这孩子太亲了，专门过来跟我说，我要回北京了，以后就很长时间见不到你了，过来跟你说声再见。"我都惊呆了，完全不知道他什么时候已然这么通晓人情世故了，这可是我从来没有教过他的。但凡谁对他好一些，他都会想办法表达一下对人家的友善，分别时也总会显得恋恋不舍，有时我甚至怀疑他是装出来的。

如果说他还有一点没有让我的设想完全落空，那便是他的执着专注了。看书时的他是完全不受外界干扰的，一两个小时盯在书上，我们说什么他也听不到。这次疫情待在家里，虽然因为不能外出放开了玩耍而有些失望，但也让他学会了安排自己的时间，每天的日程倒也安排得满满的，早上七点半起床跟我到小区里跑步锻炼，回家开始完成学校的学业，然后自己看看书，练练字，和姐姐或是我玩玩图画捉迷藏……因为我和他姐姐都会时不时写一写文章，他甚至也开始了自己的写书计划，我给他装订的《樊小硕上学记》已经完成了两篇，虽然字有些丑，毕竟是他的初创作品，也算是一大成果。做这些事的时候，他会一收平时的嘻哈风格，专注认真起来，这终于会让我想到，到底是我的儿子，就应该是这样的，哈哈！

"暖男"的世界跟我的世界不一样，但我相信，他的世界会更精彩。为此，我会甘愿静待花开，不急于去破坏他的快乐、他的创造；我也会努力带他去看更宽广的天地，让他的世界的范围不断拓宽、不断延展！

家有儿女

写作上一篇《家有暖男》时，女儿看见了，就说："怎么只写他不写我，下一篇，你一定要写《家有儿女》。"于是，就有了这一篇文字的成稿。只是，这一篇成稿，实在有些拖沓得太久了，看日期，距上一篇，居然已有一月之久，大约实在是有些过度沉于生活而远离了内心的约定了吧。

还好有女儿，在我开始怠懒无为之时，她开始了自己发奋努力的进程，一篇题为"魂魄"的小说已更新到了万余字，还远远没有结束的印迹，这对我而言实在是个意外。也许是因为几年间南北半球的远隔，留在我印象中的，还是高中时那个遇事惶惑无措、学习不够努力的小女生，殊不知，她早已勇敢坚定地独力面对自己的未来了。比起很多同龄人，她无疑多了一份对于自己人生的明确规划，也多了一份与人交往时的坦然自信，这是我在去年过年带她去朋友家拜年时第一次感觉到的，而在这几日的搬家中，她表现出来的，更是我一直想要学习却永远也无法学会的圆融周到，是一种源自内心深处的自我肯定，我不得不为之欣慰感叹了。每个孩子都有过自己需要跨越的迷茫期，也是让家长揪心担忧的叛逆期，称为"鬼见愁"也绝不为过。那个阶段的女儿，让我完全不知该如何教导如何面对，甚至一度产生了一种深深的失望，而她居然能在完全无人监管的情况下发展到现在这样自信努力的模样，我不得不称之为一种奇迹了。

不过归根到底应该还是家庭的作用，作为老师，许多年来，看到了太多家长在谈到孩子的问题时，总是一种恨铁不成钢的模样，却少有反思自身教育问题的，或是即便明知有问题也固执到底不肯改变。我常常不能不替这些孩子觉得悲哀，也常常庆幸自己还算明智，能够及时止损，没有让自己在错误的道路上一直走下去。对于女儿童年时关爱的缺失，很多年来都是我心中的一个梗，让我每每想起都追悔莫及，直到在一次心理学习活动中忽然顿悟，明白不肯原谅并不能改变什么，反而让自己郁郁寡欢，得不偿失，于是开始与自己和解，一切随缘，这样之后，发现改变的不只是自己，也包括女儿对于过去的我们的态度。经过几次三番的交流与倾诉，彼此间的心结渐渐解开，达成了真正的和解，之后，便是全无芥蒂的交流。自然，家庭的幸福还是她能够自我疗愈的关键所在，她自己也笑称："你以为我像你想的一样幸福吗？你错了，我的幸福你想象不到。"

家庭的幸福，自然因为家中的每一个成员都可以真正融入这个家庭。我能够看到，有很多经济基础雄厚的家庭，成员彼此间却形同陌路，或是充满争端，体会不到本该有的幸福，这很大程度上取决于家中父母的教育意识，以为给予孩子良好的经济条件便是他们最大的责任。自然，经济条件的优越确实可以大大提升幸福指数，这一点无可置疑，将经济与幸福对立起来的论调多半是吃不到葡萄说葡萄酸的。然而，有了一定的经济基础，若不能有效利用，将之转换成幸福的源泉，才是最大的浪费。例如在家庭的布置这一方面，很多富裕家庭的孩子都拥有自己独立的学习空间，以便不受打扰，然而事实上，这种独立的学习空间最易造成家庭成员间的疏离，当彼此各处其室互不干扰时，情感的隔阂也便随之产生。因而，我最看重客厅的布置，即便只是不大的空间，我也力争创建一个大家能够共处而宽敞的所在，让彼此能够感受到其他人的存在与陪伴，也能有自我创造的空间。儿子就是在这样的环境中成长起来的，因而，比起姐姐，他感受到的幸福更多，性格也更温和一些。

然而，我虽然对于教育的感知会更明确一些，更清楚应该怎样去做，但事实上，性格与能力的局限常常让我并不能够真正做到自己想要做到的。比起我的规划，爱人的执行对孩子们的影响无疑更大一些。即便工作再忙，只要家里有什么事或是孩子们有什么事，爱人都可以放下手头的工作，全力以赴为我们清除一切障碍，让我们可以在全无后顾之忧的环境中自由成长。因此，事实上，孩子们性格的最终形成，得益于父亲的比得益于母亲的要多得多，这也会让他们意识到，家庭中的每个成员，都需要肩起自己对于这个家庭的责任，而不能理所当然地将他人的劳动成果据为己有。

意识到自己对于家庭的责任可以让家庭的每个成员有更明确的目标意识以及自我认可意识。我的家庭是为周围的很多人羡慕的，这实在得益于家中每个成员的责任感，我会尽力为孩子们寻找方向、铺设平台，做父亲的会为我的决定提供最大限度的经济与情感支持，女儿除了需要为自己的未来规划努力，还意识到了她需要对弟弟的成长有所付出，只有儿子还不去考虑这些，但也接受了自己的事情需要自己去完成的观念。我们也会在特定的某一天围桌而坐，大家各自畅谈自己的理想与努力，虽然这在家庭成员之间其实也是一件不太容易完成的事情，因为越是对于亲近的人，我们似乎越习惯于只谈生活不谈理想，但如果不去做这样的努力，家庭真正的和谐也便很难达成了。中国古人总是强调修齐治平，身不修，家不齐，所谓的治国平天下便可能不那么靠谱了。我们现在的教育中，却常常将梦想与家庭对立起来，似乎保大家就一定要舍弃小家，讲奉献就一定要牺牲自我，我也一度接受这样的理念，现在才感觉这其实是一种大错特错的想法，连自己都做不好，连自己的家都经营不好，奉献不就成为一种虚伪的妄谈了吗？总之我是这样认为的，社会是由每个个人每个家庭汇聚而成，若是能够做好个人经营好家庭，便已是对社会的贡献了。

似乎有些扯远了，原本想把这篇文章写成一篇记叙式的抒情性文字的，结果信笔而至便写成了这样一种杂谈，也与题目有所背离了，大约还是个人风格所至便不能自控了。既不能改变，那便自我接受，继续阐释自己所认为的这些道理，无论他人是否认可，对自己，也算是一种自我梳理。

家有儿女，实在是一件既幸福又艰辛的事情，对于父母，也是人生最大的课题所在。成长不仅仅是儿女的事情，也是对父母而言的。庆幸的是做母亲的这些年，自己一直都在成长的路途之中，努力让儿女有一个安全而幸福的家，让他们有坦然面对外界风雨的勇气与能力，也让自己从儿女身上看到自己需要成长的地方，让家庭更加温馨和谐。

慢点！

　　远行回来第二日便开始投入工作，几乎是忘我地工作了两天，忽然心底又有一种柔软的情绪掠过，想到女儿说过的：慢点！

　　印象中，我们对女儿说得最多的话，便是：快点！易地而处，女儿对我们说得最多的话，却是：慢点！女儿长大了，长大到能够充当我们的保护伞了，长大到足以让我们意识到我们这一代人需要让位给年轻的一代了。这是自然的规律，即便不能不引发我们的一些感慨，但也足以让我们更加珍视我们还可以自由支配的时光。

　　慢点！习惯于快节奏生活的我们，确实不习惯这两个字，然而，在你不得不耐着性子等待可能随时变更时间与目的地的火车时，在你不得不学会悠闲地赏鉴路旁用一上午的时间也搭不好一个扶手架的劳工时，一种真正属于生活的惬意居然会慢慢地涌上心头。从最初的急不可耐到几日后我们坐在火车站的长椅中悠闲地聊天，看儿女追逐打闹或是热烈地说着不需要告知我们的悄悄话，久违的幸福感便油然而生了。

　　闲坐或行走在雅拉河畔也是我们此行最大的收获之一，在这里，你既可以感受城市生活的无限魅力，又可以用心体会只属于生活的无限惬意，你不得不慢下来，否则，你会显得与周围的环境与美景格格不入。你不能不注意到那些极具设计感的桥梁、长椅、路灯，以及高楼，在这里，你会感受到人是如何受到第一位的尊重的，如果沿着雅拉河畔走到维多利亚女王花园，你不得不喟叹城市中心居然可以这样幽静自然而令人陶醉，你会不由自主地往草地上或躺或坐，享受阳光的抚慰与大地的亲昵。

这里的天空更是一种神奇的存在，即便是晴空万里的蓝天，天空也会呈现不同的色彩，有的地方是纯净的浅蓝，有的地方却是深邃的海蓝，若是华灯初上，天空又会是令人陶醉的粉红色，令你完全忘却俗情。女儿常常会发来她拍摄的不同色彩的天空的图片，但只有你自己亲身体验过，才会有不一样的触动。当我们走在圣基尔达海滩上时，最震撼我的不是海洋，也不是沙滩，而是色彩，由路旁黄绿相杂的草地，过渡到青色的木板路，再到土黄色的沙滩，过去是碧绿的大海，海的尽头是白云自由飘荡着的深蓝的天空，仿佛眼前的一切不是风景，而是画面，我们就身处在一幅图画之中。

自然，还有那令人冷到骨髓的蒸汽小火车，以慢到令人怀疑人生的速度在向前行进着，时不时会在山坡上咯噔一下然后缓一缓劲继续上行，你别无选择，便只有将目光放到两旁的丛林，或田园，或别墅，或羊群，或城市湖景中，一切给人以原始而又现代的奇幻感。我看到路上的行人纷纷停下来，向我们挥手微笑；我看到一位美女将我们摄入相机，自然也进入了我们的相机；我看到一位母亲带着三个可爱的宝贝在篱笆边嬉笑玩闹……

慢点！如果不能慢点，我们错过的，不只是这些美景，还有亲情。

就如当初，我们总对女儿说："快点！"因为快，我们失去了太多与她交心的时光，错过了太多她成长中本该与我们分享的快乐或烦忧，当我们意识到彼此心灵的距离时，现实的距离也已拉开。而在这样的慢中，一切似乎又在回来，我们忽略了时间，忽略了年龄，一起玩着枕头大战的游戏，有时会玩萝卜蹲，或是女儿发明的我也不知如何称呼的游戏，每次都玩到儿子满头大汗，女儿笑到肚子疼，我们便在旁边感受儿女绕膝、其乐融融的幸福感，只有在那一刻，家的味道才比任何时候都更显出它的意义来。

有时也会与女儿在南半球虽不凛冽却也凉飕飕的冬日寒风中坐着谈心，谈到忘却了时间，彼此不像母女，更像朋友，过去她深藏在心底的很多话这时却毫无顾忌地全倒了出来，我也如同酒逢知己一般，将自己从未向爱人提及的很多事情告诉女儿，直到意识到再不回去便会有人担心。女儿会坦率地对我说，你与别的同学的母亲真不一样，这么开明这么豁达；我也会对女儿说，在与你同岁的那些女生还什么也不懂什么也不会时，你却已经独闯天下，安排好我们出游的一切前期准备与后期公关，带着我们看世界，我都不能不佩服你了。

确实，女儿再也不是那个让我们总也放心不下的小女生，俨然已经是一个小家长了，反而总也放心不下我们，怕我们吃不好，怕我们玩得不开心，怕我们不能够用英语跟别人交流，连点餐也不会。有时，她会絮絮叨叨，说我才是家里的小女生，需要照顾，需要关心，例如坐完蒸汽火车，长时间的寒风让我浑身冰凉，他们便让我独自呆在宾馆里裹着被子看电视，一同出去为我采购食物。那时，我便乐得做一个小女生，任由他们将我捧在手心，享受全家人对我的宠爱。

黄昏中的悉尼海港大桥前，我们坐在山坡草地上，看一对对新人在这里拍摄人生最美的瞬间；夜幕下的悉尼歌剧院的台阶上，我们在醉人的夜景中，听悠扬的小夜曲；张着大嘴欢迎世界来宾的月神游乐园内，看儿女一起玩碰碰车笑到停不下来；还有澳洲最有名的邦德海滩上，我们对着大海大声呼喊，在细白的沙滩上写下自己的名字；海德公园旁的教堂里，我们也坐下来默默地在心底祷告人生的幸福……慢节奏的生活中，我们将每一种经历都写成爱。

离开的那一天，我久久地站在宾馆那扇圆拱形尽显华贵气质的大窗前，望着对面有着悠久的年代与历史感的古老建筑，还有旁边造型独特令人过目难忘的南十字星车站，忽然有一种久违的感动，感谢这座城市，让我如此真切地感受到生活应有的滋味，让我内心中最柔软的真情如此鲜明地释放出来，于是，拍下在这里的最后一张照片……

慢点！重新回到快节奏的生活中，重新投入到需要自己全力以赴的工作中，但却学会提醒自己，还有生活，还有亲情，需要我们慢点！

『我』在何方

终其一生，
人们都在寻找自我的路途中。
幸运者在不断的追寻中
终得发现真实的自我，
从而确定方向，创造新生；
不幸者则可能穷其一生也
参悟不透自我的价值究竟何在，
于叹惋中让生命流逝……

"我"是谁

　　电影《我是谁》中的主角杰克因空难事件丧失记忆，从此开始了寻找"我"的历程，幸运的是最终他不仅成功地找回了"我"，也由此而揭穿了一宗惊天阴谋，使对手尽数落网，可谓大快人心。

　　很可惜，这样的幸运却往往不会出现在现实世界，真实生活中的真实情境往往是：人们从未丧失记忆，却一样遗忘了"我"，甚至可能终其一生寻不回来。真正的幸运者是那些能够始终保有自己清晰的自我认知的人，这样的人应该只占少数，还有就是虽然遗失却还能或迟或早重新找回"我"的人，这大概才是生活的常态。

　　发现"我是谁"的历程大约是人世最艰难的一次漫游，有人穷其一生而无所获，有人在这路途中头破血流，然而我仍以为所有的追寻都是值得的，只是这种追寻在早期往往是不自知的，同时，它是由一个一个的独立事件共同构筑而成的，而这一个一个的独立事件，往往是个人生命中成功的经验或有成就感的阶段，这时，自我最容易被激发出来，让人们满怀信心，在自己的优势领域不断发展不断取得更大的成就。然而，这样的过程可能又不是连续的，如果自我意识不够明确，他也可能在很长一段没有成就的日子中渐渐消沉，让那灵光一现的自我重新归于沉寂，我自己走过的职业道路恰是如此，我很乐意对其做简单的梳理，其缘由，一方面是之前对自己的阅读史的梳理让我明确了我自己的阅读偏好以及对自己后来的职业道路的影响，另一方面，这本身也是发现"我是谁"之旅中的一部分吧。

工作之初，我所在的是一所虽不能称为偏远但却实在不够格称为乡镇的乡镇初中（这个乡镇后来果然被撤并到其他乡镇，当初我所在的那所学校也早已不复存在），校长是一位一眼看去同农村老大哥没什么区别但实则魄力十足的教育者（称"家"大约是不够格的，但后来他也做到了我们县里最好的初中的校长）。初到学校，正赶上全县初中的体操大比拼，只是偶尔看到我在没有体育老师的体育课上对学生训练有素，学校居然就将这样的大任压在了我这样一个新手肩上，好在我有在学校舞蹈队当队员的经历，多次担任班级甚至系里的舞蹈编排教练，于是，这次体操比赛我们学校仅次于两所重点初中，名列第三。初战告捷后，我承担的任务渐渐多起来，成就也渐渐多起来：演讲比赛，我担任主持并做示范；学校首次军训，在各个班主任充任教官的情况下，我所带的班级轻松夺冠；教师节大会，我自己撰词制作、请书法行家题写、美术老师设计绘画的精美板面成为学校的招牌在大办公室中放置了很久，我所指导的两位学生在致辞中的精彩表现令这所学校的很多老师赞叹不已，我自己也因班级成绩优异作为教师代表发言……如果不是因为考取本科院校而离开了那所学校，也许这种成就感可以让我很快爱上自己的职业也未可知。但无疑，我知道了自己可以在自己想要做好的事情上花心思将它做好，可以在公众场合镇定自若表现自如，这是我在职业生涯中的初步自我认知，为此，我一直感激那位校长对我们的才能的激发。

　　很可惜的是，离开那所学校后的自己并未能如预期般一路顺利。本科毕业后的我选择了县里最好的高中，试讲时稳居第一，却被告知不给校长送礼你拿了第一也可能被挤掉，就这样，我不得不顺应现实，托请、送礼，屈辱地成了那种凭"关系"进来的老师。而这种"关系"在学校的盛行程度，实在大大超乎我那幼稚的脑袋所能想象的程度，同时，学校中人际关系的紧张或者混乱让我这样一个只有一根肠子的人根本无法理清，教学上的各自为营甚至互相猜忌也使我在专业方面几乎没有取得任何进展。这期间唯一值得我追忆留恋之事，大约是因为一次国旗下演讲的出色表现而得以在全校的元旦联欢晚会上担任主持人，虽然身着长长的晚礼服几乎使我绊倒在台上，但毕竟是在县里最大规模的礼堂之中、在上千人的瞩目之下顺利完成了主持工作并且自我感觉还算良好。只是，对学校各种关系或事件永远的"后知后觉"甚至"不知不觉"让我终于下定决心"躲进小楼成一统"，开始苦学考研。那应该是我的另一种意义上的自我发现，便是我不具备在人际关系中出入自如、游刃有余的能力，而更愿埋头做好自己、发展自己。

北京对我的意义之重大决不只是因为它给了我一个硕士学位，更在于我那狭陋的思想从此得以改变，接触到了无限广阔的一片天地。在这期间，我担任学校普通话测试员（因为我原本就是我们省的测试员），兼职汉语文化学院的对外汉语教师，兼职一所高中的语文教师，暑期任香港教师的普通话培训老师，还担任了一段时间的编辑……我发现，自己的每一次面试或者被听课，总能得到对方的高度认可，这让我重新发现了自己在教学工作中的无限潜力。这时期的另一收获，是从北师大的老师身上，从我的来自全国各地的教师同学身上学习到的，我意识到了认真踏实的重要意义，这是我工作以来一直欠缺的一种品质，也是直接导致我的职业发展几乎陷入停滞的重要原因，我第一次那么清晰地意识到，不能认真对待自己的工作就是误人误己，罪莫大焉，后来我曾多次将自己的这种思想传达给他人，但很多人并不予以理睬继续我行我素，我只能替他们深感遗憾，或者只有真正遇挫才能使人真正警醒吧。在北京的又一大收获，是我得以接触到许多有名望的人，我的导师康震也算其一吧，我看到了这些人最普通的一面，意识到，所有人，包括我们一直以为的高高在上的人，其实也都只是有血有肉有欢乐有烦恼的普通人罢了，从前被我们膜拜而奉为圣经的各种教科书，也不过是这样的一些普通人编订的，我自己就参与了一种教辅资料的编定并担任主编，每个人经历的局限与思想的局限使这世上根本不存在真正意义上的宝典。这种思想意识的苏醒，大概是我后来从不以教参一类的资料为重要教学依据的根本原因，它让我发现，我自己同样是普通人，也同样有其他人所没有的潜质，与其膜拜他人，不如做自己的英雄。

这些经历现在可以沉淀为明确的自我认知的过程，然而当时却只是混沌一片。这种认知真正成为自己的自我探索是在我放弃了首都的繁华而转战康中以后，之前一直沉潜心底的"我"的意识忽然在生活的巨变中逐渐清晰，同时，在京时生活的丰富多彩与囿于一隅后的平淡无奇之间所产生的巨大反差也让我一时无所适从，我开始一次又一次地问自己："我为什么要来这里?我想做什么?我热爱目前的生活吗?"我找不到答案，但在一次次的追问中我开始了对外部世界的不断探索，又在不断探索中不断受挫：参加公务员考试一败涂地；报名心理咨询师又直接放弃考试；参加博士生考试在面试时真正体会了一把"头皮发麻"的感觉……直到一次我在自己最熟悉的教学领域的外部求索也宣告失败时，我才突然意识到："我"已经被我彻底遗失掉了。在个人发展的重要时期，我没能发挥所长，静下心来将自己本来完全有能力做好的事情扎扎实实做好，我也没能避开短板，反而妄图在自己最不擅长的人际关系领域开辟一片天地。最重要的是，我疏离了最能展示自我特长的舞台——课堂，在对外的寻求中陷入了精神的迷惘。因而，这个阶段，成了我人生历程中最为迷乱最为无力的阶段，或者可以称为自己人生的低谷期吧。

一旦意识到这种盲目的对外寻求如何影响了我的个人发展时，我开始将自己的眼光从外界收回，慢慢转向自己的内心。我开始长时间地陷入沉思，在这样的沉思中，眼前的迷雾渐渐散开，心灵也重新归于澄澈，于是，脚下的路才开始一步步明晰起来：一是教学之路，回归课堂，而且是全身心回归；二是教研之路，钻研学科教学，提升自己的教学能力。而这二者，恰恰都是我的长项。一旦明确了方向，我的敢想敢做的个性优势立刻如鱼得水地发挥了出来，我开始争取各种公开课的机会，在不断的磨砺中形成了自己敏锐而独到的课堂设计能力。几年后成立研究会，我邀请到特级教师王红燕老师担任我们的副会长，她一眼便认出了我，提到我的一次市级赛讲课给几位评委老师带来的震撼。那次赛讲我拿到的是特等奖，并因此被荣记一等功。在另一条教研之路上，我也取得了突破，很长的一段时间内，我潜心于古诗词解读的创作中，因为这一直是我的专业偏好，也是自己硕士论文的主要内容。同时，立足于课堂，我便以教材中的古诗词为突破口，一面大量阅读相关专业书籍，一面一遍又一遍地阅读诗歌，形成独特的自我解读，这个过程是漫长的，从开始构思创作到最终成书，前后历经两年多，同时它也是反复的，很多次，忽然会觉得自己所写的东西一文不值而沮丧万分，然而，这本十多万字的专著最终还是面世了，无论是否满意，它毕竟成了我在自己的教研之路上的一个里程碑。

取得了初步的个人成就后，我似乎有些不太满足于自我欣赏了，恰在这一阶段，后来成为研究会中流砥柱的张建文老师成了我的同事，从最初的不以为然到后来彼此欣赏，再到我和建文、晓丽建立起我们的"铁三角"，从此开始了事业中的另一种探寻。我们共同筹备成立了我们的研究会并使它在短短两年内取得了引发全市语文界关注的蓬勃发展，也使我在鲜明地意识到了孤军奋战的巨大局限的同时发掘出了自己的组织协调能力，大家开始一致认可我成为会长之外的实际领头人，我不愿用"领导"这个词，因为直到现在我依然认为，我的被认可恰恰因为我从未去领导，而总是将自己作为团队中的服务者而甘愿隐于其后，只在自己不得不居于舞台中央时才出头，因为我明白，一个一味展示自己的能力而不去推举他人的人是不够格成为核心人物的。这种思路也被我移用在自己担任教研组长的工作中，我们的语文团队很快就形成了一种融洽而积极的氛围，一改以往教研团队互相推诿的恶习。在这样的氛围中，教研便不再是一种折磨身心的苦事，而成为一种快乐的源泉，不过，其实很多时候我反而是其中不够活跃的一份子，因为我们这个团队中，有省级名师、经常在全国各地讲学讲课的张丽娟老师，有在吟诵领域独占鳌头、成立了河东吟诵社并担任会长的柴海军老师，有成立了汉服社并指导学生做出了很大成绩的家云秀老师，还有跟我同样在研究会担当重任的张建文、赵娟、张斌等老师，以及几位虽然名声不大但在自己的教学领域独当一面的优秀老师。我想，优秀是一种相互的激发而不是攀比，这样的团队，我不知自己后来是否还会遇到，但他们给了我信心，让我相信，强行的命令是无效的，唯有内心的自愿才是团队能够通力合作的根本。

这几年的组织协调工作给我的又一大收获，是我改变了原来的一种幼稚的观点：以为学校中的一切规则或制度都是被安排好的，我们只需要照做便好。在做事的过程中，我才发现，原来一切都是要做事者自己去开发自己去执行的，由此，思考创新能力对一个人的发展实在起着至关重要的作用。我形成了对很多事多想一点的思考能力，因为我知道自己并不足够聪明，更谈不上反应灵敏，只能将自己要完成的每一件事做更充分的准备罢了。这也成了我自己的做事习惯，虽然很多思考不免受限于不够灵敏的头脑而显浅陋甚至拙劣，但我依然尽可能让自己再多想想，看还有没有更好的方案。这大概也是一种自我激发，当发现一种思维方式对自己有利时，会强化而使它形成思维习惯。这种思维习惯也使我再次来京后不至于面对身份的又一次转换而受窘，我知道，无论自己将面临怎样的困难和挑战，只需要多想一想，多做实事，便可以让自己再向前行，这一定比一味地抱怨收获要大得多。

写作此文是在连续三天排得满满的会议的间隙，断断续续，大约不能流畅地表达自己的思想。会议间隙还同时在做的一件事是：阅读美国教育家帕克·帕尔默的《教学勇气》。这本书的思想与我的思路极好地衔接了起来，书中说："假使我们不再向彼此游说自己的教学方法，而相互讨论我们作为教师的真我和身份到底是什么样的问题，一件奇妙的、不寻常的事就可能发生。我们不再死守各自的教学观点而争论不休，这样，自身认同和自身完整就会在我们自身内部和我们之间成长起来。"这使我解除了很久以来的一个专业困惑：我自己一直以来所看重的个人精神世界的构建在教学中到底有没有价值？有什么样的价值？同时，对他人在技术方面的过分注重与寻求也有了更理智的观点和看法：所有技术层面的东西必然是有其存在的合理性的，但若不能转化为教师内心的自我激发，其收效也必然是极其有限的，因而，对于自我的追寻意义依然重大。

　　昨天，坐在北京会议中心高大的会议厅内，"我是谁"这个问题又一次那样强烈地盘桓在我的头脑中：我是谁?要往哪里去?这问题，大约是要伴随我终生了，我只能庆幸，我已能够部分地看清了自己，但还不是全部，我依然还在探寻自我的途中。

我

一 我的理想主义

我的学生曾说我是一个理想主义者，这其中不无"好唱高调"的讥讽之意，但我仍以为这样的说法与我个人的性情相符，于是非但不以为怪，反窃以为喜了。

既以"理想"二字冠之，则必因我对这世间充满了一种美好的期待，无论现状如何令人不满，但因有这期待在，故始终怀了未来必会好起来的信心，努力做好自己。便如自己在现实中屡次遇挫，屡次想要重整旗鼓的渴盼，又如自己因个体的微弱无力而起创办团体之思，竟都在这样的期待中成真而使自己得以步步前行了。至于对学生，每日课堂上"欲为学，先为人"的反复灌输或者会被一些自视为现实潮流之人嗤之以鼻，但也必有一些木讷不够圆滑者奉为圭臬而得以成为如我之流者的人生信条，却也不失为功德一件。冥顽如我，也只能将这份"理想"坚持下去了，正如胡适所说："成功不必在我，而功力必不唐捐。"

既为"主义"，便已深入骨髓而不可变更了，这世间的"主义"很多，多到总会令人避而远之，唯恐沾了这"主义"便被贴上了一种标签，有种待价而沽之惶惑，但"理想主义"不会，它是不能外在于身体的，是只属于灵魂的东西。我总以为，人必得有一灵魂的世界，才能不被这现实的种种主义种种眼花缭乱的迷雾所惑，才能自如洒脱、云淡风轻。"理想主义"既专注于"理想"，自然不能将现实的名与利太过放在心上，而只能向着心灵的最终归宿"虽不能至，心向往之"了。这便使我无论在何种处境下，都可以自得自适，无论外界褒赞非议，也都可以无碍于心了，林语堂说苏东坡是"无可救药的乐天派"，也正缘于此吧。

"理想主义者"大概是相对于"现实主义者"而言的，与后者相较，此一类人总不免在现实中处处受窘，捉襟见肘，受人讥讽自也难免了。但偏偏此一类人往往愚不可及，在他人投以或同情或嘲弄甚或鄙薄的眼神时还不自知，偏还要自得其乐惹人憎恨，也难怪苏老夫子当年写下那句"报道先生春睡美，道人轻打五更钟"的诗句便被发配到了海南。在现实主义者的眼里，此类人应是满脸愁容凄惨惶恐的，若不如此，就是他的处境尚不够惨，需再打上几百大板方能让他认识到自己的卑微惨淡，几百大板之不足，复端之数十方能助其正视自己。却不知，现实主义者如此畅想时，理想主义者又已前行许久、追之不及了。

这样想来，原本的"窃以为喜"竟又不免张狂而为"自鸣得意"了，"理想主义者"之原形可谓毕露无遗啊！

二　我的沉迷

我是一个容易沉迷的人，一旦对某件事产生兴趣并开始尝试，我会很容易沉迷进去，便如中学时沉迷于读小说，不分课上课下、白天晚上，读得成绩一落千丈，读得父母师长连连摇头；又如大学时沉迷于跳舞，几乎天天晚上在学校附近的舞池中泡着不务正业，全忘了这时才是读书的最佳时机；后来又曾沉迷于学琴学书，可谓废寝忘食。但可惜这些都只是一段时间的沉迷，终只是水过地皮湿，什么成果也不曾有过，什么收获也不曾得到。

后来终于醒悟，这些沉迷多只是误了自己，又在网上搜索一番，发现沉迷就是"深深地迷惑或迷恋某事物"，迷恋也便罢了，迷惑显然不是一个褒义词，更加坚信沉迷不是一件好事，于是痛下决心打算痛改前非，于是时刻告诫自己，工作才是正务，家庭不可或缺，其他一切都不值得沉迷。于是生活便开始按部就班地进行着，每日上班下班，照顾家庭，感觉自己渐入人生佳境，可以同身边的很多人一样，聊着工作，聊着孩子，可以很惬意很洒脱也很普通地生活着。

我不知道自己的潜意识中潜伏着怎样的沉迷情结，不找到一种可以让自己沉迷其中的事物，没有了每日手之舞之、足之蹈之的心心念念牵系着的感觉，总觉得生活有些欠缺、有些乏味，于是我又开始给自己找事做，几年的时间内，我将自己几乎所有的精力都投入到了研究会的创立，投入到了读写社的开办，忙得天昏地暗，然而，这种忙碌不是沉迷，很多时候，我都只是因为不得不做而努力去做的。倒是在这忙碌的过程中，在给读写社学生开课的逼迫下，我渐渐找回了一种新的沉迷，那就是写作。因为要被逼着写作各种各样的公文，也因为要给学生讲写作自己不得不写，于是被搁置了多年的写作的沉迷感又被自己挖掘了出来。这种沉迷是从中学开始的，那时大概因为小说看多了，也或许是因为特定的年龄中特有的敏感，总不免多愁善感，伤春悲秋，很多话总觉得找不到知己，日记本便成了最好的倾诉对象，一日不写便会浑身不自在。这种沉迷一直持续了几年，后来沉入到世俗的生活之中，便搁置了自己的笔，想来竟然颇觉遗憾，若不然，说不定也可以成就一位年轻的女作家呢。哈哈，当然自知浅陋。不过，写倒真的是一件愉悦身心之事，这是自己一直以来的感受。于是，从去年起，我开始渐渐拾起这种沉迷，越写越想写，越写也越能写了。同时，原来的写无人欣赏，自然不免随意，从去年开办了研究会的微信公众号，知道自己的写作还是有人会看的，便开始上了心，再后来，我又开办了自己的公众号，很快也有不少人关注了。于是给自己定了一个目标，即便做不到每天发文，至少也当隔三差五有文章问世，到现在，每天都会有所留心，期望在生活中发现写作的素材。这一种新的沉迷让生活重新恢复了色彩，恢复了活力，也让我感觉，沉迷没什么不好。

在写作的过程中，也渐渐爱上了课堂，这倒确乎是一种崭新的沉迷。在教学的道路上，很多年来我都走得磕磕绊绊，说到底，是自己缺乏一种对于课堂的沉迷，只视为不得不做的工作而已。而现在，我会以一种更饱满的精神状态对待自己的课堂，例如来到这所新的学校，不免会有各种各样的疑虑不安，有对前路的迷惑担忧，然而从踏入课堂面对学生的那一刻起，所有的疑虑不安与迷惑担忧便全都消解了，我知道，课堂就是我的舞台，在这个舞台上，我可以自信满满地展示自己最好的一面。更重要的是，因为写作让我可以以一种全新的视角看待语文教学，我会在课堂上努力激发学生的写作热情，而不再如以往一样只是机械地传授教科书里的知识了，这才是语文教学的真谛，这才是一种言语的人生、激情的生命。作为一名教师，能够沉迷于自己的课堂，真是一种莫大的幸福，也才能成就自己最美的人生。

无论沉迷对于一个人的成长到底是利是弊，我都是这样一路沉迷着走过来的，我将会继续沉迷于自己的沉迷，也许沉迷的对象仍会有变化，那又何妨？

三　一团矛盾

几天前，一位同事邀我做一个个性测试，通过一些题目的问答来确定自己属于哪种类型的人，她说身边其他几个人的个性类型她基本都可以大体判定，唯独对我她觉得全无把握。最终，我依然没有去做，因为我不想将自己界定为任何一种类型的人，每一种类型都有其优势，也必有其缺点，我还是希望自己只是自己，不必隶属于任何一种特色的自己，只是一团矛盾的自己。

我任情纵性，不去过多顾虑他人的评价，也常常听不进别人的忠告，只一味任由心性，想到什么便去做什么。这给自己的生活与发展都带来了不小的麻烦，例如在人际关系方面我不能圆融和洽，在自己毫不知情之下召来了许多猜忌和不满，自然也由此影响到了自己的个人发展。不过这大约是改不掉了，正如陶渊明所说，"质性自然，非矫厉所得"。总以为，生命如此短暂，我们总要心存众多顾忌，岂不一生也不得痛快？于是便继续放任下去。

但如果由此而说我是一个感性的人，似乎也不尽然，因为在很多重大的人生选择面前我不会容许自己任由感情泛滥，我会清晰地判断自己想要走的到底是哪一条路，然后向着这条路进发，即便遇到困难，也不会轻易屈服。例如当年专升本，在自己没有资格参加又没有人能够帮到我的情况下，居然辗转反复地凭借自己很有限的人际交往闯过了这一难关，同时，那时又处在与爱人正情意浓洽的恋爱阶段，居然也没让自己向感情屈服。这大概又是我理性的一面，这种理性有的时候会成为一种冷酷，但更多时候还是帮助自己一步步向前走到了现在。我身边有过许多感性压过理性的人，很多时候我会替他们感到遗憾，因为这种感性至上的结果往往会是自误，不过，人各有志，原也不必强求。

我是一个关注大局远胜于关注小节的人，在这一点上，我倒是可以自傲的，因为能做到这一点的人其实是少数，而这一点又往往在很大程度上决定着人生的成败。我不是一个很努力的人，中学时成绩平平，然而大学时却总能轻而易举夺得头魁，我以为正是这种品质帮助了我，那时的学习，别人会去记细节，而我总是先建立框架，细节记不住便也由得它去了。后来在工作中也是如此，我会先确定自己的方向目标，再在这一方向目标下确定自己的实施路径，如果意识到自己的方向目标出现了问题或是在现有条件下无法达成，我便会果决地选择放弃，不再多做无用功了。

然而同时我也清醒地意识到，不拘小节也恰恰是我的缺点所在，过分的不拘小节导致我的生活缺乏条理性，我用于找东西的时间常常会拖缓我的脚步。这也使我自省，于是，渐渐在细节方面多花一些时间，力争在宏观的框架下添加上细节的精致条理，这二者的结合才会是一种比较理想的生活与工作状态。以自己这一年来的工作而言，在一步步推行自己的教学管理规划的过程中，我一直努力将每一个细节做好，让自己的工作全都做到有据可查。因而，在学期最后，当我做完自己那篇《且行且思》的演讲时，尽管我是在反省自己工作的失败，但还是收到了很多老师的肯定，他们或是当面表达对我的认可，或是特意发来信息告知对我的赞誉，我以为，这些收获正是基于这一种力图将宏观与微观相结合的工作思路。

作为文科人，我的思维常常会是混乱的，这几乎是所有文科人的通病，对于数字天生缺乏敏感，所以，我对于超市中的菜品永远都搞不清它的价格与实际支付之间的关系，同时也从不费力去搞清，还总是自以为是地告诉自己不必在这些小事上浪费时间。我喜欢任由自己的思绪飘飞，以坐火车为例，上学时坐着那种老式的绿皮火车来来往往的里程怎么也得在几万公里了，又兼那时的车速连现在的三分之一都达不到，很多人觉得难熬，但我却不，因为我可以在那期间盯着窗外任由自己漫想，也实在是一件快乐的事情。后来工作后，常常驱车奔波于两地之间，一路也并不着急，打开车窗，任由微风轻拂，思绪漫漫，完全没有明确的指向。事实上，我的很多决定都是在这样的漫想的过程中产生的。

只是，如果只有漫想，那思维的混乱永远得不到改观，这必将无益于个人的发展。我在将自己散乱的思绪整理成为一种条理明晰的思维路径的方面也还是做了许多努力的。这在很大程度上得益于我对写作的热爱，写作是一种特别好的调理思维的方式，因为你必须要考虑到写作的思路、写作的落脚点，一旦写作的风格形成，思维的路径其实也就形成了。以我现在的写作来说，我的风格渐渐脱离了最初的感性而发，更多的是一种理性的反思，大约是因为自己这几年参与了太多的公文写作的缘故。这未必是值得肯定的，但至少，在反复的练习过程中，我能够迅速整理自己原本凌乱的思维，使之能够归于一点，这对我的工作的发展，毕竟还是起到了许多积极作用的。

在生活方面，我无疑是一个乐观的人，我对生活充满热爱，我常常会在上班的路上心情愉悦地感受着身边的一切美好，也特别希望能将这份美好传达给他人。对于别人的抱怨，我可以理解，但往往并不认同，因为，我们本身便是环境的一部分，环境的令人不满，是否也有自己的因素？这样一想，我更愿通过自己的乐观去影响他人，让大家感受到自己是可以有所作为、成为改善环境的一份子的，尽管我知道这样的想法有时过于天真，但我依然践行，同时也总会得到身边一些人的认可，让他们也加入到我的努力当中来，这样的感觉是快乐的。越向前走，越意识到，陷在个人的抱怨中出不来的人，他的天地只会越来越狭小，因为情绪成了他的茧。这大约得益于读书，读的书越多，感受到的世界越广阔，便越发渴望超越现实的纠葛而让自己的天地越来越广阔。

但积极进取的同时我也会意懒无为，对功名看得太淡，所以，我的很多努力只不过是一场经历，而缺乏指向性，这大约终将使我一事无成。然而我并不以这样的一事无成为耻，本只为看看路上的风景，至于路的终点是繁花似锦还是满目荒凉，其实不必看得那么重。这样的心理很多时候都会主导我，让我在进取之时停下脚步，在喧闹之中冷眼旁观，让我总以一种批判的眼光看待那些名家学者的观点，以一种挑剔的视角观察那些光环遍身的人，用现在比较时髦的称呼，是叫作"批判性思维"吧，这样的思维帮助我真正做到了自我。

尽管一团矛盾，但我已经越来越能够看清自己，优点也好，缺点也罢，就这样以一种独特的面目自立于天地之间，不依附，不仰仗，便觉是一种幸福！

四　我想要的生活

来京后，很长一段时间，我都会很怀念过去，虽然似乎京城中忙忙碌碌的生活更能显出所谓的人生价值来，但还是会怀念过去跟一群有激情的语文人一起追梦的情怀。只是一直向前看的本性不容我在这样的追怀中沉浸，一旦意识到那样的生活已经永远成了过去并且不会再来，我便开始了新的人生追寻。几年间，在自己的工作岗位上，我努力付出，不断追寻，有过辉煌，有过挫败，更多的是不断反思，然而后来我终于发现，我的反思中，更多的不是如何将自己锻造得更加强大，以此获得更多的名利，恰恰相反，我更多的反思是：这是我想要的生活吗？

这个问题困扰了我很久。在这样的困扰中，我终于慢慢理清了，我想要的生活，不是很多人追寻的所谓成功，不是获取名利，而只是能够埋下头来，做自己的事，充实而快乐地活着。进行《短歌行》和《归园田居》的比较教学时，我曾让学生思考一下自己的人生选择，并写出这样选择的原因，而我自己，也借此发现，我的选择，既不是曹操那样的建功立业，也不是陶渊明那样的归隐田园，而是希望自己可以在入世与出世间自由穿梭，不被名利所困，但也决不让时光在无所事事中虚耗。

我想要的生活，首先是能够在工作中游刃有余、自信坦然。成为教师最初只是一个不得已的选择，然而现在，我很享受讲台，在这里，我可以恣意挥洒自己的激情，我可以将自己的创造力发挥到极致，我可以影响到越来越多的孩子的人生追求与选择。初做教师时，经常会因为课堂不够精彩而低沉失落，而现在，我已有足够的自信，坦然展示自己最优秀的一面。这样的生活状态，我以为比我做行政工作时每天忙于不得已去做的那些事有价值得多。现在，几乎每天我都可以很开心地从课堂走出，很自信地准备自己的下一堂课。

我想要的生活还在于能够有自己的生活学习目标并能为之付出切实有效的努力。在名利的旋涡中挣扎滚爬过后，才会意识到自由的可贵与难得，时间不再因为各种身不由己而支离破碎，我可以更有计划更有步骤地实施自己的种种规划，我可以在工作之余，还能够从容安排自己的时间，让自己的各种兴趣爱好或者人生追寻有可能成为现实，例如写作，例如周游世界。当结束一天的工作生活准备进入梦乡时，想到这一天我做了很多自己想做的事，距离自己的梦想更近了一步，那真是一种幸福的感觉，我可以带着笑带着对于新的一天的期盼进入梦乡，生活的甜美在梦中也会继续。

我想要的生活，也是能够拥有最幸福最舒适的家并能对这个家的发展有所助力。我不是物质至上的拜金主义者，但也不会成为一个一味追寻精神世界的虚无主义者，我希望自己可以在物质与精神间出入自由，不让自己因物质而窘迫，也不被精神所绑架。对我而言，家既是一个物质的所在，又是一个精神的所在，我需要它宽敞舒适，也需要它让我感受灵魂的自由。我也期望我的家人可以在这个家中既能获得物质的丰盈，又可以因家的存在而精神愉悦。很幸运，这样一种期望在我是现实的存在。因而，我所要做的便是为这个家更好的发展而有所助力了，为此，我会在爱人有闲时放下手头的工作陪他散步，会在女儿对未来感到迷茫时帮她寻找出路，也会在儿子需要帮助时提醒自己耐心讲解。这在我，是一个巨大的转变，因为年轻时的我一味向前冲，家庭对我而言似乎可有可无。但无疑，我更享受这样的转变，因为它让我体验到了生活的意义与精神的幸福快乐。

我想要的生活的最终目标，不是成为别人眼中的成功者或取得自己所以为的专业成就，而是让自己的生活充盈丰富，让自己可以生活舒心还能够让身边的人因我的存在而有所改变。过去，总以为梦想在远方，而现在才觉得，梦想其实就是自己的生活，不停息，继续前行便好！

在路上

喜欢在路上的感觉：独自驾车，听着音乐，看道路两旁的树木一闪而过。若是天气晴好，摇开车窗，感受清风拂过面庞，最好再戴上墨镜，感觉自己很酷；或是在火车或公交或飞机上呆坐冥想，任由时间逝去，心中不去想现世的烦恼，只享受这一刻的惬意美好。

我是一个缺乏家的概念的人。作为女人，有其可悲的一面，一旦出嫁，那个曾经的家便不再属于你，你便不再是那个家中的人；然而，你嫁入的那个家，其实也很难给你真正的家的感受，你必须花很长的时间去适应自己角色的转变，而即便终于能够适应这转变，你依然很难坦然接受自己成为异姓家族成员的事实。然而，这种无家的感觉却也有着别样的美好，你可以因之而减轻许多人生的负担，你可以呼吸到更自由的空气。只是，很多人总是被所谓的"家"的稳定感所牵绊，人们拼命攒钱买房，大概也是出于这样的心态吧，那房子，便是他们的一种"家"的情结。而我却从不想追寻或拥有这样的稳定感，因而，即便住在租住的小屋或者旅店之中，我同样可以自得其乐，恣意享受着无家的漂泊感。

或者正因这无家的感觉，我喜欢出门，无论因公、因私，只要有机会有条件，我一定会义无反顾选择离家。单位里许多别人不愿出的公差，我会自告奋勇承担下来，哪怕这趟差事无聊透顶；有了长假短假，我总会尽可能选择外出，即使只是在一个宾馆里无所事事地呆两天。二十多岁时，我考取了省级普通话水平测试员，不为那份荣誉，只是因为可以时不时离家呆一阵子，每天工作很忙碌，其实挣不到多少钱，但我依然怀念那样的生活。出门旅行，且不去说目的地会有多少值得观赏的风景名胜，有多少令人歆羡仰慕的前辈先贤的遗迹，或能学到多少在平时的生活中无法学到的东西。单只这一路的风光见闻，便足以让你回味无穷了。

我的酷爱离家，使我这么多年一直没有能够真正安稳地过日子，我一直在不停地改变，比如总是行走在路上。每次改变，我都会对爱人说："这次一定不会再变了。"然而用不了太久，我依然会改变，例如每一次出门上学，每一次工作调动，到现在，不说爱人，连我自己也不能确定自己不会再改变了，那么，就这样也好，总以为人生很短暂，何必勉强自己过一种自己不爱的生活呢？人生就是一场行走，每个人看到的路边的风景不同，与其选择一处美景歇下脚来，不如继续赶路，去欣赏前方更绚丽的美景。至少，在自己垂垂老矣之时，人生不会单调得只有一处景致可堪回味。

一路行走，便会有一路的收获。那些在旅途中偶遇的不同类型的人们，丰富着我的见闻，愉悦了我的感官；那些来自世界各国习俗各不相同的学生们，让我狭小的天地渐渐阔大，狭隘的民族意识渐渐改观；最是一路行来收获的亲情友情让我感动，就如来到北京，叔叔婶婶姑姑的热情问候与接待让我很快可以找到家的温情，爱人的一位亲戚也力尽地主之谊，还有几位远道前来探看的朋友，都让我收获了一种感情上的丰盈。若不孤单，则天下处处可为家了。

曹文轩说："人生是一场苦旅。"我却更想说，人生之旅的苦乐只在自己的一念间。

随心而行

　　这篇文章注定只是随心之作。它是我从晚上十一点一直失眠到凌晨两点半后终于爬起来开始写作的，思绪是凌乱的，然而有些东西在失眠中变得清晰，很怕这种感觉转瞬而逝，于是还是选择记录，但这记录又必然是不合规范的。

　　是的，不合规范。在我看来，这种不合规范似乎才是规范。想到近几日在读的莫琳·希凯的《深度思考》，似乎不如期待中得到许多，然而，掩卷时，还是有一些东西触动了我，不是如题目所言的"深度思考"，而是作者的个人经历，她的追随心灵的指引，打破规则，随心而行。这一点，似乎也正是我自己的写照。

　　于是在失眠中，我又重新开始了人生之路的回顾。想来，我一直都在随心而行，无论是少不更事的学生时代，还是工作后一路艰辛的打拼。我从不去想所谓的成功，也很少去遵循大多数人都在遵循的规则，我只是在听从心的引领，一步步将自己想要做的事情做下去。回头想来，我总是走在一条少有人走的路上，总是在摸索前行之中，也因此总是会磕碰跌绊，但虽是曲折小径，回头看，却是一直在走上坡路。照此看来，我似乎也可以如作者一样最终走向成功，但到底是什么阻碍了我？

　　翻来覆去中，一篇几天前读到的文章突然又闯入我的心底，那是李泽厚的《苏轼的意义》。读到这篇文章时，我刚刚给学生讲过苏轼的旷达洒脱。一直以来，苏轼都是我最喜爱的作家，没有之一。我一直以为，我喜欢他正是因为他那份无人能及的旷达洒脱，无论身处何种境况之中，都能够处之泰然，享受生命，我也一直以之为楷模激励自己。然而这篇文章令我心头一震，我忽然意识到，真正打动我的，其实不是这种泰然，而是旷达背后的空漠，洒脱背后的苍凉。看似"也无风雨也无晴"的平静，是体味一切无意义后的淡漠；"江海寄余生"似的恣意，更是一种无处可逃的人间的悲凉。李泽厚说，苏轼这种对于社会的退避实际是不可能做到的，除非出家做和尚。然而，即便出家做和尚，这种空漠苍凉，也依然无法避免。这种空漠感不是心中的，而是深入骨髓之间，也许，是连苏轼自己也不曾意识到的。

而这种空漠苍凉，一样根植于我自己的骨髓之中。难怪大学时，第一次读到一篇儒道思想对于中国文人影响的文章，我便深深为之震撼，并从此对这方面的题材格外关注，而苏轼，也正因其完美地将儒道思想糅合起来而走入了我的视野。但我一直以为这二者是可以并行不悖地存在着的，以为自己可以一方面积极进取，一方面随遇而安。直到这个无眠之夜，我再想起李泽厚的文章，才忽然意识到，原来，出世的思想一旦根植于心中，便不免会去否定一切事情的意义，便不免将一切人与事看轻看淡，这与淡泊名利是两个概念。正因此，苏轼一面在努力有所作为，一面又不免对人生充满着一种戏谑的味道，对自己所做的一切产生深重的怀疑。这样看，即便他不曾被贬黄州，也一样会有"人生如梦"的感喟；即便他始终身处高位，也一样会有"江海寄余生"的冲动。这样的人，即便再有才华，最终也只是社会的消解力量而非推动力量。

这种顿悟并不曾破坏我对苏轼的喜爱，反而让我更想认真去读一读他的作品，在这种阅读中去更深地读懂自己。无疑，我的生活美满，家庭幸福，工作也还谈得上顺利，然而内心深处的一种悲凉总会不知何时升起并满溢，我会以为是忙碌劳累让我有退隐之念，让我想要回到家乡安度此生。然而真正回到老家，静享生活的悠闲与舒适时，内心的苍凉感依然会时不时涌出，似乎无处安放我的心魂。苏轼曾说，"此心安处是吾乡"，然而我想，他找不到心灵的安放之处，如我一样，这比起李白因过于狂傲的人生理想无法实现而感受到的激烈的人生苦痛要深重得多，因为它是淡然的，是不着痕迹的，但却是借一切外物也无法摆脱的。

或许这正可以解释我的不能成功。我的勇于打破规则随心而行算是一种才华，这让我可以在任何一个新的环境中迅速脱颖而出，但对于一切规则的蔑视和过于随心而行又不免最终阻止我向前的脚步。我会在做任何一件事时首先质疑这件事的价值意义，我从不去追逐所谓的功名不是因为我清高，而是因为我会产生强烈的对于功名的意义的怀疑。同时，因为无可逃脱，我会努力融于世事，却在这种融入的同时保持一种隔离，对人亦是如此。这便注定了我无法真正融入任何一个群体，更不能成为一个群体的核心力量，否则，对于群体，我便只会是一种消解力量，虽然我一直以为自己是充满正能的。那么，我能做的也只能是继续随心而行，将自己勇于打破规则能够自由发挥的一面充分展现在可以展现的领域。

在夜的寂静中，我似乎一步步在探究到自己的内心，也许这正是经历与阅读的意义所在，它会让你越来越清晰地看到自己，像莫琳所说，不断逼近问题的本质，虽然这本质也许会让你感到绝望。生命一直就是一个不断认识自己的过程，即便认识到的最终只是自己阴暗的一面。"人生是一场苦旅。"曹文轩的这句话，在不同的时候总会有不同的解读，此时我感受到的，便已不再是一年前感受到的，更不是第一次读到这句话时感受到的了。

只是，我依然无法解读明白，这样的悲凉空漠产生的根源何在。我相信人们的思维方式一定会是过去的生活的一种折射，但我找不到可以解读我的心理的根源依据，虽然这几年读的书中，心理学的书最多，但似乎越读越不得其妙，难以梳理清晰。不过，这又何妨？纵便寻得，也不过是为自己的发现加一注脚罢了。而我现在是要通过不断发现自己认识自己寻得未来的路，虽然也许前路不过是一种延续罢了，但在这延续中，我也当不断发现新的可能，至少，也当让自己看得更远。

已是凌晨四点十分，该结束这种无眠中的呓语了。

岁暮怀想

一　2013

一场冷空气袭来，直透心怀，突然感觉到了冬的味道，便也意识到，又一年行将结束了。于是，心底忽然一悸，人生的许多过往，也总在岁暮之时以一种令人心痛的方式重新呈现。

初毕业时，总以为天下可以是自己的，生活可以是无限缤纷的，于是，勇敢地走出去，闯荡、流浪，无所畏惧，尽管在现实中不断碰壁，却从没有碰掉过那份对生活的信心，从没有失去过对未来的憧憬与希望。于是，在打给家人的电话中，会流泪、哭诉、动摇，却没有过放弃，没有过绝望，擦干眼泪，继续一往无前地踏上征途，继续追寻那也许永远只能是梦想的梦想。然而现在，隐隐地害怕起一切未知的东西，害怕远方那不确定的风景，于是蜷缩于这既定的安稳之中，再也不肯起身、远行，于是想到一首歌的歌词："虽然天地看起来那么大，人却总被绑在某些地方。"远方的梦想依然还在远方，我却失去了追寻的心力，于是，心底便浮起无限伤感，想到了孟浩然"功业未及建，夕阳忽西流"的句子，想要快乐，却快乐不起来。

在外奔波的那些年关，总是急于过年，等待回家的日子早些到来，于是，早早地订好回家的票，满怀热切地期待着。终于到了那个日子，登上破旧而拥挤不堪的火车，竟也能找到一种兴奋、一种幸福，与身边不熟识的人无拘无束地交谈着，海阔天空，不用给定话题，不用关注自己的形象，也不感受旅程的漫长与枯燥；临近乡关，更是一种无法掩饰的喜悦和快乐，急匆匆地介绍着路边的每一处景观，即便那景观实在不值得别人去观赏去记忆；要下车了，洒脱地拿起背包，与身边的陌生人友好地道别，祝他们早些到家，祝他们前程似锦，然后，满脸笑意地下车，伸长脖颈寻找来接自己的亲人。现在回想，那种感觉竟是一种辛酸的幸福。而生活的安定，处境的优裕，却麻木了我们的感受，找不到回家的感觉，找不到年关的幸福，只为生活的凡俗奔忙着，忘了过年本有的意义。

还记得那个年关，漫天飞雪，天地间一片洁白，尚且徜徉于新婚甜蜜中的我们，小心翼翼地开着车走在回家的路上，路面的湿滑丝毫不影响欣赏美景的心情，那一片银装素裹的世界，仿佛是我们爱情的见证，那般美好，那般洁净，不沾染任何的尘俗，我们甚至停下车来，站在雪地中，在无人的世界里，长久地对视、微笑，天地之间，弥漫着的只有清纯美好的感情，污浊是沾染不了我们的心灵的。但，多年以后，同样的情形，我们却行色匆匆，没有时间，也没有心境再去体味自然。尽管感情弥笃，但当初的那份心动，却是再也无法找回了。于是想到纳兰的那句"人生若只如初见，何事秋风悲画扇"。初见，真的是一种再也无法找寻的况味，永远只能在心头去回味。

……

再细想，这便是人生吧，人总会有曾经年轻曾经美好的日子，但也终会有一天，青春不再，激情不再，于是，消沉、悲哀、怀旧，便无可避免地寻上门来。然而，还是有着许多琐细而淡然的现实会让我们心动，会让我们在回味时体味生活别样的快乐，于是释然，坐上车，打开音响，让自己喜欢听的周华健那首《送你回家》的音乐弥漫车中，继续行路。

二　2016

明日便是除夕了，人在年底之时，总不免会有些怀旧的情绪，想起经历的种种，我自认不是一个怀旧的人，但却还是有一些想说的话。

大约两三个月前，一次研究会的同仁聚会，饭毕，梁会长提议大家每人说几句作为结束语，我记得自己说："我读书是从农村到县城到市里再到省城、京城，工作是从一个只有一条街道的小镇到县城再到市里，我的经历告诉我，没有什么是不可能的。"现在的自己，似乎又为这句话做了一个注脚，同时也更让我坚信，未来还有无限的可能。

　　三年来，我生命中的相当一部分，甚至可以说大部分都奉献给了我所创办的研究会，那份辛劳，正如我在研究会两周年年会时所说的："世上本没有路，走的人多了，也便成了路，然而在从没有路到开路的过程中，先行者们所经历的一切，却不是后来者可以感受到的。"我是带着复杂的心情去参加那次年会的，因为年会的第二天，我便要离开那座我生活了十年之久的小城。我的离开让很多人不理解，无论是我的职业，还是研究会的事业，大约都是刚刚发展到"如日中天"的时期，甚至有人劝我说，再坚持两年，我便会成为运城教育的一面旗帜，然而我竟不能坚持，实在让人大失所望。我笑笑，想到了沈从文的易辙，大家都觉得应该在文学上坚持的他，却转而选择了服饰研究，似乎不能不说是一大遗憾，然而我自己走过了许多路，终于可以理解他了。从小逃学的经历成就了他的不受拘束，那份自由的天性，不是任何一份职业可以框定的。他的人生，便是只听从自己心性的历程，无论在这世间会受多少毁誉，却没有什么可以改变他的自我。便只这一点，我便无法不对他油然生敬，而同时更愿自己的一生也是可以听从心性的精彩历程。

　　原本是打算怀旧，但写着写着，仍然不免要写到未来，这也充分证明了我不是一个喜欢怀旧的人，但没有什么不好，不喜欢怀旧让我不断调整自我，一步步寻到了自己的发展方向。这几乎耗费了我二十年的努力，二十年前的我，从一个最被人看不上眼的专科学校走出，连考研的勇气都没有，觉得距离自己太遥远，那时的自己完全不知道方向在哪里，只是四面乱撞，期望可以撞出一条路来；地坛中的史铁生，大概正是这样一种心情吧。然而人生的道路总是藏在荆棘丛中的，直接走上康庄大道的人不是没有，但至少我不是。在自己撞得头破血流几乎要放弃努力时，却意外地找到了那条路，这让我更加敬佩史铁生，他所经历的种种心灵的折磨，定然是比我要惨重几千几万倍的。也正因这份惨重，才使得他可以真正用心感受写作的零度、人生的零度，我希望自己也可以如此。

对于还不十分明朗的未来，我已有了自己十分明确的规划，其实实现与否都不是那么重要，人一直是走在路上的，只要走得心安走得坦然，结果便不是那么重要了。这正如孩子们的考试，其实每一次考试的成绩并没有那么重要，需要问的是考前的时光是如何度过的，虽然考试总不免会有一些偶然性，但那只是一次两次，长远来看则是必然。我从不奢望自己的愿望一定会实现，但我需要有愿望，同时有为这愿望而付出的努力，仅此而已。

于是心中坦然，开始安享新年的美好滋味吧。

三 2017

几日来，不佳的身体状况严重影响到了自己正常的生活和工作，精神也由此而颓废，任由自己沉陷于对往昔的追忆之中。又恰值岁末，忽而忆起几年前曾应约写过的一篇《岁暮怀想》，于是重新拾笔，算作那篇文章的续篇吧。

依然清晰地记得写那篇文章时的心境，在经历了一段长时间令人煎熬的拼杀、冲锋后的自己终于在无情的现实面前败下阵来，"铩羽而归"一词可以极为恰切地形容自己那时的窘境。于是，一种隐藏于平静的外表后的侵入骨髓的落寞、寂寥充满了心灵的每个空间。我的笔下，尽是往昔的美好，而内心，却是无边的孤寂。那时的我，喜欢独自驱车在少有人行走的路上缓缓行驶，听张学友那首令人心醉的《送你回家》，却不知自己心灵的"家"究竟在何方。

几年后的此时，再回想彼时，一切都已归于平淡，认真想来，那一次的挫伤，不过是我自己在生命、爱情、事业都曾濒临崩溃的人生绝境中的一次而已。一旦走过，才觉人生本就该充满缺憾，正如史铁生在对人生进行了最完美的设计后，却发现这样的人生了无趣味一般，或许正是这太多的缺憾让自己可以对今日依然挺立依然向前的自己满怀敬意，对于未知的未来也可以无所畏惧。

几年间的改变，也或许正是由这无所畏惧而来。当发现自己一直以来对外的寻求毫无所获反而让自己伤痕累累时，我转而寻找自己的内心：我想成为一个什么样的人?为此我需要做些什么?生命的图景于是在这样的追问中一步步清晰起来，我不再沉默，不再蝇营狗苟，我要让自己的生命绽放属于自己的色彩，不为获取现实的认可，只为不再虚耗光阴虚掷人生。由此，我将自己置于"无何有之乡"去开拓一个他人不曾开拓过的世界，去体验生命中未曾体验过的角色，也去发现、感受自己一直想去发现、感受而一直无机缘的全新的空间，而一旦放下了现实的羁绊，不再关注他人的目光，我才真正意识到：生命原来真的具有无限的可能，只是我们早已习惯于自己所熟悉的那片天地，而缺失了改变的勇气，也便错失了这之后的所有可能。自然，生活能够按部就班对很多人而言是一种幸福，但对于一个心灵不肯受到羁绊的理想主义者，一成不变或许意味着毁灭。至少，对我而言会是如此，于是，每一种改变都会让我满怀欢欣，虽然这改变未必一定是向着自己期望的方向，然而，毕竟人生又有了不同的色彩，毕竟新的可能又会出现在眼前。

曾经年少轻狂，曾经身被百创，到而今深知人生的起起伏伏原不过如花开花谢，伤病过后，还会康复，低谷过后，也还有新的奋起。我不会再如从前一般好高骛远，但也不会轻言挫败，我只愿静静地听从内心的声音，缓步慢行，欣赏一路的风景，寻求前方的另一片天地，足矣!

怀想之际，我的世界依然静寞，但我的内心早已不复既往。

四 2020

又值岁暮，于是想到六七年前所写的与三四年前所写的同题文章，也算是对于过去的一种记录，那便在这一个年终之时，再写一篇同题之作吧。

然而毕竟环境与心境都在不断变化。六七年前自不用提，便是与三四年前，也已有了巨大的反差。这反差并不能简单地判别孰优孰劣，只知人生的每一个阶段，都会有很多的不一样。

聊起2020年，没有人能避开疫情不谈，因为它对于我们的生活影响太大，我也同样。上网课那段日子，是许多年来在老家度过的最长的时光，虽然母亲的病成了我的心结，但值得庆幸的是我能够在她需要时陪在她的身边，听她絮絮叨叨地谈论农村、小区以及家里这些年一直远离着的人和事，虽然并不关心，但我愿意倾听，因为我明白她的倾诉的心愿。母亲是个乐观而坚强的人，虽然病得不轻，但她总会憧憬着自己病好的时光，而不是对疾病充满抱怨伤感，她会以最积极的态度配合医生的治疗，即便各种各样的治疗让她更显羸弱、饱受折磨，她也从不退缩，这自然也给了本是满腹愁绪的我一丝安慰。而在母亲生病的这些日子里，她每日的饭菜饮食都是年过八十的父亲负责的，儿女们只承担了运送的责任。父亲总是一边听着或唱着歌一边在做饭，虽然我们知道他其实比我们多了一份对母亲的病的担忧，但他展示给我们的，永远是最豪爽豁达的一面。这些，让我在欣慰的同时，对父母的敬意又增了一分。如果我的性格中还有一些值得肯定的地方，例如对于外事外物的达观的态度，例如不肯轻言放弃的努力拼搏的精神，那是父母给予我的除了身体之外最好的恩赐。这是这些年来我一直不曾认真想过的，然而现在我终于想明白了，并真正懂得了感恩父母的意义。

也是在老家的日子里，我们再次搬了家。似乎许多年里，搬家成了我们的家常便饭，从结婚到现在，搬家的次数怎么也有十多次了，似乎从来不曾安定下来过。不过这一次不一样，这一次搬的家，虽然很多年里我依然只能把它当作偶尔停留的驿站，但它很可能成为我最终的归宿。为此，我对它倾注了自己搬了十多次家从不曾倾注过的热情，从装修材料的选取、装修风格的确定、家具的采买到小物件的配置，等等。虽然现在，我只能在远方以一种思念的心情去触摸它的每一个角落，例如螺旋垂挂三米多的楼梯间那顶炫酷的吊灯，例如卧室床头全墙的刺绣勾勒出的若隐若现的江南小镇，例如墙角里古朴简约却又高档优雅的灰色七斗橱，例如地下影院精心选购的那套多功能沙发椅……虽不能时时拥有，却可以常常想念，知道终究有一个地方，可以成为自己漂泊多年后的归宿，似乎心也随之安定了许多，不再为那永远渺茫的前路而担忧，不再为现实中这样那样的不如意而沮丧伤怀，似乎"家"的概念第一次以物的形式清晰呈现。

这可能是年岁渐增而引发的退避情怀吧，然而这似乎并未引发我自以为会引发的不安。接受时光的自然流转，接受自我的一切缺憾，以平和的心境做好眼下之事，这应该是这一年里自己最大的收获。不再刻意求取什么，只更加专注于眼下。想到在自己如无头苍蝇到处乱撞时导师提醒过我的:静下心来，才能明白自己想要什么。许多年后，我终于能够真正静下心来，于是，也便那么清晰地看到了自己真正想要的。然而并不为过去的四处碰壁而追悔，这大约是所有的成熟需要经历的必然过程吧。我第一次思考清楚了作为一名老师应尽的职责，思考清楚了作为家长需要担负的责任，也思考清楚了作为个人存在的价值与意义。似乎很可笑，一直以为自己很清楚的这些角色界定，现在才发现从没有过明确的思考与规划，更不曾有过明晰的行动路线，一直便只是被裹挟着茫然向前。好在自己还不曾年过半百，还可以有时间去体验不一样的人生航程。

自然，还有生活本身。从前，会以为周末的无所事事是一种浪费，享受生活成了内心的一种负罪，似乎所有的时间全都安排得满满当当才是有价值有意义的人生。然而现在，我不再指斥女儿把大把时光花费在梳洗装扮上，也会陪着儿子一同追一些明知无聊却也会为之开怀大笑、为之伤心落泪的古装剧，乐意追随爱人去参加他那一帮过去我称为狐朋狗友、现在觉得是铁杆兄弟的朋友们的家庭聚会。而我自己也会时常任由自己无所作为而不再有心中的激烈交战。时光静缓自有静缓的意义，这也许是从 Gary

壁炉前的吉他声中学来的，也许是从女儿"慢点"的口头禅中得来的，又或者是从岁月的悄然流逝中自然得来的。我不再强求我的孩子们优秀，只需他们心中有爱，脸上有欢笑，自可有最好的人生；我也不再强求自己成为行业或人生中的佼佼者，只要自己尚在努力能够感受到工作学习的幸福快乐，那便可以无愧无憾了。

当我以这样的心境这样的姿态面对我的家人时，我也悄然感受到了他们的变化：爱人渐渐远离了一些不必要的饭局，更加以家为重；女儿放下了对父母的所有戒备，无事不谈；儿子初露苗头的乖戾为之遁形，开朗懂事。全家人更多地聚在一起谈天说地，一同看看电影电视，偶尔也会打打牌，散散步，日子过得平安喜乐，每个人的戾气都少了许多，家中几乎没有了争吵的声音。即便现在大家又重新投入到自己的忙碌之中，彼此之间也不再有抱怨不满，不再有肆意发泄的情绪。这应该是2020给予我、我的家人，甚或是世间每个人的一场无言的馈赠，只是不知道是否每个人都能感受并接受这份馈赠。

头上的白发渐增，脸上的皱纹渐深，但我不再以之为怀，与生活握手言和，是岁月最好的眷顾。年末回首时，我举不出什么显赫的成就，辉煌的业绩，然而内心的平和却甚于之前的每一年。如此，足矣！

我为什么来北京

　　我为什么来北京?这是这些日子在我脑中盘桓不去的一个话题,为此我搜读了众多这方面的网文,几度泪落涟涟。我也由此想到一位老友的那篇《我为什么来山西》,忽而读懂了她的心境。

　　来到北京已一年有余,我必须说,我由衷地热爱这座城市,每次从首都机场三号航站楼出来,望见那熟悉的转角广场、草坪以及那块"北京欢迎你"的巨型匾额,都会让我有一种久违的舒畅感,微笑着去深吸一口气,仿佛空气中弥漫的不是雾霾,而是绿意、是清澈。我会想到自己还是孩子时就产生了的对这座城市的渴慕,会想到曾在这里度过的学习时光以及种种生活体验,自然也会想到自己重返这座城市后的生活与那虽不明朗却依然令人心生向往的未来……

　　大约正是这样的一份向往吧,让和我一样的众多渺小卑微的北漂族不忍离去,或去而复返。没有在北京生活过的人无法理解这座城市,更无法理解那些在他们眼中过得落魄窘困的人们何以死守着这座城市不忍离去。确实,北京的高房价让人咂舌叹息,北京的重雾霾让人谈之色变,还有北京的生活节奏、工作节奏之快,与实在谈不上高的薪酬似乎无法匹配,然而,这一切都还谈不上沉重,真正成为北漂族共同的心头之痛的,其实只是一个名词"非京籍"。这个词语不能不令人想到近三十年前的整个中国,那时人与人的最大区别在于:城市户口与农村户口。我还清晰地记得,因为自己的农村户口,好几个喜欢过我的男生选择了放弃(自然,那时心高气傲且还不谙世事的我也从未将他们放在心上过),回想起来，这实在是一件荒谬的事情。然而，近三十年后的我，竟会再度面临这样的荒谬，并不得不因之而生文题之慨。

"非京籍"这个概念真正成为我，也成为和我一样的北漂族避之不开的魔咒，多是从自己的孩子面临升学考验开始的，这时，无论是我这样的草根一族，还是那些自以为在这座城市打拼多年、有房有车、已与这座城市融为一体的杰出精英人士，都一样不能幸免，其中的许多人最终不得不在"非京籍"的重压下低头认输，或者选择打道回府，或者不得已将孩子送出北京，寄放在周边的寄宿学校，或者干脆送回老家，开始与孩子的两地生活。

这是一场毫不容情的疏解行动，几年来，随着这座城市越来越庞大，越来越不堪重负，"人口疏解"便越来越成为城市的热门词汇，在很多其他措施，诸如解散农贸市场、拆除违规建筑等效用不大时，疏解的最佳途径，似乎最终锁定在了"教育控人"上。一旦面临孩子的升学问题，最强硬的家长也不得不选择低头，默默去准备那名义是"五证"实则包含三十余证的各种证件，继而在各种焦灼惶然中等待宣判。这样的场景正年复一年地演绎着，且有愈演愈残酷、愈演愈激烈之势。我自己便不幸成了这支大军中的一员，自然，这似乎也谈不到什么不幸，政策的制定自有其合理之处，只是，作为个人的悲哀，终究无法消除。

似乎"离开北京"成了最佳选择，离开高房价，离开重雾霾，离开紧张压力，更离开这场令人窒息的升学大战，然而，这真的是最佳选择吗？

儿时被北京吸引，是因为它宽阔的街道、整洁的环境，还有悦耳动听的京腔，一切都是外在的；再度被它吸引，是因为它包容的胸怀，浓厚的人文气息，以及无限多的可能性，这些内涵非亲历无法感受；而现在，更吸引我的则是它给梦想者实现梦想的机会，给努力奋斗者应有的酬劳收获，给个性张扬者张扬个性的舞台。在中国这个人情关系织成的几乎密不透风的大网中，这里却还能有自由的呼吸，能有可以专注做事而无须逢迎讨巧的平台，这大约便是人们终究不能、不忍离开的根本原因。谁也不想生活窘迫，然而，比起生活的窘迫，精神的窘迫也许更加令人难以承受。那么，关注外在生活的人，尽可以在小城市中拥有更广阔的空间、更安逸舒适的环境，而还在为精神自由而战的人们，选择这座城市本也无可非议。

与个人精神的自由同时吸引着众多北漂族的心灵的，还有教育的包容性与多样化。我所在的是一所私立学校，然而与外地私立学校那种紧盯成绩不问其他的做法大相径庭，在这所学校，素质教育一直是学校工作的重头戏，即便在高中阶段，各类选修课程包括游泳、射箭、编织，等等，都被视为与主修课程同等重要。还记得一位老友远道来看我，我问她对学校印象最深的是什么，她说是学生们脸上洋溢着的阳光快乐，而这也恰是我自己初来乍到时最强烈的感受。这些学生的成绩谈不上特别优秀，然而却没有如同我曾经在的地方重点学校的学业困难学生的那种自我放弃；他们不够刻苦，但在考试前也都会用功努力；他们中的一些人在学校表现平平，却可能是市级、国家级甚至国际级的某项大奖得主。在这里，我无法用过去的眼光衡量学生，无法凭借自己的评判定性学生，而这种种可能性，使这里的教育充满魅力，即便孩子可能连参加高考的权利都没有，也使人不忍为了高考的结果而放弃这十多年的教育过程。

其余的资源无消细说，单只这两条，如何能不令北漂族为之心动、为之而宁愿放弃舒适甚至奢华的小城市的生活？更何况，对这座城市的喜爱决不只因这些诱人的资源，我还喜爱这里分明的四季，喜爱这里干净繁华的街道，喜爱路上人们的匆忙行色，喜爱这忙碌而实在的生活节奏……大约这分明，这繁华，这匆忙，这实在，都与我的性格暗契。这不是一座适合所有人的城，却是适合我的城，这让我在这里生活的每一天都感受着一份活力与愉悦，感受着一种外在与心灵的契合。

距离孩子升学的日子渐近，我不知道自己是否能够通过这焦灼揪心的考验，但我终究无法选择再度与这座可以承载我的心灵与孩子的快乐的城市告别。只要还有一线可能，我依然会将这座城市写入生命中最重要的历程。

不惑之获

一

行将四十，忽于人生有了诸多感悟，也便终于明了"不惑"之意。

"不惑"之前提在于"惑"，惑于岁月之流逝、时光之无情。年少时只一味轻狂，不去想时间为何物。之后初入职场，只顾一往无前、全力打拼，并且总觉来日方长，亦不去念及时光之流转。直至猛抬头发现自己已站在四十岁的门槛前，才不由感喟"汩余若将不及兮，恐年岁之不吾与"了。杜甫曾在四十岁前夕写下"四十明朝过，飞腾暮景斜"之句，那种时光流逝而人生理想不得实现、前路亦只是茫然的焦虑与苦闷不能不纠葛于心。然而若能悟及人生苦短、时光倏忽，则必能思人生之要义，努力追赶光阴，不再如以往般虚耗时日，那便自会走向真正的"不惑"了。

"不惑"先在于不斤斤于外物。回首时，曾为了那许多的资历、名誉、证书等等费尽心力，也曾为了现实的不如意与挫败痛苦不堪，此时却忽然感觉这些东西如此之轻，大可不必萦怀。但这样的洒脱又绝不等同于虚无或遗世，而是悟到人生之要义只在于扎实做好眼下之事、认真走好脚下之路，能"足乎心"则自会"无待乎物"了。那些总在斤斤计较、为蝇头小利而争得头破血流之人，只在于其内心世界尚不足够强大，需要寻求到外界的支撑保护才能掩饰内心之脆弱。苏轼笔下"也无风雨也无晴"的境界，便是这种"不惑"最好的诠释。

自然，"不惑"更在于能够明了自己最终的人生方向。年轻时可能会东奔西突，四处寻求而又四处碰壁，那也是人生历程中别样的丰富多彩，是独属于年轻的朝气。但若年届四十仍迷失在人生之途中，寻不到自己的方向，那便真如孟浩然一般在"迷津欲有问，平海夕漫漫"的仕隐两失的怅然中度日了。一旦拓清方向并能在自己认准的道路上全力以赴前行，则人生自会变得简单而又充实，所有的艰辛也便可以忽略不计了。并且这样的目标明确的努力必定会让自己在未来的某一天再回首时，可以无愧于心、无憾今生，这便是人生最大的成就。

年届不惑，心亦不惑矣。

二

真切感受到人生时光的易逝，应该是不惑之后的事了，不惑之年真是人生的一个转折，难怪有那么多名家不惜笔墨要来描写自己的不惑呢。袁昌英以为四十以后"一生有意义的生活才真正开始"深得我心，因为我自己真正有意义的生命似乎也是四十岁才开始的。

四十岁之前的生命，可能有的是无穷的精力和浩远的梦想，然而常常将拳捶在无何有之处，感受到的全是虚空，全没有了力道；四十以后，渐渐收敛了年轻时的狂妄与傲慢，学会平和地对待各种人与事，看似波澜不惊，却能明确地知道自己所做的每一件事情的意义与自己所取得的每一点微不足道的进步了。每一天行将结束时，这一天的历程与收获都可以清晰地展现在眼前，可以安稳地睡一个香甜的觉了，而不再如从前一样全不知自己这一天的努力指向何方，夜间的梦境也总是虚飘地浮在空中了。

四十岁之前的生命，总是在向外寻求，想要得到的外在的东西太多，于是只要看到前方略微有一点点渺茫的希望之路，无论自己是否适合，无论自己是否热爱，便不顾一切地向前冲，直至一败涂地，再去寻找另外的一条路，再以同样的大无畏的勇气去追；四十以后，明白那样的努力其实不值得敬重，不能认清自己并尊重自己，四处碰壁便是难免的了，更重要的是在这样的"努力"之中，太多的光阴被无谓地虚耗，等到终于能够静下心来认清自己时，便不免为那些匆匆流逝的光阴而叹惋不已。这时也才明白，所有对外的寻求都要借助于外界，不是自己凭一腔热情便可以达到所想的，这正是庄子所谓"有所待"的人生。因有所待，而永远不能真正"逍遥"，不能在自我的精神世界中自由驰骋，于是了悟"足乎心而无待于物"的境界了，于是转而在自己力所能及的领域中不断开拓，不断达到自己新的高度，并由此得到心的自足。

耳边总不免有"四十喽，老了"的感伤，这种感伤自己不免偶尔也会有，然而细思来，还是觉得四十岁对现代人而言正当青春，看看身边一些五六十岁的人，也还正精力充沛激情昂扬，四十岁的人还有什么资格称老呢？四十岁之前是在"惑"中度过的，终于可以走到"不惑"之时，才可以感受实实在在的努力与希望了，虽倍觉时光短暂，但这时的效率却可以抵得上过去几倍，因为摒弃了多余的思虑与杂念，如此，岂不是十年便足抵过去四十年的总和？要想有所作为，若不能趁四十岁的光阴开始，便真的是悔之迟矣了。四十岁的人，当给自己确定明确的人生目标，可三年，可五年，可一周，可一日，一点点完成，一点点积累，铸就自己人生中最有意义最有价值的历程。如此一想，更觉时光匆匆，还是埋头自我完成吧。

感悟生活

我们眼中的世界，

不过是个人心中世界的

现实折射而已。

以我观物，

则物皆着我之色彩，

如是，

所有的生活感悟，

也便独属自我，

而与外物本身无涉。

生活琐记

一

一大早出门，耳边一片叽叽喳喳的鸟叫声，清脆悦耳。抬头看，天是浅蓝浅蓝的，随处点缀的朵朵白云在朝霞的映衬下呈淡淡的粉红色，向东边望，这粉红便越来越深、越来越深，终至绚烂成满目的红了。这红的上方，一大团厚重的云团因背光而呈青黑色，又如一条硕大的鲤鱼在天边跳跃。正这样抬头望天时，忽听身后一个稚嫩的童声说："奶奶，你看天上的云朵好像两只天鹅呀！"扭头，一个七八岁的小女孩，正对牵着她的手的奶奶说着。会心一笑，感觉真是美妙，原来这样去关注天空的不只我一人啊。

加快脚步来到学校，坐电梯上五楼，随意一瞥窗外，便又移动不了脚步，在蓝天朝阳映衬下的远山，呈一片青黑色，那样鲜明，古人说"远山如黛"，原来真是如此形象啊。色彩在这里总是这样分明，又想到昨日下午在小区看到的那轮落日，被我无意间扫到时，便整个人都震撼了，跳下车子，就那样呆在路边看那一轮硕大鲜红一点一点落下山头，那光环还是颇有些刺眼的，眼前便时不时跳跃出一小团乌云，再定睛看时，却什么也没有，原来不过是光线刺激下的幻影罢了。太阳落山很快，从擦着山头到完全落下，大约不过三分钟，却让我感觉整个世界都为之凝滞了。

办公室的几位老师依然在我之前到了学校，她们的敬业认真总令我肃然起敬：年过六旬的数学老师单老师总是满面笑容、精神满满，处理各种难题游刃有余，对每个学生的情况都了如指掌，同时又兼任着年级的副主任，工作很繁忙，但她以此为乐，有学生说中午来问题，她便放弃午休，早早来到办公室里候着，给学生讲完题，还总不忘鼓励几句或是提醒几声，声音温柔而动听；我的同行乔老师是一位优雅知性的女子，从来那么从容淡定，不急不迫，让我在她面前总感觉自己不够从容，她又无疑是我在这个新环境中的导师，让我不再感到无人关注的孤独，最堪羡的是她的一双巧手，一个钩针、几团毛线，就能在她手上变幻出各种小玩意儿，或是杯垫，或是小包，或是各种小动物，这些编织已经随着她的亲戚朋友或是学生遍布世界各地了；还有我后面坐的英语老师赵老师，大我几岁，却比我更显年轻，挺拔的身姿，不奢求时尚但高贵得体的着装，映衬着那令我艳羡不已却永远修不到的气质，她的表情总有一丝冷漠，实则却非常热心，初来乍到的我的很多困难都是这位我愿意称为大姐但其实更像朋友的赵姐帮我解决的，吃饭或是回家，我们时常走在一起，话不算多，但总让我感到一份特别的亲切，她是国际班的班主任，工作大约也很琐碎，但与乔老师一样应对有致，进退自如。我与办公室其他几位老师交往不是很多，但大家都各行其职，工作期间没有人大声喧哗，没有长期以来我不得不与之对抗的各种负能量，我喜欢这样的工作环境。

下午抽空去给儿子上学前班报了名，还有一周，儿子就整五岁了，三个月的北京生活，他的改变是令我欣喜的，更加活泼自信也更能融入群体之中，不再总是缠着我不肯离开，也不再心有所想却总不肯明言。每晚我会与他一起读会儿书或是说会儿话，有时也会一起玩游戏。现在，他能独自开始读书了，有的是比较简单的字词组合起来的简单故事，也有的是他虽不能全认得但听我读得多了他早已记熟了的故事；也能与我一起编故事了，随便拿到一幅图画，一个故事便可以构思出来，虽然谈不上精彩，却也别有情趣；玩游戏有输有赢也总是乐在其中，我们最常玩的便是赛跑，总是从门到沙发，从沙发到门，赢者可以得到写他的名字的特权，现在，他已经可以把他那繁难的名字写得像模像样了。我那么鲜明地感觉着他的成长，同时也决意在他成长的道路中多一些陪伴，几个月后，我们将每天一起上下学，一起谈论同一所学校的事情，却也真是一件美妙的事。

女儿给我回了信，这是我们之间的约定，每个星期我们都会通信，互相通告彼此的近况，看得出来，她正一点一点地努力着，同时也不忘鼓励我继续努力。当我告诉她我的身边坐的是一位美国的外教时，她鼓励我学一些简单的英语口语，甚至告诉我哪些电影可以提高我的英语口语能力，口气颇像是家长对孩子的嘱咐，似乎我们之间一直是这样的，生活中，她倒更像一位家长，替我操了无数的心，而我则坐享其成，乐享这份关心。在这个家中，似乎我才一直是被宠着的孩子，家人都让着我，关心着我，让我可以毫无后顾之忧地去闯荡。胡适说，容忍永远都比自由更加重要，这点我是有着深切的感触的，我的家人对我的容忍成就了我的自由，所以，我也一直在努力容忍自己身边的人，包括所有不同于我的见解。正是这样的容忍使我在一个群体中能够得到大家的认可，我能容忍上位者的挑剔，也能容忍年轻人的不成熟，对于自己的学生也是如此，无论学习如何态度怎样，我都能够容忍。自然，这也是历经许多后的一种修炼，曾经的自己是暴躁易怒的，想来还是由于不能容忍。不容忍大约是因为认为自己永远是对的，所以一切不同于自己的观点主张便必是错的了，其实现在想想大可不必，每个人有自己的选择，你不能轻易去否定随意去批判，容忍才能真正成长，这是我在自己家中最大的收获。

生活，不断地向我展示着它美好的姿态，而这所有的美好，首先当源于心，因为生活便是你的心灵的折射，心灵澄澈，生活才会美好。

二

一大早，女儿便发来遥远的欣喜，说是听到了太久没有听到的鸟鸣。我笑了笑，告诉她，北京的清晨总能听到鸟鸣，只不过她一直没有心情听罢了。又忽然想到，似乎自己也已很久没有听到鸟鸣了，不知是因为春天的逝去还是单纯地因为生活的烦琐让那颗敏感之心渐渐钝化。

还是几年前，那时初来北京，每日晨起，都是伴着清脆悦耳的鸟鸣声去上班的。那时的自己，不用忧心父母的身体，不用忧心孩子的未来，不用忧心生存的压力，不用忧心生活的无趣……走在路上，整个人仿佛浸润在美妙的旋律之中，满心愉悦，这鸟鸣，便是这旋律中的主基调。

　　渐渐的，鸟鸣声离我越来越远，仿佛不存在了。或许是因为赶时间开车上班，我不再从小区步行穿行；或许是因为带儿子上学，我不再有闲暇欣赏路边的景致；或许因为父母渐渐老去，因为生存的压力越来越大，我已然无心无力再去顾及其他……人到中年的悲凉，只有中年才体会得到。想到辛弃疾那句"少年不识愁滋味"，真是道尽中年之惑，历经种种后，偏偏"欲说还休，欲说还休，却道'天凉好个秋'"。

　　其实，中年不过是人生中负重最多的一环而已，每一环都会有每一环的不如意：少年时不能尽情畅玩，会羡慕成年人的自由自主；青年时因为择业、择偶之难，对生活已安定者充满艳羡；老年则又因精力、体力衰减，羡慕年轻人的无限活力。人生本就是一场苦旅，只不过中年又因其承继性而重负尤多罢了，若只一端，也不会有这般郁结，只是把种种重负全都压过来，便如一个堆满物品的家，满眼满心赘余，让人觉得无法生活在其中了。这又让我想到参加学习时，导师让我们做过的一个场景示范，让一位老师同时面对家人的指责、领导的批评、学生的叛逆以及家长的不满，再精明能干的人，在这种场景下都会不知所措，自我否定，当导师让其他人都站到他的背面，只留其中一个在面前时，一切变得轻松，问题便会迎刃而解了。因为中年人已经经过了人生众多风浪，往往并不惧怕问题，然而，当所有问题同时出现，便如排山倒海的巨浪，会把他压倒。我们所能做的不过是让其他问题先转到自己身后，只全力面对一个问题，当这个问题得以解决，再去关注其他。每个人的能力精力有限，很难同时处理好所有的事情，学会选择，学会放下，才是可取之道。

　　这便是我现在要做的。父母年长，是必然之势，我既不能时时在身边尽孝，那便暂且放下；儿女之事，也无须过分挂心，多加提醒，使他们不致偏离大道便好；金钱经济，既非我所长，又不是我现在能够放下其他去经营之途，思之无益；唯有工作与自我发展，才是我最需着力之处，毕竟，工作是我的立身之本，自我发展是我的未来之基。虽不免中年之惑，却不可自我贻误，以为此生不过如此，总在发一些生命转瞬即逝之慨，我还是希望可以认真面对，做一些实事。

借一切有了一个新起点之机，我会努力调整自己的情绪，经营自己的生活、工作与学习，让自己不再一塌糊涂地凑和活着，而要活成自己想要的精致的模样。去静心听听窗外的鸟鸣，它在提醒我，生活可以有更加美好的样子，我需要去感受、去聆听、去投入。

结束一天忙碌的工作，走出办公楼，准备打道回府，同行的同事猛然惊喜地说："看天上。"抬头，立刻被眼前的美景震撼：雨后的天空一碧如洗，亮蓝的巨大天幕上缀饰着雪白而又排列齐整的丝絮，从亮蓝居多渐到蓝白间错，再到白絮弥漫，突然又形成截然分离的一排断崖，而天幕的另一边，却又形成一道圆弧，圆弧的中心，如一只振翅飞翔的巨大凤凰，美不胜收……我们一边惊叹着天工之神奇瑰丽，一边急忙拿出手机，想要将这最美的一幕留下。虽然这样的存留实在不能尽自然之万一，但毕竟可以让我们自己得到一时的快乐与满足。在这快乐与满足中，便觉所有的纷扰也难抵世间的美好，有什么理由不去拥抱这美好的生活呢？

寒冬暖意

天气一日寒过一日了。北京的四季总是如此分明，冬天一至，便让你感觉到彻骨的寒意了。早上出门上班，你总须在楼门内再次将早已裹紧的衣服围巾再裹紧一些，将已压低了帽沿的帽子再压低一些，做好迎接寒冷的准备；最后，鼓足勇气，推开楼门，一股寒风依然乘隙而入，在你身体内涌动起一阵战栗，在你裸露于外的脸上、手上冲击起一阵冰冷。

然而，这样的寒冬里，总还是有一些温暖着内心的美好驱走寒意，让你即使在凛然的寒风中也能感受到生命存在的意义。

譬如每日走过小区枯败的藤架下的小路时，总能听到的不知名的鸟儿叽叽喳喳的鸣叫声，让我总不免猜测，它们为何未与那许多已然南飞的同类结伴，而在这北方的寒风中愉悦着人们的神经，让走过的人们总会不免驻足片刻，在这清脆的鸣叫声中暂得偷闲，感受一下平日里感受不到的放松坦然。每次走过，我都不由渴望自己可以与这些鸟儿对话，将内心无法对他人言说的烦累苦闷在它们这里卸下，也让它们感受到来自人类的关注与喜爱。

譬如黄昏或黎明时天边的一轮圆月，有时亮到发出钻石般的耀眼光芒，有时又会是硕大的昏红或橙黄的一轮圆盘，还有时只有下面的一钩弯月是亮的，上面的部分却只看得见鲜明的轮廓。这些我并不能从天文现象去解释清楚的星空的变化，总会让我在仰望星空时忘却寒风的刺骨。从前似乎从不曾意识到月亮还会有如此多的变化与美感，这观月的习惯，大约始于儿子对天文陡增的兴趣，在不得不经常与他谈论那我原本一无所知的浩瀚的宇宙之余，竟让一向对生活细节较为钝感的我也开始随时留意星空的变化了。

譬如每晚夜幕降临时小区物业活动室中缓缓起舞的老人们的身影，总让我在上楼的楼梯折角处再度将目光投向窗外，去细观她们举手投足间的从容与优雅。她们的舞步是轻的，缓的，容色却是热情快乐的，这热情快乐便也感染了我，让这一日的疲惫只在这一瞥间变轻变缓，让白日里不免有着种种纠结计较的心境平和。于是紧绷的面庞转为柔和，低沉索然的心绪又复轻松愉悦，推开家门，不再因四散的杂物困扰，不再因儿子学习的失误变色。

譬如每日在学校西门口接到儿子时，他蹦蹦跳跳的身影与口不绝语的唠叨，会让原本暗淡失色的生活忽然多彩。即便他嘴中絮叨着的是他今日又犯下的错误，是考试成绩的失利，也让你在那澄澈坦然的目光注视下不忍口出指责之语，更不忍在那软语温存的信任中毁弃他心中母亲的美好形象。不知自何时起，母子间不再有拔高了音量的对立争执，唯有彼此间的相依相助，为彼此的世界添一份暖意。

譬如周末与几位相处日久的朋友间的家庭聚会。热气腾腾的饭桌上，男人们在白酒的助兴中自有他们的话题与笑点；女人们则背着孩子说一些不能当着他们的面谈论的笑闻糗事；孩子们的世界更加热闹，时而谈论各自学校中的奇闻趣事，时而听一首最前卫流行的听来不得其妙的歌曲，时而突然爆发出一阵让大人们不得不中断自己的闲谈的大笑。饭局原本是次要的，在一段时间的紧张忙碌之余享受一份放下一切的其乐融融才是聚会的意义所在。这样的聚会渐成惯例，已然成为一段时日的各自奔忙后的必然，给平静无波的生活平添一份期待与美好。

自然还有工作本身。当每天走出教室的一瞬间充溢着幸福与快乐，生活还有什么值得抱怨的呢？于琐屑繁杂的行政工作中折腾太久后，尤其能觉出潜心于课堂的满足感与成就感。更何况这些孩子们的潜力一旦被激发，他们回馈给你的会是震惊，而震惊之余，便是自我的一种不满足，唯恐自己不足以成为他们更好的引领，于是便有了此文，不过是在孩子们的激发下自我上交的一份答卷罢了，而这，不也是寒冬中的一份暖意吗？

雪中漫想

一

下雪了。

雪花在我的窗外轻舞着，忽上忽下，忽左忽右，如翩飞的蝴蝶，忽然觉得中国的汉字韵味无穷，如"雪花飞舞"，不仔细看雪，你竟然是体会不到这其中的形象感的。又想起当初考博面试时的情景，自以为学得还不错的自己，在导师的提问下，第一次感受到了什么是"头皮发麻"，那是一种真实的感觉，而不只是一个概念化的说法；还有一次爱人住院做手术，结果手术失误，导致一根毛细血管出血不止，立刻送到处置室进行处置，站在门外的自己，透过门的缝隙看到爱人痛苦的神情，也第一次感受到"心痛"的真正滋味，心真的是会痛的啊。

于是不由膜拜那当初造字造词的人们，该是怎样的对自然、对生活用心之人。而现在的我们却大多只把这些词语作为一种象征，不再去感受它的本义了。在渐渐忘却了这些词语的起源的同时，我们也渐渐忘却了生活应有的本义，陷于一种对世俗生活的无限向往追求中，不再能停下自己匆忙的脚步。我们将所有闲暇的时间安排得满满当当：看电视电影、网购、健身、美容……在这样的匆忙中，我们自以为寻得了人生的意义，这也是一种有张有弛啊，却忘记了，还有一个世界被我们遗弃了，那便是我们的内心。忙碌之余，我们也应该学会静下来去听听自己的内心：自己一直以来的生活，是不是当初自己想要的生活?是不是可以让自己的内心宁静满足的生活?在与社会越来越频繁的交往中，自己还保有多少自我与纯真?时常这样去问，或许我们会少一些与外界的纷争纠葛之心，多一些踏实安稳。

这样想时，又不免怵然心惊，年过四旬，是不是竟有些退避，不再能如年轻时那样锐意前行了?然而又想，年轮带给一个人的，必不只是容颜的苍老与行动的迟缓，必还伴有一种内心的成长，沉稳没有什么不好，古人所云修齐治平，也是将修身放在了第一位。我以为，这几者并不矛盾，若总想着等自己达到圣贤的境界再齐家治国，不免一事无成，只是，在想要锐意前行之余，也切不可忘记修身方是正途。于人如此，于一个组织、一个国家想也必是如此。

再抬头时，雪花已如碎玉乱琼，愈下愈紧了。而在这一阵紧似一阵的纷舞中，天空居然出现了一轮如金盘般散发出橙红色光芒的太阳，让人想起，雪后必是晴天了。

二

窗外的雪花越来越密集，降落的速度也越来越快了。这是今冬的第一场酣畅淋漓的雪了吧。想起上次飘起小雪时曾答应儿子，再下雪时要带他去看雪中的故宫，看来又要食言了，因为我还要工作。人在江湖，身不由己，在这座飞速运转的城市中，个人的存在感如此之低，每个人都在为这城市的运转牺牲着，甚至连这牺牲，也如此不值一提。我们会被不断强化奉献的理念，却少有人记得你也需要他人的关注。

于是心情有些低落，看外面的天色，在雪中必是阴沉，虽然这阴沉的天空中居然清晰地挂着太阳的轮廓，但阴沉本身已然令我不适了。想起来京前的那个冬天，每日的天空都是这样的阴沉，开始以为不过是天色的阴沉，后来才知是雾霾遮蔽了整个冬日，那也许是促成我最终离开的外在理由吧。我想要看到蓝天白云，想要畅快地呼吸，虽然似乎出于这样的愿望选择来京有些荒谬，但终究感觉好了很多，北京的蓝天，正以一年多似一年的速度增长着，这也终究可使我心慰了吧。

太阳的轮廓越来越清晰，竟不免有些晃眼了，令人不能直视。想必这雪的寿命终究短暂，不用多时便会销声匿迹了。于是忆起这许多年来，除了去雪乡时见到的铺天盖地的雪，其他时候竟越来越难寻雪的踪迹了，什么堆雪人、打雪仗，即便于我这土生土长的北方人，竟也成了回忆或者传说，便不免有些遗憾了。好在北京的生活还算丰富多彩，虽总难觅雪的踪迹，却总会有我不曾去过的景点值得一去，有不曾参观的博物馆可以前往，有不曾看过的表演值得一看，还有名目繁多的活动可以尝试。这样想来，虽然自然的距离渐远了些，但原来不曾得到的许多资源，现在均可为我所用，岂不也是一种收获？人生总不免有失有得，何必为之惆怅惘然？

太阳的光芒终究压过了雪花，让那依然满天飞扬的舞者黯淡了容颜。于是深深体会到一切繁华的最终凋零了了，例如身边许多人依然苦苦追寻着的浮名，例如我们看重的个人利益，终究不过如这飞舞的雪花一般，绚烂一时，转瞬即逝。反是那从不张扬却永悬上空的太阳，并不刻意播撒光芒，却因自身的热度泽被天下。我们个人的种种计较，终不过只是这城市中飘扬一时的雪花，并不曾真正改变这城市的容颜。这座城市就在这里，不因你个人的冷热而冷热，亦不因你的热爱厌憎而欢迎或排斥你，它只是遵循着历史的轨迹向前，也曾伤痕累累，也曾辉煌显赫，却从不失其大气恢宏的气度，不失其兼容并蓄的胸怀。

然而同时，雪花终究是来过的，那屋顶的银白一片，那地面的道道扫帚的印痕，清晰可见。我们原不必指责雪花的轻狂，虽不能与太阳的光芒媲美，却也终究舞出了自我的姿态。我们也不必因他人的不同便声讨鞭挞，更无须因外界的喧嚣争闹而迷失了自己的本心。世界之魅力本在于品类多元、物种繁多，人类之文明也缘于各呈其才。在这博大的城市中，一味纠结于外界的认同本就毫无意义，只须以自己的姿态起舞便好。

于是亦不再纠结飞雪的最终湮灭无闻，只专注于自己眼中的世界和笔底的乾坤，不争辩、不追随、不求同，只须坚定自我便罢，何须刻意博取他人的关注？

　　一只飞鸟在雪中划过苍劲的印痕，栖息在了远处的屋顶上，在阳光的映衬下，孤独，但不寂寥。

远心居

远心居其实只是一处租赁来的临时憩所。但在这不足90平方米的小屋之中，我已呆了三年之久。三年中，它几乎与我朝夕相伴。

刚刚入住远心居，是我处于人生最低谷之时，在经历了一次又一次失败的打击后，我满心沮丧地寻到了它。第一次与它邂逅，它只经过了最简单的装修，四壁空空，地上落满了厚厚的灰尘。或许便是这空旷这原始打动了我，又或许是那阳台落地窗外绿草茵茵的广场吸引了我，我毫不犹豫便选中了它。经过一番简单的布置，小屋居然也颇具灵秀之气了。

那时的我，在一番打拼厮杀后，伤痕累累而又一无所获，强烈的失落感侵袭了我的心灵。我茫然而无所适从，经常会几个小时坐在窗前，看窗外来往的人流、车辆，看草地上嬉戏的孩童，思想却一片空白。或者，阳光照在身上，暖暖的、懒懒的，我肆意享受那份慵懒，不去想过去，亦不去想未来，放任自己的心灵中弥漫着轻尘。有时，窗外会传来许多不和谐的声响，诸如切割机的嘈杂声，不知哪家装修房子的斧凿声，但这些不影响我那沉寂如古井的心灵。那些日子的我，仿佛一个流魂一般，除了上班时的不得已的外出，我都会窝在这小屋中一任懒散的情绪弥漫。

我已很难说清这样的状态到底持续了多长时间，这中间能让我略得安慰的，只有爱人隔三差五的探望，但分居两地，他的工作又很忙，我不能亦不忍让他分担我无边的苦痛，况且，很多时候，我也乐意享受那种充斥天地间的孤独与寂寥，它可以让我完全沉溺在自己的世界中，不去想现世的伤痛。

只是一次无意随同友人购买乐器时，竟被那清幽的古筝之声所吸引，于是加入了学古筝的队伍。小屋之中，从此竟多了一份清雅，少了若许闲愁，筝声一点点涤去了我心灵之尘，提醒我走出那自我封闭的世界。我竟渐渐忙碌起来，小屋中也越来越满，不仅购进了一架古筝，又买来了一架钢琴，还有书法用品，添置了一个书架，架上的书越堆越高，终至无处放置。不仅如此，我还走出小屋去学习游泳。生活日渐丰富多彩起来，我也日渐开朗，重新坦然地面对生活了。

　　这种"琴书雅韵"的生活并未伴我太久，便有了儿子的降世，他来到这世间，或许亦是对我想要抖落空虚失落的一种安慰吧，但他真的使这小屋再也不能平静，他会满屋子乱爬，抓到什么东西扔什么东西，甚而有一次，他将家中的饮水机也掀翻在地，惊出我一身的冷汗，只好在所有他可能触及的危险物品前加了一道堤防，并将自己所有的精力投入了与他的纠缠之中，琴书固然是顾不得了，闲愁却也无时间去生了。偶尔也会因这家庭主妇的生活而郁郁，但连这郁郁也持续不了一会儿便又被儿子的一个举动打断。那一年，大概是自己人生中最辛劳匆忙的一年，从未能睡过一个踏踏实实的安稳觉，以至于儿子一睡着，不管什么时间，我都能在他身边立即入梦。

　　儿子一岁时开始跟他姑姑住了，因为我要上班，身边无人照料，我只在周五将他接来，周日再送回。心中诸多不忍，同时又无可奈何。那种纠结于心的滋味，想必许多母亲都曾经有过。但有了这份为人母的责任，便有了生活的动力，我开始告诫自己，我必须有所成就、有所作为，才能让孩子接受良好的教育与熏陶，趁着现在能空出这许多的闲暇，我必须有所行动了。最初入住这小屋中的那份失落已沉淀在历史之中。我要做的只是踏踏实实走好脚下的路，我开始了自己创作的艰辛步履，虽然在这途路中，我发现艰难远远超出自己的想象，但我不曾放弃，也不会放弃，这也会成为自己一生的追逐。

　　小屋见证了我这三年多来的点滴改变、点滴成长，它使我的心远离尘世的喧嚣，平静地寻觅着自己的独特人生，我给它取名叫"远心居"，取陶渊明"结庐在人境，而无车马喧。问君何能尔？心远地自偏"之境。

知己

杜甫之《赠李白》诗中云："痛饮狂歌空度日，飞扬跋扈为谁雄。"可谓知李白深矣。人生能得一知己如此了解你、牵挂你，真算是生之大幸了。

四十年的人生旅途，回想起来，朋友实在不算少，然能被自己引为知己的，却真数不上几人，于是深感"知音难觅"之真切。幸在仍有可牵挂之人、可追怀之过往，亦是幸甚至哉了。

最早曾被自己引为知己的，是初中时的一位朋友。如何与她成为莫逆之交的，早已没有丝毫印象了，只记得她那时就已极具才气，所写的一篇小说发表在一本相当有水准的杂志上，这让从农村走出、没见过世面的自己艳羡甚而崇拜不已，从此就认准了与她为伍。她对我的最大影响，便是对于读书的嗜好，尤其是对于古诗词的热爱。还记得她送给我一本《宋词三百首》的小册子，我总随身装在口袋中，没事时便拿出来背上几首。一起闲逛时，我们常常会去书店，虽没钱买，但在那儿偷偷看几篇文章也是莫大的幸福。那时的我们，有着说不完的文学方面的话题，有着对于未来的美好设想，彼此相知甚深。我至今仍深深感激从她那里受到的文学熏陶，这使得我在以后的人生路上有了自己明确的发展方向。遗憾的是，她自己却没有继续文学这条道路，大学期间，她选择了图书情报专业，而毕业后，她又转学法律，考了律师资格证。如今的她，已是深圳某律师事务所中的一名律师了，我钦服她对于生活的不服输的勇气，却又总感觉到最初的美好的失落。如今再见，我们的共同话题已不多了，知己的味道便难以再觅；然而，我仍愿为她在心底留下一片天地，那是属于当初的纯真与坦诚的净土，是未被世俗沾染的最自然的相知相惜的圣地。

　　再度被我引为知己的是北师大的一位舍友，或许因为都来自山西，拉近了彼此间的距离。她在省城的一所知名中学任教，她告诉我，从踏上工作岗位以来，她所上的每一节课都是精心备出来的，从没有过一次敷衍塞责，这令一向自由散漫的自己肃然起敬。要知道，对任何一个做老师的人来说，要做到这一点，都是一种莫大的挑战。还记得一次语文教育学的课堂之上，她给大家讲了自己一次公开课的设计，并谈及自己在教育中的困惑，赢得了教室中所有人的经久不息的掌声。下课后，大家几乎像簇拥明星一样簇拥着她，就连她身边的我也感觉到颜面生光；同时，这也让我第一次认认真真考虑作为一名教师的职责与重担。从前的自己，总是自以为是，难以静下心来认真对待教育，是她改变了我的看法。当然，我们最大的共同之处，仍是来自于对文学的偏好，选修课程，我们不约而同选定了古诗词的学习，在讲到诗律词律这样的较为枯燥的内容时，教室中原有的六七十人锐减到了二十几人，我们却始终兴致盎然，一节不落地坚持了下去。写作赵仁珪教授"论六家词"课程的论文时，我们又都选定了苏轼作为自己的研究方向，就连最后的答辩论文，选择的方向也都是高中古诗词的教学。那段日子，我们总是相伴出入于图书馆、资料室，互相补充，互相佐证。回想起来，那真是一段美好的记忆，能有那样一个与你有着这许多相似点、有着这么多共同话题的人相伴左右，共同进步，怎能不值得留恋呢？对北师大的无限眷恋，应该在很大程度上也是因为能有这样的一位知己相伴吧。只是，走出那座校园，便因为空间的分隔而相见无期了，如今的她，不知是否还牵挂曾经的那位知己。

　　康中最初的几年，竟成为自己人生的沉落，在现世的生活中，我竟一败涂地。所幸在这样的困顿中，我又结识了一位知己。只是，却并未像当初一样与之相伴相随。虽然同在一所校园，同带一门课程，我们之间的交往却相当少，甚至于一两个月都难得见一面。相处最长的一段时间是离开校园去参加高考评卷的日子，因为白天的工作量较大，晚上，我们同行的几人总会一起散步、聊天，走着走着，便会成为两两相伴的局面了，而与我相伴的总是她。使得我们彼此走近的是很多的相似点，有工作中干净利落、绝不拖泥带水的果断作风，有对于文字的敏感与热爱，有对于未来的美好的坚定信念与为之努力的决心……仅仅十天的时间，竟让彼此有相见恨晚之意。虽然回到学校，繁忙的工作与各自家庭的牵绊使我们又回到了往日各行其道的局面，虽然与同办公室的几位朋友在生活中要亲近得多，但偶尔我们也会以短信的方式共勉，那种知己的味道历久弥新。最近，收到了她出版的一部著作，这令自己不禁为之汗颜，痴长几岁，我却至今无所成就，又如何当得起"知己"二字？看来，我真得更加努力了。

想来，所谓知己，当是一种彼此欣赏、惺惺相惜的感觉，是一种能够有共同的志向与努力的"我心戚戚"的味道。也许时空会阻隔很多，却不能阻断灵魂深处的相知与牵挂。

心中有知己，人生路上，你便不再孤单。

对话青春

周末，与旧日的学生相约，共进午餐。于是，一场与青春的对话由此展开。

"老师，我读了您最近写的那篇文章，觉得有些意外。我一直以为，像您这样凭借自己的努力一直向上发展，而且生活又过得非常如意的，难道还有什么可迷茫的吗？我还以为只有我们现在这个阶段才会充满各种各样的迷茫呢。"

"能谈谈你现在的迷茫有哪些吗？"

"比如说，我在大一大二的时候，一直非常努力地学习，因为想要做交换生，想要在大学毕业后出国读研，但现在疫情一来，国际形势这么不稳定，我就又有些迷茫了，做不做交换生也没什么了，可以后到底要不要出国读研，我也拿不定主意了。"

"确实，这样的迷茫现在很多人都有，因为一则是中国的疫情虽然基本控制住了，但其他国家却越来越糟糕，现在出国肯定是不现实的，所以，做交换生的机会大概就不得不放弃了；因为你现在已经大三了，很快就面临着读完大学进入社会还是继续攻读学位的抉择。再则，通过这次疫情，很多国人对于国外的盲目崇拜消失了，看到了其他国家制度层面的漏洞以及存在的种种弊端，同时民族自尊心随着中国疫情的控制大大增强，可能会觉得，你还不如我呢，我有什么必要出去学习？这样的心理导致很多原来有出国打算的人放弃了出国的机会，我的身边就有这样的家庭。从我个人的观点而言，我还是觉得有些替他们感到遗憾，因为我们选择出国学习不是因为这个国家是完美的，不是因为我们自卑，而是因为换一种环境有助于我们开阔视野，有助于我们在不同的语言环境中习得一种新的技能；同时，我们也不得不承认，虽然中国现在在很多方面已经成为世界强国，但我们依然有许多需要学习的地方，盲目自大毫无益处。往往越是在艰难的时期、艰难的阶段，我们越需要看清前方的路，越需要认识到，全球化已经成为一个不可逆转的趋势，虽然这中间会有许多波折，就像现在这样不够明朗的国际形势，但这种趋势显然是无法阻挡的。况且，从自身发展而言，学贯中西一定会比单方学习更加广博，更易形成符合时代规律的正确观点。所以，我还是希望你能够朝着自己既定的方向去努力，道听途说是无益的，只有自己亲身去感受，才能真正形成自己的判断。"

"嗯，我也是这么想的，只是有时候听到别人说这说那，就不免会对自己的决定产生一些怀疑，老师这么说，就更坚定了我的想法。还有一点，也想跟老师探讨一下，小的时候，大概因为家庭的影响，我一直立志要做一名公务员，要为他人、为社会做贡献，虽然这种想法在别人看来有些可笑，但真的就是我一直坚持的，也是我给自己确定的一个发展方向。但现在长大了，我反而对自己的想法产生了怀疑，因为一旦走出原来那种只埋头于学习的生活，就发现现实的诱惑太多太多了，因为我也想穿更漂亮的衣服，想用更好的化妆品，想戴更贵重的首饰，但大家都说，公务员的工资很低，根本不足以支撑我的这些欲望，所以，我现在反而不能够坚持了。"

"你能有这样的想法真的非常难得，因为大多数像你这个年龄段的年轻人关注的都只是自己的生活，很少有能够想着自己要为他人服务、要为社会做贡献的。我觉得，你想做公务员的想法，一则缘于你的家庭对你的期望，二则缘于你认为为社会服务做公务员是一种最好的选择。那么，我们可以去梳理一下，你的目标是服务社会，而做公务员不过是其中一种方式罢了，这样的话，做不做公务员其实都无损于你的理想的实现，这是一个不用太过纠结的问题。但是，从另一个角度而言，无论你从事什么职业，你都不能期望一定会比做公务员拿到更多薪酬，更何况，什么工作都会存在风险，你得到的收获有多大，你承担的风险也就必然有多大，这两者是相关的。所以，本来就没有任何一种工作能够较完美地达成你的愿望，重要的是你做什么样的选择。我自己觉得，人生就是一场又一场的选择，你做了什么样的选择，也就连带选择了这种选择会带来的各种后果。只是，重要的是你更看重的是哪一种，这是需要自己梳理清楚的，例如有的人追求功名，那他可能就需要付出比别人更多的努力拼命往上爬，但这个过程对他而言也一样是快乐的；有的人则会选择平淡的生活，觉得没有竞争没有钩心斗角的生活才是最惬意的，那你就不用去跟他谈成功的诱惑。像我自己，我就觉得丰富的生活经历才是最重要的，所以我会不断改变，努力让自己的生活更精彩更丰富一些，我就会觉得很开心。所以，你的这个问题我确实没有办法给出明确的答案，只能是你自己确定了自己想要选择一种什么样的生活后，再去做最后的决定。"

"确实很有道理，可能我自己并没有真正认真地去思考这个问题吧。那么，我还有一个问题，就是开始时说到的，您现在还有什么可迷茫的呢？可以说一说吗？"

"当然可以。其实我年轻的时候也会这么想，似乎迷茫是年轻人的专利，年龄大一些的人，一切都已经趋于安稳，变数也会比较少，就没有什么可迷茫的了。那时甚至以为，年龄大了的人生活就是一成不变的，没有什么值得说的。但自己一路走来，才发现每一个阶段会有每一个阶段的迷茫，会有每一个阶段的不同问题：青春的迷茫往往在于不知自己未来的路在何方，不知该选择什么样的职业，成为什么样的人，又会与什么样的人组成家庭；成家立业了，往往又会迷茫于自己事业的发展，一路艰辛地向前行或向上爬，期待生活给予自己的回馈更多；到我现在的年龄，这些迷茫基本没有了，但又会在个人与家庭的关系中纠葛不清，一方面，不想放弃自己的独立与事业，另一方面，又越来越鲜明地意识到自己对于家庭的责任，意识到自己有限的精力能力与孩子成长的无限可能之间的矛盾，常常会有一种力不从心的感觉。"

"那么，老师您现在就是把更多的精力放在家庭上了吗？"

"也不尽然，虽然家庭的责任是我们必须背负承担起来的，虽然对孩子的关注度和投入度是比年轻时多了许多，但我并不想为孩子而活，成为孩子的精神负累，我希望孩子从我这里得到的，首先应该是一种独立的精神。所以，我还需要有自己的事业，有自己的生活追求，所以现在很多时候，我的迷茫就来自于如何更好更有效地安排利用时间，使自己既不脱离社会不脱离事业的发展，又能更多地帮助孩子成长，解除他的后顾之忧。"

"看来，确实是每个年龄段有每个年龄段的迷茫，不过，我还是觉得您是特别成功的，因为您已经能够把这些看得非常清楚，知道自己需要做哪些，我想这也是我自己努力的方向，谢谢老师！"

这番对话，与其说是对学生的教诲，不如说是一种自我梳理，让自己的思想更明晰，让自己更能专注于自己想要完成的事情。

走出静默

　　静默一旦成为习惯，想要发声时，便不知该从何发声了。

　　生活本也只是琐碎，没有太多的起伏波折的故事值得诉说，更何况，很多时候，想说的话或不敢、或不能、或不宜，都会让自己在静默的道路上走下去，走着走着，自己也忘却了发声的权利，只一味遵从着既定的生活既定的轨迹，连思想也似乎静默。

　　记得一位友人写过一篇《不做沉默的语文人》的文章，其实内容已忘，却总记着这个题目。那时或许并未生出太多感慨，因为自己不沉默，因为自己一直在行动，行动的过程中，思想总是活跃的、新鲜的，不会被一时一物所拘。现在回思，方觉不做沉默的语文人竟然不易，因为需要突破的东西太多，不只是自我，还有无力改变的环境；因为无力改变，大家也便渐渐无心改变，以为做好自己便罢。这样的结果，自然是环境越来越恶劣，大家的无力感越来越强烈，最后便正如鲁迅先生所言：不在沉默中爆发，便在沉默中灭亡。一旦内心最后的火苗也渐趋熄灭，自己便沦落到千千万万自甘平庸的无能无为者的行列之中。

　　沉默已然如此，静默的世界更多了一份静寂。那时会以为清者自清，无须用言语证明或表白，选择静默其实是选择了一份高洁自好，现在看来不然，那不过是一厢情愿的自我眷恋罢了。就如一份感情需要表白才能确认，一个家庭需要经营才能和谐温馨，个人的人生价值也一样需要自我证明才能得以体现。沉默只是不行动，静默更兼不表达。长期的静默已渐渐使自己丧失了行动与表达的能力，思想也渐趋凝固，只循着已踏上的这条路机械地走着，眼中心上，也便似乎只剩了这条路，连路边的风景都没有了。

不知是哪一天，也许只是脑中闪过的一道灵光，让我忽然警醒，意识到自己为人的权利。首先活跃起来的是思想，它对我长久以来的静默深表不满，以为这是走向自我毁灭的捷径；接着便对我因静默而生的因循表示无法容忍，生命本可以有多种色彩，为何让它变得越来越单色调？活着本可以非常精彩，又何必每日在苟且的苦痛中挣扎？这样的思想开始高速运转，寻找适宜自己生存的土地。思想总是引领行动的，这便让我颓废的身体也得以振作，并力图寻到自己努力想要实现的现实。现实本来就是可以自我实现的，但需要主动积极地参与，如果说这几年还有什么收获的话，这也算是其中最大的一项了。自然，主动积极有时也会做错事，会让自己因之懊丧消沉，但行动起来了，成就感总还是会多于挫败感的。看到身边的人或事会因为自己的行动而有所改变，并且是向好的方向转变，总会让人感到欣慰。

于是便有了发声的欲望。打破这份静默，也才是破除思想的固守的最佳途径吧，于是决定不再静默。自然，不静默不意味着自己对现实处处挑刺，也不意味着自我标榜自我抬高，它不过是自己时时反省自我、发现自我的契机，更是梳理自我以便重塑自我的过程。在表达中，我会让自己的思想时刻处于活跃状态，不再将它固封起来，也会让自己的行动可以更加明确，不再盲目无方向。这大约会很艰难，因为依然会有许多不敢、不能、不宜的话语不便出口，也依然会有现实中的种种阻碍让自己重趋因循，但这些便是生活的制衡吧，它会让我不一味沿着自己的自以为是走得太远，会让我意识到自己还需要外界的制约与辅助。

或许这便是重拾公众号的源起，也或许，这只是自己前行中的又一步而已。未来终究还长，不可长发年华逝去而一事无成之慨，走出静默，走向新的行动。

回归

　　来省城第三日，长久来的疲累仍未能全消，心境却渐复清明，得以重新审视自我，寻找回归。

　　这是近日来一直盘桓在脑中心上的一个词——回归。然而，为何回归？归向何方？却还只是一片混沌，只模糊地意识到，生活似乎有什么让我心绪不宁之处，需要将它梳理清楚，才能循着正确的道路继续前行。

　　是梦想的消散吗？很遗憾，我们这一代人少有明确的梦想意识，也或许只是我自己如此吧，不记得自己为自己树立过什么太过明确的目标与梦想，只是想到什么了就去尝试去体验，走着走着一步一步便向前了；有一天回头时，忽然发现，可能现在所在的位置，便是自己过去的梦想，如此而已。就如北京，读完初中第一次来到这里便被吸引，说不上是因为它与小县城截然不同的外在风貌，还是磅礴大气的精神内核，亦或只是那一口悦耳动听的京腔，总之觉得这里的一切都是新奇而具有魅力的，于是心底便有了一种能够在这里长呆的念头。但若说这就是我的梦想，其实牵强，因为一旦回到属于自己的孤陋的环境之中，这一切也便离我远去，虽也曾因为高考录取时未能来到自己心仪的京城而有所遗憾，但也迅速接受了现实而不再纠结与北京的关系。最终来到这里，也不过是在一步一步的前行中，找不到比它更适合自己的心愿的所在罢了。然而谁能说得清呢？或许，梦想也便只是一个内心深处模糊的影像，虽不去思想，却可能在潜意识中不断指引自己朝着那个方向去，谁能说不是想要来到京城的愿望一直存在我的心底而使我愿意为之付出努力呢？

然而无论是否算得上自己的梦想，这个心愿终究还是成真了，也如同自己曾经有过的许多其他谈得上谈不上梦想的想法。但当所思所想已成现实，欢欣鼓舞之余，却渐渐发现自己依然未能寻到最能激励自己前行的真正梦想。在向前的途路中，种种设想种种憧憬种种所谓的梦想，似乎都只是昙花一现便复寂然，生活之流滚滚不息，我却如同只是被裹挟向前，并不能奋力从这生活之流中跃身而起辨明方向；于是消沉随之，沮丧随之，种种的坏情绪都随之而来，便如溺水之人，一面奋力挣扎，一面满怀希望又满怀绝望。

　　也或者，与梦想无关，只是现实总会设置一些高低不平的坎儿来考验你的耐受力，让你无法不从前行的过程中分出众多的心力来迈过。母亲的病便是如此吧，虽然旁人反复劝慰，自己也力图不去过多思量，然而每日在医院间的往返，渐成心魔。从最初陪伴时的快言快语，到后来再不多说一言；从开始忙中抽闲做点自己的事，到后来只能全心全力放在这一件事上；从开始还能与人平心静气地谈论，到后来再不愿提及又忍不住提及，提及时却终只惹得心酸满腹；从开始信誓旦旦尽到自己最大的孝心，到后来在逃离的心念与明知不可逃离的矛盾中纠葛……回家两个多月的时间，便是我自己两个多月的煎熬的历程。离开三日后，我才可以整理自己的心绪，试图去与自己内心深处最隐秘的情感对话，还原一个最真实的自我。

　　母亲的病不过其一，生活总也会冒出一些特别的意外对你进行考验，我们常常在不自觉间便被这些意外牵惹出本性，一直以来的外饰便会被不留情面地揭开。年轻时总不免会轻狂放纵一些，不会刻意修饰掩饰什么，若说修饰掩饰，也无外乎自己的外在形象。待到年长一些，便会关注到更深层的形象，例如在儿女面前的温和亲善，在爱人面前的贤德明礼，在领导面前的精明强干，在同事朋友面前的友善交心……但谁又知，这一切不是如我在母亲面前一样的伪装？一旦遭遇意外，哪怕只是不值一提的波折，回护自我的本能也可能会让自己戾气上升，抛开虚饰已久的伪装，不吝各种攻击与指责的词汇，释放积压已久的坏情绪。最后发现不过只是借题发挥罢了，没有几件事情是真正需要这样不顾体面自毁形象的，然而也不免竟会有痛快之感，仿佛压抑的坏情绪便可以借之全部消散。当终于可以沉下心来反省，却找不到哪个才是真正的自我，也不知到底自己渴望的是什么样的自我了。

或者与梦想现实均无关，不过是一种情绪的浮沉罢了。如同这一刻，明明早上还心清气爽立下志要完成这一篇的写作，转眼便又心绪低落，想要弃笔了。追究原因，终归莫名其妙，连一个不值一提的触发点都寻不到。而这样的情绪化经常会左右我的工作效率亦或家庭氛围，前一秒可能还激昂奋发，后一秒却又消沉失落，连生命也似乎失去了存在的意义。这情绪化若只不过一时倒也无妨，一旦连日如此，便不能不使自己迷乱昏惑，以为生命的意义寥寥，于是任由自己散漫无为或是肆意妄为，挥霍了时光岁月，及待回首，不能不心存悔意，圣人的"内省不疚"便成为莫大的谴责悬于头顶，内心亦且不安，生活的宁静就此茫然无存了。

这让我不能不怀念那些心境清明安心做事的时光了：记得写作《诗情词心》时每日独自在办公室伏案，桌面上摊着的一大堆参考书目；记得创办研究会时四处奔波却不觉疲累，每日工作到凌晨却依然精神抖擞；记得刚来北京时我会利用工作之余写一写公众号的文字，为自己每一篇文字的出炉欢欣雀跃；记得学习英语时全力以赴，走路都挂着耳机的情形……原来这样的美好竟有如此之多，原来心境的清明缘于自己的成就感与投入度，原来无论工作，无论生活，无论梦想，都不能成为自己心绪不宁的根源，只有认真做好眼下之事，才是解决之端。

如此，即便我如过去一样缺乏明确的梦想，也如过去一样不得不面对各种现实的意外，同样如过去一样无法改变情绪的随意起伏，但至少我可以想好眼下需做之事，全力以赴做好，这便是回归心绪宁静的最好途径。如此，我本可以不去过多关注为何回归亦或归向何处这样空洞的哲学问题，自然不会有如此之多的烦恼虚无之感，只在脚踏实地、潜心于事中继续一步一步向前，便也自会实现一个又一个我并未明确意识到的梦想，自会跨越现实中一个又一个坎儿，自会让情绪化出现的频率越来越少。行动胜于思虑，这本就是我一直信奉的信条，只是在种种的搅扰中，我渐渐忘却而至于昏惑罢了。

以此作为重拾自己公众号的首篇文字，并将公众号名称改为"风行不息"，告诫自己不要停息前行的脚步，以持续的行动重拾自己一贯的自信与坦然。

跨年回忆

除夕。清晨即起，开始忙碌跨年的准备：整理衣柜、拆洗床褥、打扫卫生、和面包饺、油炸烹煎……这些在儿时需要用一周时间去做的准备，现在居然一日便可完成了，且不耽搁下午与儿子一同追完追了近一个月的武侠剧，更没有影响到晚间与爱人孩子快快乐乐挤在一起看春晚、抢红包。

在这样的忙碌与喜乐中，关于跨年的回忆一幕幕重现：

一张大方桌、一块破毡布、一大摞红纸、一支毛笔、一个旧砚台，有时再加上一本对联大全之类的书——这是儿时关于新年的最早记忆，也是记忆中最美好的一部分。那时的我，才刚刚齐桌高，就已担负起了关于跨年的相当重要的使命：帮助父亲给全村人写对联。在那个知识分子还很稀少的年代，这是父亲作为知识分子最被人们认可的使命吧。剪裁、折印、备墨、选联、扶纸、洗笔……除了最重要的书写环节，其他环节我几乎都参与其中了。虽然很枯燥，但那时竟总是怀着极大的兴致来做的，在哥哥姐姐忙于帮助妈妈准备年关的物品或是做清洁打扫的家务时，我总是选择与父亲一同"两耳不闻窗外事"，只专注于这一方浓墨绘就的鲜红喜乐的对联世界。父亲的字颇为娟秀，又带有一份洒脱，让我反复欣赏也觉不足。每次，父亲的对联出炉，我便轻捧着铺放于条桌、床头、地上……一边欣赏，一边等待墨迹干透，才好折叠。有时在一天内要书写的对联太多，家里便处处摆满了等待晾干的对联，竟至于无处插足了。于是，新年的记忆总与笔墨纸砚紧密相连；于是，长大后的我，也一直对书写怀有一份独特的情感，虽然写不出父亲一样漂亮的好字，但也偶会将自己的丑书悬于门边。我曾一度为机制对联以其美丽便捷取代个人书写的现实而失落，但也欣喜地看到又有越来越多的人选择人工书写，即便那书写谈不上漂亮，却是独特的。

两米左右宽的大案板，早在前一天就已收拾利落，干净爽洁；一大瓷盆同样早在前一天就已发好的白面——这是只有在新年前才有的待遇：蒸花馍。闻喜花馍成为国家级文化遗产还是前几年的事情，我们小的时候，是当作家家户户年前最重要的准备工作来完成的。先盛好一大碗白面，在案板上均匀地洒上一层，再搬来提前准备的发酵面，倾倒在案板上，接下来是最重要也最艰难的环节：揉面。因为花馍的筋道最在于揉面的力度，所以，有时妈妈揉累了，爸爸也会上阵帮忙，面揉得时间越长，力道越大，蒸出来的花馍便越好吃。这时候的我，因为还太小只能在一旁观战，上不得手。直到妈妈终于将面揉好，重新放入面盆，开始了下一环节的工作，我才真正参与进去。那便是捏花馍的环节了：妈妈会取出一团面，先是搓搓成长条，再用手将其拽成大小不一的一份一份的面团，因为花馍形状不一，需要提前构思好捏的形状及大小才能做这项工作。自然，这面团中一定会有一团是属于我的，一般都会是最小的一份，之后那一团面团便在我的百般揉搓中不断变换花样，一会儿似是一个城堡，一会儿又似一个小动物，一会儿还会是长发及腰的美女……自然，因为想象力的缺乏和双手的笨拙，最后成形的一般都不过是最最简单的一个四边形或是三角形而已，最多是在其中裹入了妈妈提前准备好的小油卷，使之更有味一些罢了。而在我百般雕琢自己的作品的同时，妈妈手下早已出现了十二生肖的模样，还有书包、花朵、城堡等等形状不一的作品。不仅是外形独特，还有丰富的内容，这些花馍，有甜的，有咸的，有一整块的，也有一层又一层的……只需在温暖处再盖上棉布放置一两个小时，就可以上锅架火了。待到出炉，且不说味道如何，单看那各色花式，便已让人垂涎欲滴了；更何况，出锅后，还有一道重要的程序要去完成，便是点红。说是点红，其实不只是红色，妈妈总会根据形状的不同给这些花馍点上各种色彩，让其立时增色。这比画画更有趣味，我总会争着去做，不过，最后接受到的任务，往往都只是给最简单的花馍上色，那些比较繁复的，妈妈还是会亲力亲为。现在的我们，再也不用在年前做这些繁杂的工作了，然而还是会时常回味那时简单的快乐。

带着惺忪的双眼，在天还未亮的宽阔的门前马路上，跳过一盆燃得正旺的野草——这是我们在新年开始之际最先做的一件事情，我们称之为跳旺火，意寓这一年兴旺红火。我常常担心那火会烧到我的裤子，每次跳的时候总会紧张，然而终究没有发生过。这种习俗，大约跟贴对联、放鞭炮一样，都不过是一种美好的寄托罢了，追究其现实意义，实在有些渺然。然而我们依然会在每一个新年开始之际，在门前燃起一堆旺火，心怀着对于新年的美好祝愿，努力跨过去。自然，对于我们小孩子而言，这件事的最大意义，只在于看到旺火熊熊燃起时的快乐而已。跳过去后，原有的一点睡意便荡然无存了，于是，我们的新年就此拉开序幕：放鞭炮、穿新衣、讨红包、买零食、吃大餐……最开心的，自然是跟小伙伴们满村疯跑着追逐打闹。这样细思，跳旺火也许还有一层寓意，便是让我们可以在新的一年里有一个清醒的开端，充满活力地开启新的生活。

……

在这种种的跨年回忆之中，有一桩却是不愿忆及却总会忆及的，那便是在全家快乐喜庆地庆祝新年到来之时，忙碌多日的母亲却常常会在这一天悄然垂泪。大约一周左右的跨年准备已然耗尽了她的体力和心力，而在新年的这一天，在一大家子都开始享受新年的快乐甜美之时，她却依然不得不先于我们跳旺火而起，开始准备一大桌子的新年饭菜了；在我们酒足饭饱或悠闲自得观看电视，或围桌而坐掷骰搓牌，或呼朋唤友奔跑笑闹之时，她却依然不得不面对满桌狼藉独自操劳。于是，原本该安享新年启程的幸福美满的日子，却变成了母亲一年间最辛苦劳累的日子。其实，认真想来，母亲不过是千千万万这样的家庭妇女中的一个而已，她们一年到头辛苦付出，无休无止，身边的人们却常常会忽视这种努力，似乎一切都是理所应当。

从读懂了母亲默默垂下的眼泪时起，我便决意不再成为一个默默牺牲而不被理解的家庭妇女。我要让自己的家庭成为一个能够彼此理解、互相尊重的真正和谐的家，我不会如旧日的母亲们一样，在亲人们都已上桌开饭后独自在厨房忙碌，在大家都开始享受生活时还默默操持忙不完的家务。这样，新年才真正是新年的样子，一家人也才能够真正安享新年里的快乐时光。

于是，在又一个新年到来之际，我也如同这许多年来的每一个新年一般，与全家人一同上阵，一同忙碌，再一同安享新年的美好。一顿丰盛的午餐过后，我们驾车出行，来到奥森公园，陪儿子在游乐场中尽情玩乐，再一同走到园中的小山坡上，选一处空地四围而坐，不经意地聊聊过去的新年与未来的祈愿，抬头看看晴朗的天空，偶尔身边会走过同样是嬉笑着闲谈着的一家人，爱人还会教儿子如何将树枝扔得又高又远，我与女儿则闲谈着这喧闹都市中的清静自然，便觉是一份简单的快乐了。

关于正能量

　　传媒的前所未有的发达使我们每个人都有机会发出自己的声音，而且自己的声音也越来越可能被更多的人听到，这是我们这个社会的大幸。同时却又不免因为声音的杂乱而使公众丧失了自己的判断力，今天觉得这个有理，明天又觉得那个很对。所以，我以为正确的做法，是首先有自己的坚守，再去分析他人的观点，虽然不免可能也会卷入先入为主的旋涡中，但也强于让自己的头脑成为他人思想的跑马场。

　　在这一意义上，我尊重各种不同的声音，因为每一个声音都是一份自我独立意识的表达。然而，我们还需谨慎看待，或是认真分辨这样的声音对我们自己、对我们的时代、我们的社会所起到的作用是什么，这才不失为一个真正有思想的人。这样的想法应该是由今天读到的一篇批判社会的文章而引发的，一般而言，对这样的文章，我不太会去理会它，然而这样的文章发在研究会的群里，势必会造成一定的思想影响，我不能不去谈自己的想法，如果一个聚集了几百人的大群里竟然没有人对这样的思想提出质疑，提出自己的不同见解，我想，这样的影响是极其恶劣的，那么，我们这个社会的正能量何在？

　　就是因为"正能量"这个词。我说："批判只能瓦解社会凝聚力，很多时候，一个社会，一个群体，就是被太多的负面信息瓦解掉的，真正的士人，当是无论身处何种氛围，都坚守自我原则，以最大的正能量影响他人影响社会的人。"从而引发的反驳是："正能量就是说好话？唱赞歌？"以为这一词汇早已被用滥了，成了冠冕堂皇的借口，掩盖问题的幕布，自欺欺人的幌子。对于这样的论点，我只能遗憾地表示这不过是一种极其简单幼稚的二元思维，以为非此即彼，这本身已失去了正确的争辩立场。同时，一个人心中没有了对这个社会、对正能量的信任时，他已经很难成为这个社会的推动力了，其原因，或者是因为他生活在一个缺乏正能量的环境中，或者因为他自己就是那个诋毁正能量的负面源泉。我从不否认这个社会存在种种问题，就如同我们身处一个集体之中，从来免不了会发现这个集体中有太多不如人意的地方一样，然而，你是一味诋毁这个集体还是力图使它向好的方向发展，这才是关键。

那篇负面文章中提到，古代的士人精神在现在的社会消失殆尽，只有盛唐那样的伟大社会，才产生了李白这样的天才，这样的士人。然而我想说的是，盛唐社会在当时人的眼中是我们现在眼中的样子吗?从李白的诗中，我们不是可以读到太多当时社会的不公平吗?李白为何"安能摧眉折腰事权贵"?不就是基于对权贵的不满吗?然而李白是怎么做的?他在流放夜郎遇赦返回后仍然对国家充满忠诚，一心想要为国效力，61岁高龄依然想要参军讨逆，为什么我们却忽略了这一点呢?真正的士人精神是什么?是积极进取，像杜甫一样，潦倒落魄到无家可归仍然心系国家;像苏轼一样，在险些丧身被贬谪连居处都没有了时，还借昔日友人之力，为百姓谋福利。

这篇文章还谈到，民国时还有一批杰出的士人，现在也没有了，那我想再问一句，民国是一个清明的时代吗?"城头变换大王旗"的时代，难道会比我们现在更好吗?然而这些士人是如何做的?试看胡适，当他发现了林语堂的杰出才华时，自己出资资助林语堂出国留学，他说:"人生固然不过一梦，但一生只有这一场做梦的机会，岂可不努力做一个轰轰烈烈像个样子的梦?岂可糊糊涂涂懵懵懂懂混过这几十年?"再看鲁迅，他成为时代的标杆，难道仅仅是由于对社会的批判吗?更多的难道不是他埋头做事，为新文化运动的发展做出无可替代的功绩的奋进吗?如果看不到士人身上的这一特点，我们便只能将现在社会的问题无限放大，看不到一丝的希望所在了。

　　我们这个社会的问题无法回避，然而因为它比历史上任何一个时代都更暴露在阳光下，所以我们的感受便会比任何一个时代的人们的感受更真切、更直观，就如同我们没生病前，觉得一种病离自己非常遥远，一旦生了这种病来到医院，忽然发现怎么这种病如此常见，甚至成为多发病中最多发的了。试想一点，这几年的社会贪腐现象，是不是比几年前已经有了很大的改观，我们便可以想通这一点了。如果没有一批真正做事的人，这个局面的改观，大约还要一个非常漫长的过程，然而事实并非如此。我一直坚信，我们这个社会，正能量不仅存在，而且还大量存在着，只不过，它很可能被湮灭在更大量的负能量之中而不能发挥它最大的功效了，所以，与其慨叹正能量的消亡，不如不要让自己成为负能量使社会的浑水更浑。正如一个学校中，无能无为者往往喜欢将一切问题归咎于学校的制度或是学生的叛逆，而不去思考自身是否出了问题。我的一位非常优秀的学生曾在她的一篇文章中说："晚清的旧制度里也能成长起新文化运动的领袖，今天的我们还有什么理由一味抱怨？"这个社会，杰出的人物多得很，只不过可能你不是罢了。如果认为提倡正能量便是歌功颂德，这样的争辩，本身便已失去了正确的立场；如果这样的批判不能对社会的发展起到促进作用，或至少是精神引领的作用，我们真的是需要警惕的。

　　当代社会的士人，不再同古代一样，只是一些"学而优则仕"者，而是在每一个行业中勇于担当，能成为这一行业发展的领头者，这样的人，很多就在我们身边，只是我们可能在还未能辨明之前就先被一些反面的论调绕晕了头脑，反而对他们积极奋进的精神嗤之以鼻罢了。

第四章 ❀ 风行不息

人在旅途

有时，

不过只是偶遇，

却再也无法放下；

不过只是片言只语，

却由此而生改变；

或者只是一处景观，

却也让自己有了不一样的视野。

旅途中的世界，

总会有着平日生活中不曾有的

意外与精彩。

老舍茶馆

　　中国的很多景观成为名胜，皆有文人助力，以传统而言的四大名楼为例，一提岳阳楼，人们想到的会是范仲淹的"先天下之忧而忧，后天下之乐而乐"，还有杜甫的《登岳阳楼》；黄鹤楼则总让人感受崔颢"日暮乡关何处是，烟波江上使人愁"的迷茫；滕王阁自然有着王勃笔下"落霞与孤鹜齐飞，秋水共长天一色"的美景；鹳雀楼也让人有了王之涣"欲穷千里目，更上一层楼"的哲思。老舍茶馆也一样，虽然它不是什么旅游胜地，却也因老舍的名头而备受关注，我来到这里，也是因了对老舍先生的一腔崇敬之意。

　　茶馆虽确是茶馆，却与老舍先生笔下的裕泰茶馆毫无干系，然而这样说也不尽然，因为老舍先生笔下的茶馆本就只是一个象征，是一个行业的缩影罢了，那么，我眼前的这座茶馆也正是老舍笔下的茶馆在新时期的另一种"改良"吧。它已不复再是只有长桌与方桌、长凳与小凳的清朝末年的大茶馆，也不再是军阀混战时改成小桌藤椅、铺上浅绿色桌布的新式茶馆，或是抗战后破烂不堪、光景惨淡、行将走向灭亡的茶馆。在我眼前的这座茶馆，有着高大宏伟的外观，挂着两只大红灯笼的雕饰各色繁复精美图案、屋檐高挑的大门，还有大门上方仿古牌楼式的"大碗茶品珍楼"字样，这些都让人鲜明地感受到新时代中茶馆的复兴与辉煌。门边一位身着蓝大褂的茶馆与一对大石狮一同欢迎着八方来客，显然，茶馆虽仍是北京城的茶馆，却已不再是北京人的专宠，而成了在某种程度上代表着北京城欢迎各地游客、外宾的场所。

走进茶馆，地方不是很大，却极尽华美，楼梯一律实木镶金边，扶手上装饰的也是金色雕饰图案，富丽堂皇用在这里大概不过分吧。楼梯两侧悬着的是茶馆的历史简介及接待过的名人，包括各国的一些元首们。显然，这座茶馆应时而生，应运而变，才能历经创业的艰辛及社会的变迁而愈做愈强，成为北京城的一面招牌。这让我想到王利发一生的努力，如若他能坚持到今日，当很欣慰地看到自己守护一生的事业终于得以重兴了吧，然而动荡的时代终于毁掉了他，也毁掉了太多太多像他一样勤勉努力的人们。

　　茶馆已不再只是单纯的饮茶与闲聊的场所，而承担起了演艺休闲的职能，想来这不算是首创，当年的王利发就曾经在茶馆中以评书吸引人，只可惜在那样的时代混乱中，人们哪里还有听评书的闲情？今日的老舍茶馆，则真的是评书、相声、大鼓、戏曲等等应有尽有，不同的时段有不同的表演。我们来的时间，正赶上下午的相声专场，那便一享耳目之欢吧。我一向对相声不是特别感兴趣，也并不能认出这些人中有无相声界的名流，宣传自然是有的，然而我也不去看。但相声一开场，我还真被台上的精彩表演吸引了过去，第一次知道了相声原来是有逗哏与捧哏之分的，也第一次亲眼见证了相声演员们全力以赴表演角色的专注卖力，更是第一次感受到一场二十余分钟的相声表演竟是如此消耗体力消耗脑力的艰辛过程。因为坐在第一排，演员一招一式的表演都清晰地呈现在眼前：其中一位穿蓝大褂的逗哏演员给我的印象最深，我不能记得他的名字，但他夸张卖力的动作、变换自如的丰富的面部表情，让他一上台就赢得了满堂喝彩；而与他搭角的那位穿灰大褂的体形高大的小伙子，虽看似木讷，却总能恰到好处地为他捧场；还有一位年事较高的快板艺术家，全力以赴的表演让他上台没多久就开始汗流满面，但除了偶尔拿手绢擦拭一下以外，他没有让自己有一丁点的松懈偷懒，字正腔圆地唱出各种社会现状，娱乐之余也颇引人深思；两位年轻演员的表演一开始似乎较为低调，但剧本妙趣横生，故事的反复性使他们渐入佳境，台下的听众也不时与他们互动着，气氛于是渐渐热烈；最后出场的是两位老艺术家，应该还是相当有名望的，他们并不曾因自己的名望而对观众懈怠，无论言语，无论动作，一样到位……让我们得以如此专注而惬意地享受这一场视听之娱的，还有每人桌前的一碗盖碗茶，茶应该是普通的茉莉花茶，却清香留口，回味无穷，如同这台精彩的相声表演一样令人流连。

时间关系，我们不能欣赏夜场更丰富精彩的曲艺表演了，不免略有遗憾，因为这是将老北京的传统曲艺节目集于一台的一场演出，在这里，我们还可以那样鲜明地感受到老北京的文化气息，这应该也是老舍茶馆能够一直保留其特色，而未被新崛起的德云社一类的演出场所取代的重要原因。我们一面要不断适应新时代不断创新，一面还要保留我们的传统，不让它们在这个新时代被冲击垮塌，没有老舍茶馆这样的所在，大约很多传统便会丧失了。这里同这些传统表演同样吸引人的，还有它的四合茶院，以及那座有着磨剪子锵菜刀、卖冰糖葫芦等等老北京街头技艺展示的小型民俗博物馆，古色古香的装修风格同红木宫灯的内饰也让人赞叹不止。

能给人以强烈的时代变迁之感的，还有大门外侧两分一碗的大碗茶，这是20世纪80年代茶馆创始人尹盛喜先生定下的，迄今未变，来往行人往往因之驻足，纵使不口渴，也想在这一碗茶中感受过去的时光。二分钱现在已几乎无处可寻了，于是就变成了随意给钱，有给五角的、一元的、五元的……钱在这里成了次要的东西，而那份大碗茶中清香的历史回味却历久弥存。

寻访地坛

　　因了史铁生那两篇关于地坛的文章，心中便早已种下了去寻访地坛的念头，然而总不曾有时间有机缘前往，今日总算成行。

　　这是一个特殊的日子：大年初一。地坛也迎来了它一年一度的盛会：庙会。地坛庙会是北京各大庙会中最受瞩目的，其胜景被誉为"现代的清明上河图"和"中国狂欢节"。这话一点不假，不要说每一场表演、每一个摊位前挤也挤不进去的人群，单看原本应该十分幽静的参天古木下被人们来往的脚步踩伏趴趴的小草，就已可想见其胜况了。

　　然而，我却意不在此，而想要于这样的拥堵中寻一份安静。园中有很多松柏，可以闻到浓郁的松籽香，我深深吸了一口这自然的味道，想到史铁生曾说过的："历无数春秋寒暑依旧镇定自若，不为流光掠影所迷。"确实，无论荒芜冷落，无论喧闹嘈杂，这些松柏都沉静而坦然地守望着这片土地，既不因无人看顾而萎靡，亦不因顶礼膜拜而张扬，这便是地坛的灵魂所在吧。或者，这也正是北京这座城市的独特魅力，身在其中，你感受到的永远是它的宽厚博大、深沉静默，但同时，正如地坛的安静并非无声一般，北京城永远都在活力与创新中前行着，只是，从不让人感觉到过份的激越。这种感觉令人迷恋，地坛之于史铁生，大概正如北京城之于很多生活在其中的卑微渺小但却心怀远志之人，在一份安静中奋进。只需寻到这样一份心灵的安静，身处喧哗又有何妨?史铁生说："那就不必再去地坛寻找安静，莫如在安静中寻找地坛。"如今的地坛，正如这游人如织的庙会，早已不复史铁生当年在其中想通了死是一件不必急于求成的事、死是一个必然会降临的节日的那个地方，商业化的味道越来越浓，钱币的声音越来越响，那么，我的寻访，岂不一开始便是一个错误?那么，还是在心灵的安静中寻找那一个地坛吧。

园子确实很大，走得双腿也隐隐酸痛起来，便想到当年史铁生一天又一天不管不顾地徘徊在这园中时，他的母亲曾怀着的担忧、曾走过的那些寻找他的路，这样的母亲，确实是"活得最苦"的母亲，然而，哪一位母亲不曾经历过这样的苦呢?在孩子的执拗或是错误面前，在孩子找不到前途出路之时，大概一样怀着这样的苦吧，只是这苦不曾被她自己书写下来，也不曾被她的子女书写下来，便成了永远的内心深处的情结。我不知道从小不听话的自己曾多少次让母亲失望伤心，但却能清晰地感受到自己的子女带给自己内心的无限纠结苦痛。对于母亲，其实无论是子女惨遭命运之大不幸，还是仅仅遇到一点人生挫折，在她那里，都会"关心则乱"，都会引发暴风雨般的内心狂澜。这让我无法不对自己的母亲深怀愧疚，也让我对自己为人母的责任深怀戒备。

其实，地坛这个地方，对我而言，也早已不需要刻意去寻访。史铁生说："现在我看虚空中也有一条界线，靠想念去迈过它，只要一迈过它便有清纯之气扑面而来。我已不在地坛，地坛在我。"真正来到地坛才发现，自己一直以来想要寻访的，并不是地坛这个地理的存在，而是一种心灵的反省，是一种"生命的零度"，在这样的零度中，我才能放下过去的一切，重新开始，构筑自己新的未来。

赏春

春日年年有，却似乎只有今年感受特别真切。北京的春日比故乡长，且花木繁盛，身边处处是春景，不由人不去关注。

玉渊潭素以樱花知名，每年这里都会举办樱花节，樱花花期极短，不过一周左右，这也导致这个时节的游人特别密集，距玉渊潭尚有两站地，交通便几乎陷入了拥堵。进入园中，两旁的樱花树错乱纷繁，开得正盛的白中透粉的樱花在蓝天的映衬下更见风致，湖边处处是歇脚观花的人们，其中还有特意身着汉服来此留影的美女们，水中游船如织，垂柳、鲜花、蓝天、游船，错杂倒映水中，真是一幅天然图画。美中不足的是园中不少地方正在装修，未能一窥全貌。

植物园更是春日的好去处，未及入园，便已被园门处摆放齐整的各色鲜花吸引，未及欣赏，一旁的儿子便已拿出他早已预备好的画笔和画本，有模有样地开始了今日的画家之旅，不过几分钟，一幅稚嫩却也堪称美观的鲜花图便已出现在他的笔下。入到园内，触目全是鲜花，红的、白的、粉的、黄的、橙的、紫的，再往前行，视野渐渐开阔，远山、大树、梯田、栅栏，还有近旁的湖水、瀑布，以及一些游乐设施尽收眼底。儿子很忙，一路拿着画笔画本不肯放过眼前的美景，虽然有的画不免不知所画究为何物，但那种旁若无人、专注认真却也着实让人感动，又兼自然之美景着实令人震撼，更觉春景处处、春意无限。我们一路前行，一路辨识着路旁的大树、小花，借助挂着的标签，又知道了许多植物的名称，颇觉收获满满。园的东边很是空阔，不少游客在这里搭起帐篷，挂上吊床，悠然远望西山，真有采菊东篱的意韵。

植物园里还有几处极受瞩目的人文景观。一是曹雪芹纪念馆，据说是曹雪芹晚年在北京的居所，远远便望见茅草搭建的极简易的门楼，四围全是木栅栏。进入其中，启功先生所题的"曹雪芹纪念馆"几个字极为醒目，一时不免感慨，这两位异代才子，有着相近的身世，也有着相近的对于人生的了悟，虽遭遇坎坷但坦然淡然，均是如此令人敬仰。估计启功先生在题写这几个字时，自己一生的境遇也必再现心间吧，这也让这几个字特别显出精神与笔力来。让我特别遗憾的一点是自己来得不巧，正值馆内修缮，不对外开放，只能透过门缝看到那几间低矮简陋的木屋在岁月侵蚀下已渐显破败。然而，正是这略显破败之处，却居然怡养出那样伟岸傲然的灵魂，为后人留下了最不朽的时代印记，岂能不令我们感慨万端？馆门口的两株古槐，历经风雨侵蚀依然直立，让最骄傲的游者在它面前也自感卑微，岂不如同这馆的主人一样有着伟岸的灵魂吗？

园中还有一处值得关注的景观是梁启超之墓。这个墓园由其子梁思成设计，背倚西山，坐北朝南，北高南低，四围是低矮的石墙，墓园内满植松柏。墓园正中是梁启超与他的夫人的合葬之墓，下方两边还有其弟梁启雄、其子梁思忠、女梁思庄之墓。进入墓园，不由人不缅思这个显赫家族的兴衰史，不由人不想到他一生的丰功伟绩，想到他戏剧性的去世，也想到这座墓园的设计者梁思成令人艳羡的人生际遇与令人遗憾的城市规划。雄安新区的设立，让人们重新想到了这位伟大的城市设计者。人们说，北京城欠他一个道歉，我想，他更希望的应该是当代的人们能够直面现实，真正尊重那些如他一样关注着国之大计的人。

园子的西北面是有名的樱桃沟。我不知再过些日子这里是否真的有樱桃可以采摘，不过，还是不能不醉心于这谷的幽深美丽，沿路全是木头铺成的栈道，曲折环绕，越往里走，越有一种远离尘世的脱俗之感，不料这闹市之中竟会有如此幽静的去处。游客虽不算少，却也并不拥堵，恰好可以观景，其中一种景观令人印象尤深，栈道下的小溪中水雾迷蒙，人行至此，如入仙境，往远处望，真有"云深不知处"的恍惚，一时竟恋恋不忍离去了。

　　植物园太大，我们最终不及到得卧佛寺，也不及去各个园区细赏鲜花，时间已然不早，匆匆离去之际，颇生再来之意，愿有机会再赏这里的春景。

再游圆明园

　　这已是第二次来圆明园了。第一次来时正值盛夏，一进大门，立刻被眼前的碧水蓝天、红桥青石，尤其是四围满眼的苍翠所吸引，这哪里是我想象中那个荒寂黯淡的所在呢？分明就是一个令人流连宜人休憩的皇家园林，其胜景较颐和园实在毫不逊色。确实，园中蜿蜒盘旋的小道、曲折不尽的长廊、俯拾皆是的奇花异草以及开阔多姿的水域，都让人无法不陶醉其中，几乎忘却了这里是一个应该用以膜拜历史之处。

　　而现在适逢肃杀的冬季，我很想看看冬日的圆明园与夏日的不同，于是便有了这第二次的来访。上次来时进的是南门，进门是一派迎宾的胜景，此次进的是东门，很简陋，进门便到了西洋楼遗址区，这是上次因流连于园中的美景而未及一观的。碧蓝的天空下，庄严地肃立着一座椭圆形的拱门，四下虽已只是残垣断壁和斑驳的石基，但那设计繁复的门柱、精美细致的石雕，仍在向我们昭示着这座园林昔日的辉煌。不远处有一喷泉的遗址，据说是当年极为壮观的一处景致，喷泉水齐涌，声浪震动四方，吸引众人齐来围观。当年乾隆帝对园林大力拓建，园子竣工那一天，乾隆大喜，带领宫中几乎所有人员齐至观赏，想必那时的乾隆必定踌躇满志，以天下之美为尽在己了，作诗云："仙术何须倩法善，往来常作广寒游。"足可见那时的飘飘欲仙。只可惜，为子孙开万世之业的美梦并没能做太久，这园林便被摧毁殆尽了。

　　清朝的主子们在这座园子里可谓极尽逸游之乐。遗址区内有一观景之台，台子本身不大，并无大可称道之处，但台子下方却是用半人高的砖墙堆砌出来的错综复杂的迷宫，进入台子，须得先绕出这迷宫，行人在这迷宫内左绕右绕，大约总得用十几二十分钟才能找出道路来。大概当年，帝王居于高台之上，悠闲地饮茶啜茗之时，眼看着前来奏事的臣子被迷宫所困的窘境，定会开怀大笑吧。

遗址区内还有一处展览馆，与其他地方的历史展览馆相较，其中的历史古物实在少得可怜，这里曾经是清王朝的统治者存放珍玩古物的地方，而现在，这些古物早已不知所踪。据说当年曾有西洋人进贡最先进的枪支军火，也被乾隆帝当作古玩存放在了这里，清王朝就这样在它的鼎盛时期便已步入了暮气沉沉的晚年。看到这里，沉沉的历史兴亡感便尽在心中了。其实，这里并不需要太多的文字说明，不需要导游喋喋不休的解释，废墟的存在本身便已是历史的明证。

正如余秋雨在他的《废墟》一文中所说的，废墟需要留存，但我们也要挟带着废墟走向现代。有过历史的辉煌，衰败必也会随之而来，正如一个经历丰富的人，其人生也必会有高潮与低谷一样，总将过去的荣耀挂在嘴边固不可取，但若总念叨着曾经的伤痕，也会如祥林嫂一样讨人嫌了，所以，还是回头望一望便继续前行才好。于是，最后望了一眼遗址区内耸立了几百年的古木，我便不再流连，继续自己的行程了。

走出遗址区，便到了福海景区，我不知这里得名的缘由，大约应该是取"福如东海"之意吧。这是园中最为广阔的一片水域，仅这片水域的面积就要抵得一个颐和园了，站在水边，极目远望，只看到四周树木苍苍，远山隐隐，全不见外界都市的半点影子，真有世外桃源的丰姿，圆明园被称为"万园之园"，实在是当之无愧的。暑期来时，曾在这里乘坐游船，望尽两岸美景，只是现在，已有三分之一的水面结着冰，水边树着"禁止踏冰"的牌子，但依然有游人以身试险，在冰面上摆出各种POSS，甚至有人将冰面当作马路在上面行走，这让我一面替他们担上了莫大的心，一面想到了宁波那只无辜而亡的老虎，连这样的教训都不肯汲取的我的这些亲爱的同胞们，难道就能够汲取圆明园覆亡的教训而勇于奋进吗？因而，任何标语口号都是没有用的，除非我们的内心能够真正警示自己不忘前耻、勇于向前。否则，即便是在圆明园这样的国耻之地，我们依然会忘却国耻、我行我素。

这样一想，游兴不免削减。又兼前面的景色已是旧地重游，便不想继续了，于是走到乘坐观光车之处，返回到东门口。一出园门，繁华依旧，仿佛是穿越了一番又回到了现实。

古北二日

"妈妈，春天什么时候才能来呀？"

"你都问过好多遍了，干嘛这么着急要让春天来啊？"

"春天来了，我们就可以出去旅游了啊，我都已经等不及了。"

……

春天的脚步，终于在儿子一声声的呼唤中近了。小区的地面上，绿意不知何时一点一点地冒了出来并逐渐连缀成片；仔细看，树杈间，也已显现出一抹生命的痕迹，虽还不那么分明，却似对美好春光的召唤，轻柔舒缓……

或许是为让儿子一偿寻春之愿，或许只为舒解一下疲惫的身心，周末一早，我们便踏上了前往这座闻名已久的"长城脚下的星空小镇"之旅。这座小镇谈不上历史悠久，连儿子也比它年长，但却早因它独特的景观与随处可遇的温泉而闻名遐迩了。

原是一场寻春之旅，不曾想，设想中的春的痕迹并未找到，倒是实实在在感受了一场倒春寒的味道。一大早，天便飘起了小雪，这是一场盼了一个冬天也未盼到而终于不得不放弃希望却在绝望之后不期而至的雪。称得上漫长的旅途中，我们一路透过车窗欣赏这越下越起劲、越下越成规模的雪，欣赏路旁渐趋白茫茫的土地、绿化带，同时也憧憬着在这样的雪中更具风情的小镇。

一下车，便被前方的小桥流水吸引了，这是北方难得的景观，有点苏州委婉柔美的景观味道，却又别具北方的宽广大气。景区入口处的水域颇为宽阔，在这样的雪天中，原本结了冰的水面此时铺上了一层薄雪，倒是难遇的奇景了；转过小桥，是一条不算长的景观街，颇具欧洲建筑风情，跟新年时在天津方特欢乐世界中所见的景观有些类似，也让我想到武汉光谷广场旁的几条欧洲风情街，但欢乐世界中这样的景观只是一个一个的点，不够气派，武汉的风情街又显得太过喧闹，这里此时倒是恰到好处，宽阔的街道，不算多的游客，正有闲情漫步于此。

水镇的构思应该是借鉴乌镇的，以一条水流为中轴线来设计它的景观，后来才知道原来开发者中当真包含乌镇旅游有限公司。与乌镇相同，大都是古色古香的民情建筑，曲折回环的石板路，两旁打出各种特色传统手艺的店铺招牌，诸如酒坊、染坊、编织，等等。自然，游客们最关注的，往往还是这里的各色小吃，严格说来，这里的小吃不够多，但却汇集了天南海北的各种风味，入口处的大脸饼、美食街的萝卜饼，还有粗木棍串起的大烤串、八个管饱的大馄饨……每家小吃店门口几乎都排着长队，这还是在客流量不算多的冬春之交时，可想而知到旅游旺季这里的热闹情形了。

出门住惯了酒店，这次，我们特意订了一家客栈，因为农家客栈也是水镇的一大特色，二十多家客栈散落地分布在景区各处，每家自成特色。我们住的客栈当真不负所望，极富创意的门廊布置，一进套着一进的幽深小院，房间倒是宽敞明亮的，布置成日式风格，就连床具也避免了酒店一贯单一的白色，使人一踏进便不忍就此离开了。然而还是要离开的，因为我们此来最主要的还是想要感受一下这里的温泉。无疑，温泉是这座小镇的主打特色，小城成规模的温泉城就有好几家，还不包括几家大酒店中各色的温泉池。去温泉城的路上，还有一个露天温泉池，池子不大，一圈围坐着几位行人，正脱了鞋袜在池水中泡脚，在这寒冷的雪天里，应该是一种别样的情趣吧。相较之下，我们去的温泉城除了面积大一些，以及白俄罗斯美女帅男的热舞助演外，倒也没有什么更引人的了。

古北水镇的夜景是最为出名的，也一直是这里的旅游主打项目，这也是我们决定在这里留宿一宿的原因。夜幕降临，整座小镇立刻成为灯光秀的神奇世界：白日间在溪流间闲置着的各种民俗布景，这时才显现出它们的无穷魅力，为这里的夜点缀上一层绚丽的色彩；中央广场上的各色彩灯也为游客营造了一种奇幻迷离的氛围；远处那座不知名的高塔的灯光也全都亮起，拓宽了小镇的边界，也加高了小镇的海拔。自然，最有名的还是望京楼的灯光水舞秀，它一直都是最吸引游客的所在，只是，还未及欣赏至此，小小的意外让我失足滑跌在青石板路面，只能让游程暂时告一段落了。

这一意外也让第二天登司马台长城的规划泡了汤，实在不能不说是莫大的遗憾，于是，古北二日就此成为古北一日了，好在这座既具江南风味又兼京城大气的小镇不过两个小时的车程，相信还会有机会再来，以补足这一日之憾。

太行山行

七月二十日，暑假回家第四天，终于架不住接连三日各种名目的聚餐，决定离家出游了。然而因为早已预定了几日后的行程，不可远游，而周边的景点也大多去过了，择来选去，最终将目的地确定为距家四个多小时车程的太行山大峡谷。

因为是临时起意，出发前，我们先去办理了原计划返京前办理的几件事务，便已到午饭时分，于是索性填饱肚子再走。待到上了高速，已是中午一点，大约因为正值酷暑，路上的车辆极少，一路畅行，由侯平高速转道陵侯高速，再到高沁高速、二广高速，由长治绕城高速下，又走了半个小时的省道，终于到达太行山区。一入山，我们便被太行的雄伟险峻震撼到了，相较之下，华山的险只在孤峰，泰山的雄也缺乏气势，这里的山则是一重紧连着一重，山头较为平缓厚重，山体多是裸露着的垂直陡峭的崖壁，崖壁上的石块呈现尖锐的片状，仿佛扑面而来的便是北方大汉的彪悍之气，果然是一方水土养一方人啊。摇下车窗，感受山风拂面，极觉畅意。

前行半小时许，我们来到了此行的目的地——壶关八泉峡景区，原以为这里声名不算很大，景区不至人满为患，到达后才发觉，突然爆发的旅游热情已让中国的各大景区全都充斥着来自各地的游客了，这里自然也不例外，况且正值周末。已是傍晚时分，因为没有提前预订，我们走了三家宾馆才终于入住下来。晚饭后，便拟先在景区外四处游览一番，然而，不能不说，虽有群山映衬，流水环绕，但除了浓浓的商业气息，以及喧嚣鼎沸的人声，便没有什么留给我更深的印象了。

好在八泉峡并没有辜负远行之人，虽然门票有点小贵（门票联票100元，外加景区内交通票180元），但依然觉得不虚此行。坐了一小段一路上行的电瓶车，便到了游船码头，这里是典型的高峡平湖，湖水呈深碧之色，幽深回曲，两岸山峦相对，庄严肃穆，虽无轻舟万里的恣意，却自有远离尘嚣的沉静，船行山间，便将昨日与今晨的喧嚣全都弃之脑后了，仿佛真正的游览只从此刻开始。

下了游船，开始了真正的山行，虽是酷暑之时，但因一直在峡谷间穿行，倒也并不难耐。景区的栈道一律是依山傍水而建的原石路面，扶栏则是扭曲盘旋的木雕结构，颇有古朴之风，山间流水清可见底，时会有不算急湍的瀑流倾泻而下，给平静的溪流带来一些灵动。处处可见戏水的人们，在山野间寻找着也许早已被生活碾没了的激情。山路不算陡峭，但也一路向上，似乎总也走不到终点，开始还兴高采烈的儿子渐渐开始喊累，不肯再走了，好在在我们的连哄带骗下，终于坚持到了坐索道的地方。

这里的索道堪比黄山，横跨几座山头，有几处几乎是垂直而下，很是刺激，缆车内的一位关东大汉一路低着头，不敢稍加抬眼，儿子却满脸写着兴奋，东瞅瞅西瞧瞧，完全没有半点惧怕。下了缆车，又是一段山路，一路向下，虽是下坡路，但却更加难行起来，因为既没有初入山时的期待，也没有了坐缆车前的体力，儿子越来越不耐烦起来，如果不是我们一再用他一直期待的玻璃栈道鼓劲，大约早就停下不走了。途经北天门，两座拱石相对而出，果然壮观。

所谓的玻璃栈道其实只是被称为"天空之城"的一座全用玻璃建成的小楼，我们在楼顶徜徉了一会儿，毕竟没有真正的玻璃栈道的揪心刺激。小楼的一层便是被称为"天梯"的山崖电梯了，跟张家界的电梯相似，但坐上去其实远没有看上去的刺激。出了电梯，我们的八泉峡之行也便宣告结束了，时间是中午十二点多。

拟定的下一站是附近的青龙峡，行车不到半小时。然而到了这里，正是骄阳如火之时，又兼一上午的山行已然耗尽了我们的体力，仅仅只是想想在这样的大太阳下爬山的感觉，便已让我们心生退却了，于是，最终放弃了游览的计划，选择向下一个景点进发了。

下一个景点便是有着"世界第九大奇迹"之称的河南辉县郭亮村的挂壁公路。从太行大峡谷到郭亮村没有高速公路，更要命的是还有很长的一段乡道要走，虽还谈不到崎岖坎坷，却也颇费周折，尤其是中间的一段隧道，看来是刚刚开凿而成，顶壁是完全原始的石壁，地面也还是湿漉不平整的，车行其中，不能不提起心来。一百公里的路程，走了三个小时还多。

距离挂壁公路还有十多公里处，车便被拦下了，说是不允许私家车进入景区，只好换乘景区车，中间还倒了一趟车。因为只能坐在车上，挂壁公路的神奇便没有了太切近的感受，就连预想中的惊险刺激也没有领略到，仿佛只是一段隧洞中的山路而已。车行到郭亮村前，眼前的景象更加令我失望，传说中的与世隔绝的村落现在已满眼皆是客栈、饭店，满眼皆是喧嚣的人流，早已没有原始村落的踪影，只在喧嚣的末梢，还留着几座古朴的建筑罢了，但游客其实多不及此。

于是，游兴大减，原计划留宿于此的念头也被打消了，决定提前一日打道回府。

车行至半道，又遇县道上塞车，几公里的路竟走了大半个小时，天已全黑下来，若要赶回家，大概会是凌晨了，于是决定在前方的八里沟景区留宿，这里仍属太行山区。

因为已是入夜，我们驱车直上景区门口，若在白天，这条路是不允许私家车通行的，看来夜行自有夜行的妙处。这次还算走运，这里最气派的八里沟大酒店还剩一间房，我们正好入住。房间的阳台正对着下面的广场，广场上一派热闹场景，来自四面八方的游客在这里放歌、纵酒，广场前方景区大门的霓虹灯装饰出宫殿的形状，十分气派，倒是白日里不能欣赏到的别样的景观。

八里沟的门楼前特设了水雾的装置，使得这里云蒸雾腾，如入仙境。经过一夜休整，我们也恢复了昨日的精神气，又开始了新一轮的攀爬。这里的景观虽不及八泉峡的轩昂大气，却有一种更接地气的亲近感，这大约是山西旅游与河南旅游的差异之处，山西的景点多是比较正规的景点，较少人性化的设计，河南的景点则更重游客的体验；于是，从入门处的水雾，到随处可见的吊桥，再到人工形成的壮丽瀑布，以及地面各种各样的或圆或方的跳石，无不体现出人性化的设计。水面或宽阔平静或怪石嶙峋而出，各具特色，最神奇的当数有名的"喊泉"了，只要有人站在水旁大声呼喊，泉水立刻喷涌而出，直冲上十多米的高空，一旦人声消歇，泉水便也消失无踪了。

　　不过，儿子最关注的，是一条人工修筑出来的漂流水道，一路叫嚷着要漂流，为着这一信念，便陪着我们直上到山顶的电瓶车站。如果依着我自己，原是想要再到最高处的瀑布的，但怕儿子过度劳累，还是放弃了。我们坐着电瓶车到了漂流的起点，坐上只能乘坐三人的漂流船，全副武装，进入水道，以为也不过如同张家界的漂流一样，湿到裤脚，身上溅满水花也便罢了，不曾想，才仅仅第一道下滑的水道，我们便已被浑身浇透，这才明白何以工作人员一定坚持让我们把所有的物品装袋系紧，让我们做好充分的心理准备了。

　　在平缓的水面漂了一会儿，进入下一水道，这次是连续急弯，坡度没有第一个大，但水势因为急弯而更猛，我们的小船被卡在了一个下滑口，一时间洪水滔天，将儿子整个淹没了，慌得我连忙站起身来，将儿子拽过来，小船却已被水灌满了。好在紧接着又是一段平缓的水面，我们将船划到有三面大石遮挡着的一个角落，下了船，将船里的水倒尽，才又重新上船，这时感觉有些浑身发抖了，大约是害怕所致，但倒也没有就此放弃。又经过了一段曲折湍急的下滑路段，这次没有刚才的紧张了，大约一则相对平稳了些，二则做好了充分的心理准备。

　　漂流的终点便是景区的大门口了，我们浑身上下淌着水上了岸，也无处可以歇息，好在车便在景区门口，直接坐车打道回府。

回到家中，已是晚饭时分，卸下这两日的行囊，又须准备第二日去天津的行囊了。这注定是一个奔波的假期，身体与心灵一同奔波。

天津行

7月25日，到天津的第二天。

一大早，天色依然阴沉着，但前一天整个大街被水浸没的恐怖情形已然消减，楼下广场内早起的人们又开始了晨练，马路上车辆行人正常通行着，如若不是经历了昨日涉水跋河的艰辛历程，这一切太平常不过的生活情形大约不会引发自己任何感慨。大约只有危机过后，人们对于生命的意义才会有更新更深的解读，尽管这应该算不上真正的危机。于是又想到海伦·凯勒的《假如给我三天光明》，便更易体会作者的心境了。

这一日的行程安排在耀华中学——天津基础教育的一座重镇。这里也是我前一日因城市公路交通瘫痪而不得已选乘地铁，继而涉水到宾馆时途经之处，当时校门口积着没膝的污水，古旧的建筑在污水的映衬下愈显黯淡，让我一时对此行产生了莫大的疑虑。不过，这种疑虑在步入校园的瞬间便瓦解掉了，我们眼前是一个由几幢二层红砖小楼围成的小院，小院不大，却透着浓厚的文化气息，校门内侧，书写的是耀华的校训——勤朴忠诚。小楼的各个入口处，分别书写着：第一校舍、第二校舍、第三校舍、第四校舍，一律使用繁体字。我们走入的入口旁有一块大石，书写的是"光耀中华"四个字，引导的主任告诉我们，这正是耀华中学名字的由来，因为这所学校是在20世纪20年代天津被帝国主义列强瓜分的时代背景下中国人自己筹资建立的。

这所学校最值得关注的文化底蕴，我以为在其创始人庄乐峰先生的一段话中可以体现："盖今日之校风，即他年之民德。青年之坚强意志，在沉着不在浮嚣；国民之程度提高，在充实不在虚美。欲为爱国之士，必先为有用之人。"这段话是任奕奕校长为我们做演讲时所引的一段话，任校长一看便是一位利落豪爽而又待人宽厚的领导，她的讲演宏大而不空洞，将耀华的历史、名人以及故事自如地穿插其中，三个小时的演讲，我几乎完全没有旁顾。同时更加深刻地意识到，这些百年名校之名，并不只在于某一届校长的成就业绩，而是一种历史的连贯与叠加。耀华的历史，在它的校史馆中全都陈列明晰，让我们可以随着脚步的前行走过近百年的中华历史与学校发展史，而我身边的很多百年名校，历史已几乎被湮灭，只一味高扬现有校长的声名，其实是一种不明智的做法。耀华礼堂也是耀华的亮点之一，这座规模宏大的礼堂迄今仍保留着百年前的风貌：没有空调，上方悬挂的还是最早的摇头式电风扇；双层的看台，每一个角度都能有效地聚焦舞台；最简单的木制座椅；不用话筒而声音能清晰地传至最后一排；两旁的侧门一、二层都可以直接连通到两边的校舍，省去了很多集合的时间。据说这里曾经是《歌唱祖国》的首唱地，很多著名的话剧家也都曾在这里表演。无疑，这座礼堂也为这所学校带来了巨大的声誉，因其承载了太多的历史故事，其至今仍是学生活动的重要场所。与之相较，现在许多学校豪华的礼堂反而显得单薄、空洞了。

耀华图书馆内还有一幅字吸引了我："天下之事，因循则无一事可成，奋然为之亦未必难。"深契我的心境，以为无论一人，亦或一校，若真能如此，自会有得。

第二日，我们又从天津教科院王毓珣教授那里了解到了很多南开中学的历史。这所比耀华中学的历史还要长20多年，培养了周恩来、温家宝两任总理的名校，至今第九任校长还未上任。它的成功，首先应在于自张伯苓校长始便一直在强调的"南开精神"。这种精神，温家宝总理曾概括为"革命的、科学的、朝气蓬勃的精神"，并为之题词："南开永远年青！"我以为这句题词可以概括这所学校最核心的精神所在，一所中学，本就是青年人的活动场所，若不能保有昂然的青年气息，则必不能称之为成功。而要长保年轻，则非具自强、奋进、乐群的精神不可；更重要的是，百年的历史沿革中，没有一所学校能不经历各种变故、挫折，唯能愈挫愈奋，才能让这种年轻的精神长久传承下去。

从这两所学校，我看到了文化、精神对于一所学校发展的重要性，这比具体的管理策略、特色突破以及教科研举措等等更加值得关注。

这已是第四次来天津，但其实从未曾好好观察打量过这座城市。此次，利用闲暇，带儿子去坐了他一直嚷着要坐的摩天轮，这座号称"天津之眼"的摩天轮，高度120米，坐一圈需要半个小时，前来乘坐的人总是排着长队，尤其是在夜间。虽然一再告诉自己不恐高，但当摩天轮一点点上升，还是不由自主地抓紧了扶手，直抓到手心生疼。不过，一旦升到最高空，那种恐慌反而消减了，俯瞰下方的绚丽世界，恍如超绝。

滨江道步行街也是外地人来天津必到之处，不过，因为儿子不感兴趣，便也没有逗留，倒是海河的夜行船更让人心怡。这里的夜景，应该也并不比香港的维多利亚港逊色许多，除了两旁各式的高楼之外，更有近代留下的各种异国风情的小洋楼相佐，有英式的、意式的、澳式的等等，袁世凯在这里修建的府邸更加引人注目，只可惜他本人却无福消受。此外，海河夜景中还有一道维港所无的景观，便是造型各异、材质不同的一道道桥梁，这些桥梁，现在都是重要的交通道路，但同时也是天津最具特色的一道风景，据说不到0.8公里便有一座桥梁，有钢筋混凝土结构的，有纯钢铁建造的，有双层彩虹式的，有可以扭转式开启的，有顶端设有观光塔的，也有桥面雕有各种造型的。其中的狮子林桥上有180多个狮子雕像，堪称一绝，而永乐桥便是"天津之眼"摩天轮的所在，这些桥梁在夜间色彩变幻，一桥一景，真是美不胜收。

其他景观不及参观，好在北京距天津不过半小时车程，自有机会。但这既是优势，又自然成为天津发展的瓶颈，这从我们行程的最后一天所去之处可以见出。这是天津最有名的一座大商场——大悦城，但里面的设施与景观，并不比北京最普通的一个新型商场更引人。不过，在这里，我们观摩了由"人类热忱事务研究所"开设的"未来工厂"的各类设施，包括皮具制作、木器制作，还有油画、口红、手工皂的制作等等，同时第一次亲手制作了全手工的皮具——一个小小的卡包，也觉颇有成就感。

匆匆离开天津之时，才觉天津原来是个有着深厚底蕴与魅力的城市，只可惜作为直辖市，它的发展未免显得缓慢了些。于是，连天津人自己，也远不如北京人那样有底气，出租车司机得知我从北京来天津学习，竟不免惊诧：北京的还需要来天津学习吗？环境于人，影响可谓大矣！

内蒙古之旅

　　十一长假，一家三口报了一个去内蒙古的团，因为已是入秋，原不想能看到怎样的美景，无非是为消遣长假的寂寥罢了。

　　三日的行程，却将近半的时间掷于路途之中了。首日凌晨五时从省城出发，坐上驶向内蒙古的大巴，一坐竟是十个小时，才终于得以到达梦寐中的草原。一下车，便是透心的冷，而草原的美景却全不得见，只有稀零的蒙古包，冷冷地矗立在干枯冷涩的地面上，看不到天的蓝，密布的浓云挂在天边，一切全是灰色调的，不免有些大失所望。草草吃过午饭，是自由骑马的时间，成群的马簇拥在一起，在寒风中瑟瑟着，看不出威猛，坐上马背，经历了最初的恐惧与不安，却竟能怡然自得地享受骑马的乐趣了，马匹全不顾及背上的人，忽而悠然地低头吃草，忽而脱离队伍一阵小跑，好在有马倌时不时地吆喝，马儿才维持了整体的温顺。马儿温顺之时，便可使人全心享受草原的风光了，虽然天公不作美，没有阳光，但还差强人意，感受着敖包相会的喜悦，感受着无限宽广的天地，感受着独特的蒙古风情，却也是一种全新的体验，于是忽然便有了不虚此行的快乐，尽管下马时才感受到双脚已然冻僵了。下马之后，是到牧民家中体验民族生活风情，热情的牧民已为我们准备了浓浓的奶茶，虽然这热情不免于商业利润的驱使，但仍使大家感受到心底的热度，尤其在这样寒冷的日子里。于是纷纷解囊，购买了大量的牧民原产品，诸如奶制品、牛肉干之类，也感觉收获颇丰。

　　晚饭仍是在蒙古包中，饭菜虽称不上丰盛，却也比想象中好了许多，只是由于天气的缘故，不免感觉欠缺点温度。好在有当地乐团的表演助兴，歌声还相当专业，似乎蒙古人都有着歌唱的天赋，那独特的蒙古曲调有如天籁之音，更有同行的团友助兴献舞，也颇有一种彻底放松的快慰，大家点歌不断，直到晚餐结束，仍有恋恋之感。饭后便到了篝火晚会的时间了，音乐响起，篝火点燃，人们便都陶醉于这热烈的气氛之中，尽情呐喊，尽情释放，尽情跳动，将所有的工作的压力、生活的不如意尽数抛诸脑后，这是怎样的一种放松啊！只有在这种时候，你会比任何时候更能感觉到生活的美好，感觉到人生的幸福。

入住之处是典型的蒙古包，是用毡布和木棍支起来的，只是内部涂上了各种装饰图画及艳丽的色彩而已。尽管是豪包，却显然与城市中的宾馆有着太大的差距，没有沙发，没有暖气，没有洗漱的热水，电视只能收到两个台，只能勉强凑合一晚了。但一天的疲累之后，已来不及品味蒙古包的风情便呼呼入眠了，竟也一夜香甜。早上醒来，鼻尖仍是冰冷，但已无前日的冷彻骨髓了。

草原的日出真是炫目，先是天边的一抹红，到太阳慢慢探出头来，再看时，竟已是满眼的光彩，那么耀眼，那么鲜亮，真如初生的婴儿，充满了生命力，充满了未来的希望，忍不住拿出相机，想要留住这美丽到璀璨的辉煌。吃完早饭，不忍就此离去，又从通往草原的小门进去，想要再看一眼晨光下的草原，尽管入秋后的草色已有些枯黄，却丝毫无损于它的美丽，在朝阳的映衬下，草原全然是一片金黄，那般夺目，那般炫丽，阳光为草原披上了一层金装，让人不得不为自然的壮丽喝彩。

在恋恋中离别希拉穆仁草原，奔向下一个目的地——库布奇沙漠，这是距离钢铁之城——包头仅一小时车程的一片沙漠，也是传说中美丽的响沙湾的所在。下了车，坐上了沙漠独有的交通工具——沙漠冲锋车，颠簸在起伏不定的沙丘之上，仿佛坐在过山车上一般惊险刺激，大家肆意尖叫着，享受那无所顾忌的快乐，这是在每日繁忙的工作中不能有的一种肆意啊。来到沙漠，自不能不感受在沙漠之舟背上的惬意，于是大家相约去坐骆驼。骆驼在驼倌的导引下，跪迎着来客，显得极其温顺稳当，但坐上后才知道感觉误导了自己，先是起身的瞬间，因为它的高大，后肢先站起，人便突然有要被摔下去的感觉，到它全然站起，你会发觉自己已经远离地面，而它身体上耸起的驼峰让人坐上去极不舒服，虽然它的步履倒还稳健，却也令人很快就想要回到原点了。好在没走太远，驼倌便让我们下来自行欣赏沙漠景观，他们自己则在那里展开了一场非正式的摔跤比赛。这里的沙很细，因为总会有风吹过，遮掩了之前的印记，这里便没有人行的痕迹，使得那沙丘有一种别样的神秘气息。我们跑上沙丘，感受着天地间唯我独尊的狂妄，却没能骄傲片刻，便有了一种不一样的感受。天地间，似乎除了我们再无别的踪迹，风仍轻拂着，我们走过的脚印也很快变得淡然，忽然有了一种心底的畏惧，自然有时真的是无情到极点的，想象中，狂风肆虐间，沙丘便会吞噬一切，不留任何踪迹，人类如果不能想办法扼制它的发展，该是多么可怕的事情。便突然间想要回到嘈杂的人群中，仿佛只有那嘈杂才能让人寻求到一种安全感。

回到出发的地方，人便多了很多，我们又去滑沙，从一个很陡的沙坡上坐上木板往下滑，看上去很有挑战性，但尝试了一下，倒也并不可怕。看来，很多时候，人都是被自己的心理吓住的，多去尝试，多去感受，便可能会有不一样的感触。也同我们的生活一样，局限在自己熟悉的圈子里，总不能有大的跨越，敢于去挑战未尝试过的，才知道生活原来可以这般精彩。

孩子已很快与同团的几个小朋友打成了一片，在旁边的沙滩排球场地演绎他们的精彩。我们便脱掉鞋袜，赤脚走在细细的沙上，又仿佛置身于海滨，闭上眼，感受和风轻拂，享受这人世间最美的瞬间。我想，无论过去多久，我都会记着那份感觉，那种置身于天地美景与爱的海洋包围之中的舒适惬意，那种从内心涌动的对生命的感激，那种弥漫天地间的幸福……

感谢内蒙古，荡涤了我在现实中茫然迷失的心灵，让我重新体味身边平凡的幸福与快乐，生活，真的可以很美很美。

偶遇

　　我与爱人的相识是一场偶遇，偶遇在进京的列车上，从此续结了一生的缘，为此，我感激这一场偶遇。自然，这样的偶遇大概少有人遇到，然而生命中总会偶遇一些人，可能只是一面之缘，可能只有极短暂的相处，却总能让你在回忆中毫不费力地寻觅到他们的身影。

　　这样的偶遇多在旅途之中，大概因为平日只将心思放在了工作与日常，已无闲情关注外界之人之事了吧。那年与爱人去张家界，在西安报了一个十多人的团，团里有一个刚刚高中毕业的男孩子，听说考入了一所很不错的985院校，胖胖的，脸上总挂着笑，不拘遇到谁，都能打开话茬开唠，成了大家的开心果。还记得他说那年西安刚刚可以在公交上刷卡，他觉得很好玩，就站在车门口，上来一个人他就拿自己的卡刷一下，再上来一个人再刷一下，请了全车人的客，结果获得的是乘务员的一声"有病吧"，讲得我们都哈哈大笑起来，乘车的无聊就在他的故事中被冲淡了。临到行程结束，大家居然都对这个看起来傻傻的小伙子有一些不舍起来。

　　还有一次旅途中的偶遇是我们带女儿去内蒙古的时候，这一次是在太原参的团，那时女儿七八岁，路途漫漫，我们很怕女儿无聊烦闷，还好遇到了一位与她差不多同龄的女孩子，两人很快就成了朋友，这样，我们与女孩子的父母也就有了比较多的接触。一次，两个孩子在沙丘上玩得不亦乐乎，我与那位母亲一同坐在旁边，她带着最真诚最发自心底的欣慰告诉我，她的儿子刚刚一周岁，她是趁着孩子断奶的时间出来转一转的。说着这些时，她的双眼发着亮，脸上满溢着幸福的光芒，那光芒竟让我这从不关注他人的人鲜明地感受到了。到现在，我都还能清晰地记得她略显瘦削的脸上溢出的满满的幸福，这种幸福感，在我自己有了儿子后，也鲜明地感受到了。

　　不单是旅行，生活中也总会有一些偶遇让自己印象深刻。去年爱人生病住院，当时医院中床位很紧张，好不容易等到一个床位，当我们走进那间病房时，正对门的椅子上坐着邻床的病人，整个头部几乎都被纱布包扎了起来，露在外面的脸大概只占到三分之一的样子，旁边病床上坐着的是他的妻子，面相还算和善，但一看就是没有受过什么教育的乡下人。我的心里咯噔了一下，心里颇不情愿有这样的室友，又特意出来问了一下护士还有没有其他的病床，答复是斩钉截铁的没有。无奈之下，我只好决定少与他们往来。他们好像也并没有很在意我们的到来，只管聊自己的，病人虽然看起来状况不妙，却是谈笑风生，谈着他打工的工地上的工友们，谈着他们村子里的邻居们，似乎这病与他们并没有什么干系似的。我也渐渐放下了最初的嫌恶之心，与他们有了一些简短的交谈，也得以了解到，原来男子在工地干活时不慎从铁架上掉落下来，整个脸部受损变形，经过了几次手术整形，才算没有毁容，现在已经恢复得差不多了。我说："这属于工伤，应该由包工头负责赔付损失啊。"那位妻子笑笑说："赔什么呀，人家都把医药费给我们付了，他们包工头挺好的，出了事人家赶紧开车送到医院，还拿了一万块钱过来，这我们可不能要，大家都不容易。"我一时愕然，好淳朴的一家人，我说："那这伤好了以后怎么办？"她还是笑着，说："他这好了肯定不能干重活了，到时候想办法找个不在外面的活干着就行。"那位丈夫立刻接着说："我说我放羊就挺好，她非不让。"妻子立刻说："放什么羊啊，你能一天跟着羊到处跑啊。"两人又开始了一场小小的争执，但那话中全是彼此间的关爱。我一时听得怔了，什么是真正的感情？在这平实到没有一点浪漫可寻的真实的关爱面前，什么海誓山盟海枯石烂，还有什么意义呢？

　　与这对夫妻相处的十多天里，我未曾看到过自己所想象的"贫贱夫妻百事哀"的状态，两人都是那么开朗，并不把伤病放在心上，似乎天下没有任何可愁之事。爱人的病床前来探望的人每日络绎不绝，那对夫妻也没有任何羡慕之情，有时我们会给他们一些东西，那位妻子总是拒绝，男人倒是乐呵呵地接受了，也并不显出受窘的样子。我想到了陶渊明归隐后的有车则坐，有酒即饮，自然，这对夫妻不是文人，他们是真真实实的农民，却比任何文人更能体会生活的乐趣。有他们陪伴着，爱人也觉得没有理由把生病看得那么严重，病反倒很快好了。他们比我们早出院，临走时，我与爱人竟都有些许的遗憾。

这些人，这些事，大概在生命中真的无足轻重，但你不能忘却，因为他们曾经触动了你的神经，掀起了你内心的波澜，这样的偶遇，岂不是人生又一美妙的篇章？

自然的高度

　　我喜欢爬山，不仅泰山、华山、黄山、峨眉山之类的名山都去登临过，就是周边的白云山、云台山、九龙山、五老峰之类的山也已攀过不止一次，登上山顶，总会有一种快意，那种"人定胜天"的骄傲感会在那一刻浮现。不过，这次却不一样。

　　这次我们爬的山似乎连严格意义上的山都不是，充其量不过是一个小山丘罢了。它更不是什么名胜风景区，而是一处几乎无人问津的废弃的山野。这是爱人在一次工作考察中发现的，也不知他怎么竟会想起带我们来这样的地方。这里几乎没有路，或者说没有我们印象中的那种平坦的路，连山间小道都算不上，本就狭窄的山道已被雨水拉出了一条长长的濠沟，车胎一旦陷进去，估计自己爬出来的希望微乎其微，并且这壕沟在山路上自由地弯曲着，一会儿在路的右边，一会儿在路的左边，每次转换方向，我的心都是要蹦出来的感觉。如果知道会是这样的路，我是一定不会同意前来的，更何况还带着才两岁多的儿子。我不知道爱人是如何在这样的道路上开车的，只知道自己全身的肌肉都紧绷着，抱着孩子的双臂也都僵硬着，儿子显然也感受到了我的紧张，虽然他还意识不到山路的危险，却终于哇的一声大哭出来。就在这样的战战兢兢中我们总算上了山，将车停在了唯一可以停车的一小片被开山者炸出来的裸露的平地上。

　　如果这里算得上是山的话，那山上除了这一小片平地外便只有及膝的丰草了。在这样的草上继续向上走着，不知道脚下会是什么，不知道前方还有什么，我是几次要打退堂鼓的，但还是直走到天地似乎全在脚下，连飞鸟也在脚下，于是想到杜甫的"荡胸生层云，决眦入归鸟"，我不知站在山脚下的杜甫如何能有这样的妙笔，因为我是身临其境也表达不了自己的感受的。实际上，这一刻，我也没有任何的诗意，因为站在这样的天地洪荒之中，你不会有超越自然的优越感，除了畏惧，所有的思想都没了。在真正的自然面前，人是渺小到微不足道的，于是，仅仅在山顶逗留了几分钟，便又急急地要下山了。一面又开始担心返程的路，怕再次被那样的恐惧攫住自己的心。

我在我们停车的地方留了张影，才想到在山上居然连留影的心情都不曾有过。这才是真正的自然吧，在它的面前，所有的高度都为零，真正的高度仍是自然，所谓的"人定胜天"，实在是人们的一厢情愿。人如果失去了对自然的敬畏之心，倒真的是一件可怕之事。

好在下山的路似乎并没有想象中那样危险，大概是因为有了心理准备了吧。于是想到人生的苦与甜，像上山时，先走完了平坦的柏油路，再遇到坎坷的小道便觉难以适应。而下山时，先走的是最难走的一段道路，便会觉得前途一片光明了。所以，人生还是应该先苦后甜，这样才会更有奔头。经历的坎坷多了，再大的事也算不得什么了，就如现在的自己，经历过种种苦痛折磨后，倒真的可以感激生活了，从此以后，我的道路也必定会平坦顺畅地走下去的。

回到闹市，颇有恍如隔世之感。这个世界上，竟会存在如此大的差异，这也正如人生，你生活在自己的天地间，不去与他人交往，就不会知道你的世界与别人的世界有多么大的差别，所以，不用感叹，尝试着多与别人交往，尝试着多去了解外界陌生的世界，自己便会多一份丰富。如此想来，世上之事原本不用过分计较，别人的世界本就与你不同，何必要强求？还是做好自己最为重要。

于是又开始感激这样的行程，自然的高度会提高人的高度，在真正的自然面前，你会放下尘世中的一切争夺之心，静享生命带给自己的美妙。

澳洲行记

一

人生很神奇。

现在，我在澳洲的土地上，开启了另一段不一样的生活，用自己蹩脚的英语独自去超市购物，独自在这个还很陌生又即将告别的家中做饭，独自感受远离城市的静寂与萧条。虽是冬天，窗外的花却不凋零，树木也依然青翠，只是天色阴阴的，总让人有种寒意。也许正如女儿所说，一个月还行，呆久了，我必不能真正用心喜欢这样的安静。也许吧，善变好动的我，习惯了喧嚣热闹的我，可能无法真正融入这安静中，那又何妨？至少现在，我还在安心享受这份不同。

又想到在这样的环境中生活了许久的女儿。若在北京，她也必定如同我的那些学生一样，在喧嚣热闹中自我迷失，只是一味追寻着外在的狂欢。而在这里，一切都被沉淀了下来，除了静，还是静，于是，她也才能回归自己的内心，滤去浮躁，存留一份淡定从容，那么，这样的生活于她倒是疗愈的佳药了，让她真正明白，生活是属于自己的，需要自己全力承担与面对。如此，她的一切磨炼便都是有价值的了。

于我而言又何尝不是？近期内心的种种浮躁不安，也许正需要这样的环境来疗愈。便如今天，做着许久不做以为徒耗时日的清理工作时，我的心是宁静无杂念的，在这样的宁静中，更让我那样清晰地看到自己的内心，更加明了自己的存在。便忽然觉得，自己一直挂心的很多事情，其实意义原本寥寥，生活的意义，本只在于生活本身，若为闲杂之事萦心，其实不过自讨苦吃。期待一个月后的自己，将会以全新的姿态迎接全新的生活。

又不免想到自己的梦想一步步成真：最初不过是想要离开那个道路坑洼尘土飞扬的小镇，我做到了；再是渴望进入县城最好的中学，我做到了；想要去全国一流的学府深造，我做到了；想要离开我生活的那座小城，我又做到了；想要让自己在自己的领域成为领头羊，我也做到了；想要来到梦寐以求的北京生活，我还是做到了；这次，我希望有不一样的异国生活学习的经历，我现在正将梦想变为现实……虽然其实所有的经历似乎远没有那么辉煌，但我一路凭借自己的努力走到了现在。我自己其实最清楚，我不够顽强，更不够优秀，我只是凭借自己的一份执念，将一个又一个梦想甩在了身后。前方，依然还有我的梦想，这一次，我相信，我依然能够如同以往很多次一样，凭着自己的执念，努力前行，让下一个、再下一个梦想变为现实。这样想过，生活的细节还有必要锱铢必较吗？

风行不息，是我给自己起的简书名，也是我自己生命的写照。虽然所有的过程其实平淡无奇，但生命却是不断前行的。我不曾让它停滞不前，仅仅为此，便应该感谢自己所有的努力了。同时，即便平淡甚至艰难，也需尽自己最大的努力走好每一个过程。就从今天开始，从这个月的学习开始！

二

世界，很静，静到让人以为这世界除了自己别无人迹。于是想到《我是传奇》中的主角独自生活在无人的世界中的恐慌；又想到《三体》中三体文明将人类迁徙到澳洲的设想，开始觉得荒谬，在这样的世界中却似乎真实了起来……这样的胡思乱想占据了我的心时，我决意外出了。

还没做好出远门的准备，依然沿着昨天的线路独自前行，不同的是，今天，我的脚步更悠闲，驻足去看昨日路过却不曾驻足的小学，看孩子们在院中草场上开心追逐的情景，看他们在绳网上爬上爬下的快乐，还有他们随意交谈随意吃东西的自由……不得不承认，这些孩子比北京的孩子轻松太多，不过，孰是孰非终究是不好判定的。没来之前的很多想法来了之后都会改变，还是随缘就好。

距住所不过几百米开外，就是一个购物区了，自然无法与北京的繁华喧闹比，但停车场也几乎满员了。在附近小逛一圈，除了一个亚洲超市略让我留意之外，看不出有什么值得特别留意之处。这里的商场、超市都谈不上什么规模，只是为附近的人们提供方便罢了。依然决定在 Coles 购物，因为品类更全，货物更多。尝试买一些称重物品，四处寻求帮助称重，最后却发现原来直接结账便好，啼笑皆非。不过，今日也算又有了一点小小的进展了吧，能够每日有点滴进步，便可以是一种巨大的满足了，因为，有了开始，下一步就不会再那么艰难了。

回家的路上，欣赏着路两边格局不一的各式建筑，这是澳洲最具特色也最引人之处，每一栋建筑都独一无二，就如同他们的车牌号也是独一无二的一般，这让人感觉到"人"的存在。而在北京，千篇一律的建筑，千篇一律的车牌号，千篇一律的忙碌的工作，让你感觉自己只是社会底层的小人物。自然，北京的经济发展速度之快，实在是这些地方狂追不及的，但似乎这里的人也并无要追之意。很多时候，我们的自我标榜是并不顾及他人的反应的，只是理所当然认为应该如此，便以之为事实而大力宣传了。也许这没什么不好，至少是得了一份自我满足，可以进一步昂然前行了。

觉得自己的想法有时会与主流社会格格不入，这会让我觉得恐慌，但却无法改变，那便距离主流远一些以便自我保全吧。这多少让我原本淡定的心有些苦闷了，不免要疑心自己的境界不够而自我否定了。于是感叹人生艰难，因为不能真正活成自己想要活成的样子，而总要随着大环境的变换而不停地寻找自己新的定位。这样的寻找比自我努力追寻不一样的生活更加艰难，因为无法自我确定，便不得不借助于外界的评判，而这评判的不确定性会让自己重新回到当初一无所有无一是处的情绪当中，从而影响到自己的生活品质。这种感受是无法与人沟通交流的，因为说不清，于是便成了一种心底的情绪，有时安然无恙，有时又会肆意泛滥。我有些害怕这样的感受了。

似乎又扯远了，如同我的课堂一样会经常放飞，但这才是最真实的我。在现实与虚幻的边缘游走，在现实中努力，又在虚幻中自我寻找。人生，只是一种感受罢了，每个人眼中的世界都会不一样，因为都是个人内心的折射。那么，我现在眼中所见是真实的吗？还是全然只是自己内心所想？

思想似乎有些着魔，还好，女儿回来，将我拉回现实，然而，我终究决定明日要独自出游了。

三

今日是正式开启自己新生活的第一天。

虽然来澳已一周，但一直都在女儿身边，说的依然是汉语，生活方式也没有什么不同，于是对即将开启的新生活还是充满了期待的。毕竟，我现在不在中国，我渴望感受到的是不一样的生活，领略不一样的文化。

上午的时光有些过于缓慢，终于耐下性子等到中午一点左右，提起行李正式出发。因为公共交通不便，就选择了打车前往，所过之处，基本都是空旷的原野、草地，少有人迹，让我疑心到了偏远的山区，内心有了些许不安。好在没过多久，又到了房屋相对稠密的所在，两旁的建筑也都相当漂亮。约半小时车程，我们便到了我的寄宿家庭，房屋只有一层，但也一样漂亮。年轻的女主人开门来欢迎我的到来，她也是中国人，在我要去的学校教中文，可能会成为我在这里的导师。她不是我在中国见得太多的能说会道的女老师，她的性格很沉静，说话语速也是慢慢的，大约澳洲这种静寂的地域特色影响到了她，使得她不会如同很多国人一样急躁易怒，这让我对这里生出了一些亲近感。

我的房间空间还算大，一床、一桌、一椅，自带浴室，基本令人舒心，美中不足是窗户临墙，看不到外面的风景，这在我这样喜欢与外界联通的人来说不能不说是一大遗憾。好在每日要去学校，周末要去女儿那里，问题就不是很大了。稍事休息，女主人带我外出察看周边环境，几分钟路程外，便是一片空旷的公园，其中的足球场正在进行一场足球比赛，总算看到了相对热闹的场面，但参与的人也并不多。小走了一会儿，我们便一起前往我明天要开始正式学习生活的学校，距离家不过几分钟路程，实在算得非常便利了。只是今天周日，学校不开门，未能进去参观，只能在校门口约略看过。学校很大，足球场、网球场、游泳馆等运动设施一应俱全，看来还是颇有吸引力的。

下午在家小憩了一会儿，女主人已经把晚饭做好了，也准备好了我们明天的午餐。晚饭是咖喱牛肉饭，还有蒸鱼、西红柿炒鸡蛋、墨鱼鸡爪汤，也算是很丰富了。看来在生活这点上，还是能有一个中国主家更幸福些，否则，可能也会如同我的很多同事一样，只能天天吃三明治，甚至连三明治也没得吃了。男主人也很随和热情，饭桌上我们边吃边聊，氛围还算相当和谐，但愿一个月的相处可以继续和谐下去。

晚饭后，独自在房间开启了我的夜间生活，女主人怕我寂寞，特意找出她的很多中文书给我看，还拿来一盏台灯供我照明，感谢这份贴心。虽然我其实不会寂寞，因为有写作相伴，再有时间，我可能也会学点英语，但还是真心感谢这份没有任何矫饰的真诚，它让我虽在异国而能如归，毫无拘束违和。

明日的学习生活在等待着我，还是不能不有一些紧张的，希望一切顺利吧！

四

澳洲学习的第一天。

早上 6：50 起床，收拾利落，吃过早饭，便与我的房主一起出发去学校了，因为约了联系人 Gary 8：15 在 Commom room 会面的，毕竟第一天，不敢迟到，于是早早便到了。校园很大，比我昨日草草看到的还要大很多，小学区与中学区是隔开的，据说这个学校的面积在整个墨尔本也算是相当大的，而且是私立学校中非常有名的，华人尤其多，因为高考成绩好，华人父母还是相当关注这一点的。

我们开车入校，也绕了好几分钟才到了我们要去的楼下，来到了约好的地点。等了许久，没有等到 Gary 的到来，幸运的是，天津 Haileybury 学校的两位中文老师过来了，总算有了伴，不再感觉孤单无助。

于是决意先去听课。第一节课便是我的房东的，与她在家中的形象全然不同，课堂上的她利落而温和，虽然并未精心备课，但整个课堂还是相当紧凑的，思路很清晰，学生可以做到全程跟着老师的安排学习。今天的课堂学习的主题是旅游，老师带着学生一起认识了解中国的一些重要旅游景点及美食，又让学生向老师介绍澳洲的主要景点及美食，先是口头表述，再让他们转换成文字写出来。一部分学生的写作水平还是相当不错的，应该是家庭中一直使用中文交流的孩子。我们也都听得很认真，还客串做了一回辅导老师，帮助这些学生修改他们的文章。一节课中，学生的实际收获还是相当可观的。与之相比，另一位中文老师的课略显乏味，只是利用自己占有的资料给学生做一些灌输罢了。

听完这两节学校安排的课，我联系了同事，她今天带学生团来学校学习，就在我们楼下。便前去跟他们一起上课，听的第一节是英语课，不是太懂，但基本可以明白主题是种族歧视，这在澳洲似乎是一个非常热门的话题，因为之前已经听女儿提到几次她们作业的主题是相关的话题了。这节课后，已近十二点半，以为要到吃饭时间了，结果又被带到一所手工制作教室，给我们讲解钥匙链的制作，并让大家现场制作一个钥匙链。我一开始并未参与进去，但看学生们都做得热火朝天，同事也在认真制作，便也有了尝试一番之心，其实真正自己做的过程并不多，大都是机器帮助完成的，但毕竟也经过了自己设计、自己打磨、自己上釉的过程，还是颇有成就感的。

待到手工课结束回到教室，已是一点左右了，准备吃午饭。结果仅来得及将提前备好的午饭在微波炉里热一下，下午的学科的老师已经到了。于是，很奇葩地开始了一边吃饭一边听课的情形，不只是我，也包括学生们，不过，孩子们还是很懂事的，都很自觉地轻手轻脚，努力不发出声响，而且以最快的速度结束了午餐。我的午餐也没吃完，便开始投入了课堂。自然，说投入是不太可能的，因为数学课更听不懂，那些专业术语本来对我来说就很陌生了，更何况是全英文的呢？但依然能感受到这位老师的敬业与授课的条理性，临下课时，还不忘反复夸奖孩子们的优秀表现。最后一节课是中文课，听课的压力瞬间小了许多。这节课的老师跟上午第二节课是一个老师，但这节课的目标清晰具体了许多，感觉收获还是很多的，尤其是它让我真正接触到了我很快要接手的VCE的教学内容，明白按照之前国内的那种讲法是行不通了，看来，还需要努力学习，方可不误课堂不误学生。

第一天的学习就此告一段落，有些疲累，但还是决意要在晚上把自己的计划完成：一是完成自己每日的写作，不可懈怠；二是整理今日的笔记，从明日起，直接带电脑听课，便可以省去这一环节了。应该说，学习的第一天还是非常充实的，但愿明天可以是同样充实的一天，期待！

五

Haileybury学习的第二天。

今天依旧忙碌，只是听课没有昨天那么频繁了。一大早，在Commom room参加一个老师们的集会，有点类似于我们的周一例会，不同点在于，一是老师们全都听会；二是时间很短，只有约十分钟，简要说一下本周的工作重点；三是大家有坐有站，没有我们开会那么正式。觉得这样的短会真的太值得肯定，我们每周的例会就已让人疲惫不堪了。这也让我想到初来那天与房主的聊天，她们的工作也很忙，忙是因为课多，除了上课外，其他时间个人基本是自由的。但我们的忙则不然，至少会有80%的时间并不是在为课而忙，至少在我是如此，这是最让我感慨的一点。我不怕忙碌，但我希望我的忙碌更有价值一些，而不是为了应付各种各样的行政任务而忙的。还好现在我可以安心很多，可以静下心来为自己而忙了，这足以让我感谢自己的决断了。

会后，我依然去找我的那些学生，跟着他们一起上了一节戏剧课。老师一看便是那种活力四射的类型，也很漂亮。她带着我们一起做活动，一开始我是没有参与的，但带队老师的盛情邀请让我不便推辞，而一旦参与进去，也就慢慢放开了自己。忽然间才发现，虽然有很多在人前展示的机会，但其实我一直都是非常封闭的，很怕自己的举动会有损形象。然而，越是关注自己的形象，越是更加趋向于封闭，说到底应该还是不够自信的表征。觉得这样的戏剧课真的很能让一个拘谨的人慢慢放开，慢慢接纳自我，似乎将自己还原成一张白纸，重新着色。这种感觉距离我已经非常遥远了，这些年努力向上奔走的同时，也渐渐混淆了自己的本色，也许是该找回的时候了，不再一味奔波，安静下来，成为一个普通而又真实的人，没有什么不好。

课后便到了与导师约好的workshop时间，也就是导师回答我们的疑问及培训的时间。导师Katie是一个严肃认真的人，同时真的很负责任。今天的workshop是中文组的几位老师全都一起参加了的，对我们的各种提问悉心解答。我因为还完全不了解教学的情况，所以也还没有太多的疑问，基本在一旁做听众。待到天津的两位老师离开，Katie又单独给我和梅沙的老师讲解一些最基本的常识，包括考试如何考查、课程如何安排等等，感谢Katie老师的悉心教导。梅沙的那位老师很用心，因为她是她们学校唯一的VCE中文老师，而且他们的学生是要在国内参加VCE高考的。比起来我们要幸福得多，因为不需要担心他们的高考，但也因此用心的程度远远不够，这让我到底觉得对学生有些亏欠了。

三个小时在不知不觉中过去，感觉还是收获了很多东西的，至少从开始时的一无所知到现在略知一二，不是那么发懵了，相信经过一年的教学，我也能够轻松驾驭这样的课程。

下午跟学生一起去上的是cooking课，让我们学习做曲奇饼干。原来看起来那么神奇的曲奇饼干做起来也没有那么复杂，只是没有食材没有工具，学会了也是没有什么用处的。再加上我一向都是那种远庖厨的人，对于做饭实在提不起什么兴趣，也不想在这方面有任何进步或成就，于是干脆放弃，只在一旁观看与拍照。大家的兴致还是很高的，约一个小时的时间，每个人的曲奇都做好了，看起来还是挺像那么回事的。这里的选修课确实还是非常丰富的，我可以看到校园中他们的乐团每天在练习，看到他们各种各样的专业教室，但从另一个角度而言，这也是由于这里的生活不够便利，人们不得已而为之。从前大概总觉得国外的一切都要比中国好很多，真正来体验生活才发现，这里的人的生活水准虽然还是挺高的，但生活便利程度与中国相较实在差得太远。单就做饭这一事而言，在中国有很多懒于做饭之人，但他们总会有很多解决办法，诸如吃食堂、点外卖、去饭店等等，都很便利，但在这里就不行了，基本都要每周开车去采购一次食品，囤积在家中，因为超市一般都离得很远，很少有走路能到的。所以，几乎每家的做饭工具都一应俱全，像我这种能省事就省事的，估计在这里是很难生活下去的，至少很难生活得很好。这让我不免感激我生活在中国了，尤其是生活在北京。生活的不顺利在哪里其实都会有，但需要承认，我现在的生活真的很好，没有什么值得我焦虑的，只需活成最简单的样子便好。

虽然才两天，但也感触良多。这两天的生活让我承认，我能有这样的机会、这样的经历，必须感谢我所在的学校。虽然生活在其中也经历了太多辛苦和不易，但它给我搭建了成长的平台，这样的平台不是哪里都有的，尤其是在北京。我能感受到其他地方的老师对我们的羡慕，也感受到了国外的学校并不比我们优越很多，那么，继续努力，让自己可以更加优秀，在任何环境任何地方都可以独当一面，这才是最重要的。

六

在人声鼎沸的都市中，我常常会迷失自己，因为太容易忽略自己的存在；而在这样幽静孤独的小镇，我也依然会迷失自己，因为忽然发现找不到了自己的定位。

总是对于外面的世界满怀向往、心生羡慕，觉得眼下不够美好，于是，费尽心机、拼尽努力，想要走到外面的世界中去，结果真的走进去了，才发现它与自己心中想象的世界并不相同，它依然会有着各种各样的不如意、各种各样的不顺利；于是，又开始向往羡慕这个世界之外的又一个世界，又开始了新一轮的费尽心机、拼尽努力，终于来到了这个新的世界，又依然发现它的不如意、不顺利；于是又开始了下一轮的循环……生命便是在这样的不断循环中不断向前的。对于一个永远不能满足于眼下的人而言，便平白生出了许多的苦闷忧烦，这苦闷忧烦其实无关现实，更多的来自于内心。当我历经多次循环而终于知晓这一点，我几乎开始绝望了，我的生命，真的只能在这样的苦闷忧烦中度过了吗？

这样的感慨来自于眼下的学习生活，它同很多的过去一样，曾经是我的梦想，是我一直努力的方向。然而真正来到这里，仅仅几天的学习，已经将我心中原有的向往与美好破坏殆尽了。我以为国外的学生可以很轻松很快乐，我以为国外的老师也会很潇洒很会生活，结果发现，他们的时间的密集度远远超过了我们，学生们一上午要毫不间歇地上近六个小时的课，中间只有一次二十分钟的休息，老师们平均一周要上24—28节课，这在我们几乎是无法想象的。这样的发现几乎彻底颠覆了我对国外教育一直以来存有的幻想，也让我清醒地意识到了，以往的自己不过是只井底之蛙，自以为是地构画着一幅乌托邦的蓝图。然而，至少那样的构画还可以让我对未来充满信念，那么，幻梦破灭之后呢？这便成了我的苦闷的来源。

于是想到了李白，他一生都在追寻，然而一生都只是不断地幻灭。尤其是他"仰天大笑出门去"地来到朝中，原以为开启的是从此不一样的辉煌的人生，然而最后依然是黯然离去。这离去是必然的，即便没有所谓的朝中小人的排挤，他也注定会离开，这是一个不满于现状、傲岸不屈的灵魂必然做出的选择。但与此同时，他依然不能甘于平庸，依然会要努力，很多人，包括我自己原来也无法理解，何以在经历过那样的人生辉煌后，他还要在这条追寻的路上继续下去，现在我终于理解了，这便是人性，无法改变的内心的执念使他只能一生在奔波的途中，纵便那奔波在他人眼中已无意义。

这便是我眼下的窘境。即便失望，纵便苦闷，我也无法停息自己对于未来的种种虚幻的想象，我也依然会在自己的循环中无休止地前行，不到遍体鳞伤，无法止息，或者，纵便遍体鳞伤，也并不能够止息。那么，既知如此，倒可以对眼下的一切释怀了，只需做好眼下、眼望未来便足矣，何必耿耿于每一点不如意之处呢？

这样想过，忽然感觉郁结了一天的心情重新振奋起来了。大约低落期已过，我需要开启自己新的努力了，那就依然从明天开始，永远坚定地相信明天！

七

周五下午一上完课，女儿已经在学校门口接我了，一同来到了她的 homestay，开启了我们的周末生活。

澳洲地广人稀，全澳洲的人口还没有一个北京市的人口多，几乎家家别墅，但也因此，人与人之间的交往便少了很多，经常听那些留学生说到"好山好水好无聊"，这次来长住算是有了深切的体会。假使这样的生活过上一周也不出门，估计会寂寞到出现心理问题，故而，大家都会选择周末出去转一转，过一过别样的生活。

学生的研学团这几天去了澳洲的另外一所学校，正好周六去大洋路，本来也想一起前往，但一则路程太远，不报团或租车是无法前往的；二则女儿在 City 报了周六的舞蹈课，于是放弃了去大洋路的机会，因为据说学校会带我们去。女儿是下午的课，我们又不愿在家呆到那么晚，便早早出发，先到 CBD 去逛街，虽然这里上周我们也逛过了，但女人好逛街的天性依然使我们并未减少丝毫兴致，即便没有什么东西要买。然后又去唐人街的翡翠小厨吃过午餐，这是一家广式早茶店，在墨尔本还是相当有名的，一般都会需要等位，但味道确实还是不错的，就是价格同样不菲。饭后到了女儿上舞蹈课的时间，她去跳舞，我便独自一人在附近闲逛，不经意间又走到了去年跟爱人和儿子一起来过的商场，脑海里便重演了去年的很多画面，有些想念他们了。正好又是儿子学街舞一个月后表演的时间，表演的主题便是：送给妈妈的一支舞。很惭愧，一个月来，都是爸爸陪着他的。爱人发来了他表演的视频，表现非常优秀，心中不由因他而骄傲。女儿回来了，也带来了她今天学舞蹈的视频，同样精彩，爸爸给她发短信说：你们可以同台表演了。很是自豪，能拥有这样一双优秀的儿女，这样一个温馨美好的家庭，真是此生最大的幸福，为此，其他的一切都可以不用太放在心上了。

晚上回家，用在 City 买到的食材，跟女儿一起做饭，一起吃饭，一起看视频，一起聊天，过得很是滋润。忽然想到，这么多年来，从来没有跟女儿这么近过，因为在家时，我们从来都是分房睡的，即便每天都在一起，但也几乎都是各忙各的事情，交心不多，更不会晚上一起熬夜到很晚。在这里，时光放慢了它的脚步，让一切变得悠闲起来，也便让彼此的距离更近了一些，虽然有时也会因观念的不同而发生争吵，但争吵过后，依然是彼此连心。

周日，原本打算一起去看新版的《狮子王》，但有些懒得出门了，就一起窝在家里将《魔法奇缘》又重温了一遍，虽然明知只是童话，但依然那么感动那么喜欢。我是个迪斯尼迷，几乎所有的迪斯尼电影我都看过，还有很多看了不止一遍，陪着儿子看过，又来陪着女儿看了。

下午，我们又一起去chadston购物，因为这里确实称得上是购物天堂，各种各样的物品称得上琳琅满目，我们买了明日的早午餐，去逛了首饰店、服装店，又去日本料理店吃了饭，才心满意足回到了家，开始了又一天的夜生活。因为早上看过电影了，便放弃了看电影一事，女儿帮我找了一个有很多英语视频的网站，以便我更好地学习英语。目前，学好英语算是我的人生的又一个梦想，期望自己可以用三到五年的时间学好英语，可以走遍世界而不用担心语言的障碍，这些年来，我的很多梦想都已经实现了，我相信，这个梦想依然会实现，期待未来！

本打算今天下午回去的，但被与女儿在一起的温情牵绊，怎么也不愿离开，有些类似于学生不愿周日下午返校的心情。纠结许久后，终于还是给我的homestay发了信息，告知她我今晚不回了，心情顿时轻松很多。自明日始，又是新的一周了，但愿一切会更加顺利！

八

学习生活已一周余，每日除了听课，我们几乎都身处于一个教师的公共休息室内，这是一个100多平方米的房间，摆放着各式沙发椅，还有各种各样高低不一的学习桌，有一个吧台，吧台内放着各种茶点，还有一台饮料机提供各种饮料，供老师们自由取用。这样的空间，在我们的很多学校也会有，不过这个休息室还是让我们感觉更舒适一些，因为这里还有一个连体的阳台，宽阔的落地窗，面前便是学校一个椭圆形的足球场，青青的草坪会让人感受到满目的生机与活力。

很喜欢坐在落地窗前的一个高脚椅上，看窗外不断变化的景色，有时看到学生们在这里踢足球，有时看到同行的老师们在操场边上悠闲地游逛；有时看到学校的老师们开着车来来往往；有时看学校院墙外马路上川流不息的车辆；昨日在这里，看到了许多美丽的小鸟；今日，又发现了不少鸽子在马路上自由行走，有人经过，便低飞离开……这扇窗可以给我各种遐想，让我去看外面的世界，感受到与身在室内的不一样的生活，这让我觉得快乐，觉得满足。

于是想到自己一直以来的向外看，似乎就站在这样一个窗前，身在房内，但却努力去探看外界，外面的风景会让我向往，虽然有担忧、有畏惧，但却依然努力冲破眼前阻隔着的玻璃窗，走到外面的世界中去。因为站在窗前而非坐在室内舒服的沙发椅上，我才能够看到自己的局限，知道自己的世界还太狭小，知道自己需要努力的地方还太多，也才让我有了更多的动力去看去学习。现在，我又站在了一个新的窗前，窗外的世界我还完全不熟悉，我需要付出很多努力去接近这个世界，去创造生命的又一种经历，虽然会累会艰辛，可能也会付出很多代价，但我仍然决意前往了。

每个人眼中的世界不同，感受不同，想要追求的人生也自不同。每天与我一起学习的梅沙的一位老师，她向往着这里的生活，期待自己可以重新学习，来到这里工作生活，而她也确实很努力，每天在我无所事事之时，她都在伏案工作，作为老师，她对待工作的认真态度实在让我汗颜；而三水的那位老师，却是一心只想吃喝玩乐，逛遍中国，不想生命中有任何艰辛与奋斗，虽然如此，她来这里，要面对的是语言完全不通的另一种教学，这几天，她也一样在拼命学习。两种完全不同的人生观，似乎又各自成理，我在看她们的同时，也会去思考自己的人生，我想要怎样的生活？我正过着怎样的生活？这样想着时，有时会怵然心惊。生命已在不知觉间过去了一半，属于自己的时光，自己还能怎样创造？我期望，生命没有终止，我的努力也不会中止，至少无负时光。自然，努力的前提是方向明确，否则很可能如同之前一年一样感觉无所收获了。那么，接下来我要做的便是认准方向，默默努力，至于结果，无法左右，那便不必强求。

感谢这窗给我带来的生命的活力，以及人生的思考。

九

七月的日历已经翻完最后一页，学习生活也已近半，渐渐体验到不舍，初来时因为未能融入这样的环境而产生的很多不适应，现在都已成为过去。在这个看似沉寂无生气的地方，原来每天的生活都是满满当当的，但又有属于自己的时间，可谓张弛有度，这一点，着实让习惯了北京的快节奏生活的自己感觉太过难得了。在这里，渐觉都市的喧嚣离我而去，心真的会很静很安宁，只安心做好自己该做的事，再将一些时间用来浪费，也并不觉得心有愧疚。生活，总还是需要一种调剂的，为此，我还是要感谢自己的激流勇退，虽然这会导致我最终无所成就，但放松了自己的身心，让自己可以重新调整自己的生活方向，未曾不是别样的人生收获。这些年，能够不断地进步，其实很大程度也因为我在不断地自我调适，因为一段时间的忙碌过后，我都会给自己找一些闲下来的理由，并在这闲中自我反思。

最初想要继续VCE的教学，不过是出于对自己未接触的领域的好奇，同时也可以说是无知者无畏，以为凭着自己还算深厚的语言与文学功底，一切教学都可以轻松驾驭，为此，我多次去争取这个学习机会。但真的来学习，才发现这是一个完全陌生的领域，完全不是我原本想象的样子，不免有些发怵了。最重要的是，我太了解自己本不是刻苦努力之人，不太可能用这么大的心力来备课、改作业，但如果不如此，显然我是不能够教有所成的，于是便开始了内心的纠结与矛盾，因为终究还是不能做一个不负责任的老师。那么，既然是自己的选择，就尽自己最大的努力去做吧，也算为未来开辟一条新的路。

这算是一种野心吗？如果算，那我真的是一个贪心不足的人，永远眼望着自己达不到的高度，心存奢望。但这又有何妨呢？若连这样的奢望也丧失掉，人生不是只剩下了平庸黯淡吗？每个人的生活追求不同，没有对错。至今还清晰地记得那时的一位知己对我说过的"透明到令人灰心的前途"，但她依然在这样的透明之中达到了这前途的高处，她也必然由此放弃了她那时热爱着的英语，放弃了人生其他的可能，这是我所不愿的。那就选择走一条不一样的路吧，没有孰是孰非。

下周，天津的和梅沙的同行就都要离开了，这里只剩了我跟两位三水的老师，可能会更觉孤单，但还是坚定地相信自己吧，即便明知自己现在水平还太过低下，但谁又能说得清未来呢？虽然已快过中年，我也依然相信，新的可能性在生命的每个阶段都会存在，只是看自己对待它的态度而已。期待未来，并坚定地相信未来！

十

又是一个周末，这是我在这里的第三个周末了，依然同前两个周末一样，陪女儿去了市区，因为她要跳舞。不同的是，这一次，我没有一直在商场里转悠，而是选择了自己独自出游。

说出游似乎也并不准确，我只不过是沿着街道漫无目的地游逛罢了，并不知道前方是什么，有什么样的风景。一路只去关注路边一个个独具特色的小店面，卖什么的都有，不过，这些并没有真正吸引我，因为没有什么东西要买。倒是看到路边的街头艺人，着实有些亮眼。先是看到三个跳街舞的小伙子轮番上阵，招来了路人的纷纷围观，我过去时，正好是一位黑人小伙子的表演，虽然只是街头的表演，但他很认真很投入，每一个动作看起来都很到位，更重要的是他脸上的微笑是那样自然而动人，显然，他不只是为了卖艺，更重要的是对舞蹈的热爱。再前行一小截，看到的是一位变魔术的小伙子，围观的人更多，显然大家都被他的魔术吸引了，我并未驻足，只是从人缝中瞥了几眼，看到了他脸上也挂着那样的笑容。我敬重这些对自己所做的事情充满热爱之心的人，因为热爱，所以才可以全身心投入，也才能创造出打动人的效果。

走过这条街，前面出现的很多复古式建筑吸引了我的眼球，忍不住驻足开始拍照，忽然又觉得这里似曾相识，果然，稍前一点，就看到了几座特征极其显著的楼房，有点类似于补丁的叠缀——联邦广场到了。这里是墨尔本市最有名的游览胜地之一，刚刚看到的那座非常引人注目的复古式建筑，原来就是广场旁边著名的圣保罗教堂，去年曾与爱人和儿子一同来过，而这也是我对墨尔本的重要印象之一。这里总有很多引人注目的地方，去年最吸引我的便是一大群与人们和平共处的鸽子，今年这里的鸽子似乎有些少了，大约是因为旁边正在进行铁路线的维修。不过，依然还是有很多东西吸引到了我，先是一辆加长豪华版白色婚车缓缓驶过街头，停在了对面的教堂门口，大约是这里将要举行或者刚刚举行了一场婚礼；再是从对面驶来的三马并拉的高大的载客马车，上面坐着几位游客，个个兴高采烈，看来这确实是一次不错的出游体验；之后又发现，去年来只是看到了广场最前方的景观，现在才发现原来广场后面还有这么宽阔的所在，很多游人，包括当地的一些孩子都在这里悠闲地观看风景。

沿着广场后面的景观路走了一截，忽然发现这里有一条曲径通幽的楼梯，便顺着楼梯向下，欲要探看一番广场背后的景观。楼梯拐角处，几个头发色彩各异的年轻人正在录制一个视频，探讨得很认真，这大概就是现代年轻人的个性吧，虽然我们这一代人并不能真正欣赏他们特立独行的外观，但还是不得不认可他们身上也有很多值得敬重的地方。

还未下到楼梯底，忽然感觉眼前一亮，原来这里就是亚拉河畔，其实去年我们就是沿着亚拉河畔走到这里的，但还是觉得真是一个意外的发现。这里应该是整个市区最美丽的地方，尤其刚刚洒落过一小会儿毛毛细雨，两岸旁的大片大片的草地如此碧绿清新，让人忍不住有在上面打滚的冲动。河岸旁，有一对中国情侣正亲密地自拍着，旁边的水面上，几对鸳鸯也来凑趣。这里还是游船的码头，一艘游船刚刚载着众多乘客驶离码头。码头岸边是一长排酒吧，有很多在这里悠闲地品酒观景的游客，正点缀着本已美丽的风景。最养眼的是河对岸的一间艺术小屋，一下让我有了一种长居于此的渴望。

沿着河岸往前走，左手边是一大片儿童游乐区，有秋千、绳网、滑梯等设施，有几个小孩子正很开心地跑来跑去，很遗憾去年带着儿子没有走到这里来。右手边便是大片宽阔的草地了，让人忍不住要大口地呼吸这里清新的空气。河的对岸便是我们去年来过的维多利亚女王广场了，再往前走，应该就到了植物园。只是，今天已经没有太多时间去流连观看了，就在这里逗留了一会儿，自拍了几张照片发给爱人，有些想念他们了，也有些想家了。这里的美景确实是北京所没有的，而且这里也会给人非常舒适自由的感觉，但还是想家，还是觉得北京更适合自己，也许是因为天性中爱热闹吧，总是向往城市的风光而不喜欢原野。尤其有了儿子以后，每次全家出游，几乎也都是去某一个城市呆几天，感受一下这座城市的特色，来到北京后便很少出门了，因为北京可去的地方太多，至今我还有很多地方没有去过。我终还是想念它了。

看看时间，估计女儿快回来了，便又沿着原路返回，这一次，更关注路边的小吃，因为晚饭总还是要吃的，看到一家寿司店，被色彩鲜艳、形态各异的寿司所吸引，忍不住驻足买了几个。接下来又看到一家比萨店，便又买了几块比萨。克服了最初的购物恐惧，其实只是一种语言恐惧罢了，一旦突破这一层障碍，在这里生活便不再是难事了。

下个周末，学校要安排去大洋路了，这是墨尔本最有名的一个旅游景区，满怀期待。

十一

生活中充满变数，然而这种变很少是巨变，而多是聚沙成塔、集腋成裘的量变引发的质变。对于个体而言，真正的生活几乎总给人一成不变的感觉，昨日与今日没什么不同，明日也不会发生太惊人的事件，生活只如水流一样徐徐缓缓，却又始终滚动向前。

这便是我目前的生活状态。来到澳洲，生活应该是发生了很大改变的，然而其中的每一日，其实都还是平静无波澜：昨日坐的公交与今日坐的没什么区别，连司机都没变；昨日到校时需要 check in，离校时需要 check out，今日也依然如此，只不过早上略晚了些；昨日在完成导师交代的任务，今日终于得以完成；昨日午饭是三明治，今日是寿司，但都是要吃的……生活就是由这些没有什么大的变化的点滴小事汇聚而成。

如果说今日还是必然会与昨日有所不同，便是今日发布我在澳洲学习的收获，引发过去很多朋友的关注，纷纷给我点赞，这让我意识到，终究还是与过去的生活有了很大的差别。其实在我自己，这一切是努力之后的水到渠成，而对于他们，却是我的生活的巨大变化。别人眼中的成功或是进步，原来都是自己一步一步走过的路铺垫而成的，没有什么成就可以瞬息而得。反之，如若愿意付出，虽然看到的依然是每日的不变，看不到自己的突飞猛进，但也还是会一点点向前，终于有一天发现，原来自己终于取得了很大的进步。

我的写作生活也会如此吧。虽然每日似乎都没有太多新鲜的事件可以陈述，但能够有时间有精力，便还是坚持去完成，作为自己生活的记录与未来的积累。算起来，自来澳洲，我已坚持二十余天每日发文，并不如很多发文者一样意在获取变现的利益，或是成名的决心，对于获得日更达人的称号，我也几乎全然无感，但依然会乐于在自己选择的道路上自由前行。走过很多路后，越来越看清了生活的本义，辨明了自己想要走的路，知道了自己想要成为什么样的人。虽然我不知道自己是否真的可以走到自己期望的路上去，成为自己想要成为的人，但既然知道了所有点滴的汇聚最后是会形成变的基石的，那便只去做这点滴之事。

于是有些期待回国了，不仅是因为想家，还因为有些想要做的事已经迫不及待欲要实施了。往者已矣，来者可追，永远在追梦的路上前行！

十二

昨日下午是 Haileybury 的家长会时间。我没有能够亲历，然而有幸从我的 homestay 那里得到许多信息，值得一记。

一说到家长会，我的头皮都会发麻，因为那是我在任年级主任时最怕的事情。提前要做好方方面面的准备和安排，诸如会议室的预定、与保卫科进行家长入校时间的商定、签到表的准备、饮用水的安排、引导的学生志愿者的安排、家长会期间的学生安排、家长入场后的前期准备等等，但这些都还不是最艰难的，最令人头疼的是我的发言。为准备家长会的发言稿，需要把这一个学期或者一学年的全部工作重新梳理一遍，还要去烦就简，反复斟酌。最令自己感觉不适的是我可能需要费尽九牛二虎之力来做这件事，但其他老师基本没有什么参与，最多是家长来办公室找时简单说几句，领导们也从来看不到你的辛苦，连一点慰问也没有。我还清楚地记得去年年底的那个家长会，我一个人忙前忙后，发言时间一个多小时，说到最后，感觉自己整个人都虚脱了。那天的家长会结束后我病倒了，那是第一次真正感受到累倒了的滋味。之后两天要参加一个培训学习，但整个人都是昏昏沉沉的状态。然后便是与爱人一起开车回老家，因为身体原因，一路上上千公里的路程，几乎全是爱人一个人开的。

这让我每每想到家长会都会有一种发怵的感觉，同时又觉得庆幸，不再担任年级主任，最大的一个好处便是不用再开这样的家长会了，实在算得上一种莫大的解脱。然而来到这里，我看到的却是完全不同的一种家长会。

Haileybury 的时间安排是与国内学校有着很大差别的，他们每天上午八点半才到校，下午三点四十五就离开了，似乎很轻松，但实则不然，他们在校的每一分钟几乎都是需要高效利用起来的，上午的课需要上到一点十五，中间只有一次二十分钟的休息时间，其余的课全是没有间歇的，除了换教室。但他们周二下午是运动时间，全体学生都会在这个下午去参加各类运动项目，而老师们这个下午便都没有课了，方便学校安排各种活动。这也正是家长会安排在周二下午的原因。

与国内的家长会全然不同，这里的家长会不是开大会的形式，而完全是一对一进行的。学校会提前给出时间安排，由家长在网上预约老师，想要了解孩子哪一学科的学习，便约见哪一学科的老师，自然，也可以一下午约几个老师，因而，家长会需要全体老师参与其中，而不再是一个人或几个人的事。还有一点不同便是这里的家长约见老师是有时间限制的，每个家长与每位老师会谈的时间是五分钟，到时间便会响铃，提醒家长离开。值得一提的是，这里的家长大多都很自觉，而中国的家长往往缺乏这样的时间观念，到时间也不肯走，影响了老师们的休息，这便是典型的中国式焦虑造成的后果吧。

由于这种一对一的形式所限，家长会需要占用更长的时间，因此，学校安排了三场约见，每场大约一个半小时，之后会有半个小时的休息时间，这个时间，老师们会聚到 Common room 来，学校提供各式茶点供老师们补充能量。第二场结束是晚饭时间，晚饭也由学校提供。第三场约见结束，就到了晚上八点，战线着实拉得够长，所以，这一天应该是老师们一年中最辛苦的一天了。虽然辛苦，但感觉这样的家长会可以更有成效，老师们也感受到了学校的支持与关怀，还是很值得称道的。与之相较，国内的管理模式便会略显僵硬冰冷了，自然，也许我们看到的还太片面，教育模式的优劣很难从一个点或面而窥全貌，但仅此家长会一端，确实值得我们学习。

十三

忙碌而充实的一天结束了，很累，又很满足。

昨天还在担心是否会因为天气原因而取消这一天的行程，今天我们已经在美景美食中度过了开心的一天。感谢 Gary 不遗余力地让我们留下了关于大洋路的最美好的印象。

我们于昨日下午到达 Gary 大洋路边的乡间小屋。虽然美观度不能与我们平日居住的别墅相比，但在这样的山与海之间，它又显得别具风味，小屋整个是用木头砌成的，从屋顶到楼梯到地板，分为两层，都有一个不小的客厅，楼下还有一个卧室，楼上有两间卧室，还有非常宽敞的厨房和浴室。最让我们眼前一亮的是楼上客厅角落里的壁炉，进到房间第一件事，Gary 就先把壁炉烧了起来，一会儿功夫，就感觉到了暖意。因为已是傍晚，Gary 带我们去外面吃饭。途中经过一个野生动物园，Gary 特意停车，让我们在路边看袋鼠，这里的袋鼠非常多，不是圈养的那种，而是自由自在地在园中活动的。虽然看不清它们口袋中的小宝宝，却能清晰地看到它们的跳跃，开启了我们的兴奋之旅。

吃饭的地方有一个更大的壁炉，温暖了整个房间，我们边吃边聊，这大概是我来澳洲后第一次真正用英语跟人聊天，感觉克服了最初的恐惧紧张，虽然还是有很多听不懂很多不会说，但不再觉得有什么需要担忧了，整个人感觉放松了下来。夜晚很静，梅沙的几位老师上次来过后说，晚上除了小鸟的声音外别无声响，但我连小鸟的鸣叫也没听到，大概睡得太过香甜了。一早醒来，已是天色大明了。

简单的早饭过后，我们开始了真正的大洋路之旅。天气时雨时晴，但丝毫没有减少我们游览的热情。我们最先到的是 angel sea，类似于我们的湿地公园，但这里的宁静与自然是我们的湿地公园所没有的，草地、碧水、蓝天，以及沙滩小路、木头小亭子，除了画面，我实在无能用语言表达出那种纯自然的美。这里除了我们再没有其他人，我们沿着小路前行了一阵，原打算去爬山的，但昨夜的雨使路上的积水阻碍了我们的行程。正在遗憾之际，一只袋鼠跳出来，从我们眼前跳过，一下又重新燃起我们的热情。

之后，我们驱车前往大洋路，这是一条一边是山一边是海的环海公路，有几十公里长，路边处处皆美景。还未到目的地，我们已远远看到了大海，不一样的大海，远看仿佛大海是高过陆地的，且越远的地方显得越高，真是一种神奇的视觉冲击。而且，先前从未见过这么宽广的大海，仿佛整个世界只有眼前的大海的存在，大有要将整个陆地吞没之势。我们的震撼还未及平息，车已到了大海旁的路边。我们下车，沿着山间小路走向海边，这显然是一条少有人走的路，没有任何装饰，纯原始的土路，下过雨，有些泥泞，但又不至无法行进。看来 Gary 是特意让我们感受乡间小路的独特魅力了。还好路程不长，海便真的在我们眼前了。

在这里，语言已经完全是苍白的了，我根本无力用语言表达我想要表达的心情。这里的沙滩是未经任何修饰的，到处是海带、海藻，还有一些我叫不上名字的海菜，没有人去采集，这是令我非常诧异的一点，非常想采集一根回家，但一拉，才发现全是盘根错节，而且非常巨大。远处的海浪一浪接着一浪，一浪高过一浪，仿佛有什么巨大的海底生物乘风破浪而来。大海是多色彩的，一带灰黄，一带绿，一带蓝，远处则是水天一色的苍茫。刚刚雨过，我们没有下海，只在沙滩逗留了一会儿，将我的名字镌刻在这里，自然，少不了一顿狂拍照狂发图，我是很少发朋友圈的，但还是忍不住要在家庭的群里秀一秀。

这里只是我们到的大洋路的第一处景观罢了，也是我们早上的行程安排。回到 Gary 家，我们大家一起动手，做了一顿香喷喷的炒饭。我得承认，比我自己在家做的要好吃多了。饭后，我们便继续游览的行程了。

上午我们去的是大洋路的西边，这次我们到的是北边。这里有一条长长的直通向大海的木板路，就是那种经常会在电影电视中出现但我始终未能亲历的美好画面，但现在我真的是在这里感受这份美了。这里的海面更加宽阔，因为道路是一直通向海的深处的，由此，更能感受到大海动人心魄的气势，海浪仿佛排山倒海般涌来，浪头较高的地方有好几米高，盯得久了，感觉仿佛会有一场海啸涌动，有些心生畏惧，这大概才是自然给人的更真实的感觉吧。略微遗憾的是，天色依然阴沉，看不到大海的亮度，但就在我们要带着遗憾离开之时，仿佛是为了补偿我们的遗憾，太阳破云而出，虽然仅仅一两分钟，但整个海面都被照亮了，近处的海面跃动着一簇簇的光亮，跟那时在九寨沟看到的火花海一样，但比火花海又要有气势得多。稍许，太阳隐没，天边忽然出现了些微的彩色，渐渐清晰，原来是雨后的彩虹，仿佛是从海底射出的一道五彩的光芒，一点点向上呈弧线射出，渐渐出现一道绝美的彩虹。彩虹我是见过的，但从未见过这么大而色彩又这么鲜亮的彩虹，自下而上，紫色、绿色、蓝色、橙色，绝不混淆。惊叹之余，这道彩虹之上，又出现了另一道彩虹，虽不如第一道彩虹鲜亮，却映衬得整个天边都被占据了，美到无语。那一刻，才真的感受到"世间有大美"的境地，这是像素再高的相机也无法拍出的美，更不要说我这一支拙笔了。

走回岸边的小屋前，许多鹦鹉正齐集在小屋的栏杆上，有两个小孩子在喂食，它们丝毫不怕人，与人亲密相处。我走过去，它们也并不躲避，这才是真正的人与自然的和谐相处啊！这也是澳洲最值得称赞的地方，但愿这一份美好不会被人类文明迅速破坏。

最后去的是一处灯塔，听说或是在电影中看到过很多次，但这依然是第一次看到真正的灯塔，塔身是白色的，比我想象中要大很多，也美很多，只不过是白天，无法真正感知它是如何让海上的人们不至于迷失方向的。这里也是一处观景台，海中央有一处高高耸起的巨石，让我想到《西游记》中孙猴子破石而出的镜头。这里的海面又有另外一番美景，处处奇石嶙峋，应该是不能行船之处。海边的山峰更加陡峭而青翠，与海景互相映衬，各具奇观。最妙的是，在这里我们再一次看到了彩虹，比刚才看到的更大更清晰，想要用相机把它拍摄下来，但并不能够，因为太大，同时，持续的时间也更久，直到我们离开时，彩虹依然挂在天边。

晚上回到小屋，Gary 开始准备我们的晚餐了，晚餐是烧烤。这里的烧烤与国内的还是有很大差别的，它不是一根根串起来在火上烤的，而是一大块一大块的牛羊肉，一大串的烤肠，直接在烤箱里煎烤，我们还做了蔬菜沙拉、水果沙拉，再加上我们昨天来的半路上在超市买的各种坚果、零食，整张桌子都是满满当当的食物，吃到我们个个肚子满溢，实在是来澳洲后吃得最舒服最饱的一餐了。饭后，我们在壁炉前的沙发上围坐，Gary 拿出了他的吉他，边弹边唱，他的声音很动听，引得我们都忍不住凑过去围观，他让我们也跟着一起唱。因为跟不上他的英文歌的节奏，我们干脆唱起了中文歌，从手机上找到伴唱，我们一起唱起了我们都会唱的歌，发现原来大家有这么多共同的爱好啊！越唱越嗨，完全不再顾忌声音是否动听，唱出来就好！我们的欢乐时光持续到快十点时，才各自道了晚安，回房休息。不得不说，这确实是完美的一天，它让我对澳洲的印象美好了许多。

十四

凯恩斯的风景美到无话可说，在这里你会真正懂得度假的滋味。大街上随处放置着的懒人沙发上，总会有随意躺着坐着的人们；滨海路边的或大或小的天然游泳池里，欢声笑语随时可闻；市中心一棵六七人合抱的古树繁密的枝条下，也有一些嘻哈士自然随意的表演。

完成Haileybury的结业式，正式拿到结业证书后，我便开始了这一次的旅行的筹划。我从正值炎夏的北半球，穿过赤道来到了南半球的冬季，而现在，我又从澳洲最南边的寒冷大陆穿过几乎整个澳洲大陆，来到了它的最北边。这里应该属于亚热带，气候有点类似三亚，却又没有三亚那座突然崛起的旅游度假城市满溢着的铜钱味。这里的一切都是如此自然、幽静，同时又敞开胸怀欢迎全世界的人们。在这里，你随处可以看到不同肤色的人们，听到各种绝然不同的语言。自然，这些年间，中国人的足迹越来越多，影响也越来越大，这从各个酒店内的中文标识、各个饭店准备的中国菜谱即可看出。

今日天气绝佳，晴空万里，二十几度的气温正适宜度假。早上七点半在酒店门口等候接我们的大巴车，约半小时车程，到达坐雨林小火车的地方。

这里的观光火车跟墨尔本的很类似，速度更慢，慢到令人怀疑自己回到了火车初造的时代了。一路全是热带雨林风光，偶有瀑布原野，会令人眼前一亮，但这依然不能解除行程的单调乏味。或许还是自己没有办法适应澳洲的慢生活，觉得本是二十分钟的行程，偏偏要用一个半小时来完成，实在是一种时间的浪费。虽然说过要学会享受生活，但终究还是习惯成自然，不愿将时间消耗在无谓的浪费中，即便知道自己是在旅游，需要慢下脚步。这样的思想让我这一天都没有能够调整过来，总是比同行者快了一拍。想想在中国的旅游景点赶场一样的高密度出行，忽然觉得也挺好，至少看到了更多的东西。

今天一天，不是在看植物就是在看动物，讲解员讲解得绘声绘色，可惜我一共也没听懂几句。去了蝴蝶园，这里有澳洲最大的蝴蝶，很美，但对我这样对动物没什么兴趣的人，也就只是浮光掠影罢了；接下来是去坐水陆两用的战车，这倒算得上今日行程的亮点，车是由坦克改装的，司机兼做导游，这倒是一件新奇的事情，因为在中国司机是必须专心开车的，更何况道路崎岖，车要转弯都是一件非常困难的事情。一路上全是世界稀有的澳洲特色的植物，如果我对植物可以感兴趣一些，一定会觉得此行超值，可惜我也只是看过便罢，并不能真正上心。不过，车驶进水中是我们最兴奋的，这使我们见识到了这种车的神奇用途，而且，这里的视野也开阔了许多，不同车上的人们还相互打招呼示意。于是想到："你站在桥上看风景，看风景的人在桥下看你。"

土著文化园别具特色，倒真是在别处见不到的景观，更神奇的是，这些土著人不仅能表演自己民族的舞蹈、绝技，用英语带动观众跟他们互动，还能说一些很地道的汉语。是世界变小了，还是我们自我封闭了？怎么出来就感觉自己这么落后了？看来，还是需要一些刺激的，但愿这刺激真能帮到我，别让自己回去又回复到当初的生活状态中而无所长进。

野生动物园大概对很多人来说都是值得一去的好地方，但我对动物真的没有兴趣，女儿也跟我一样，以至于我们在这里仅呆了十分钟就出去了，结果司机师傅以为我们还没逛到，又特意提醒我们进去，工作人员也特地出来接我们。好吧，那就勉为其难，跟着导游逛一圈，但跟了没多久，就也跟不下去了，很多人在给袋鼠喂食，但这里的袋鼠跟我们去大洋路时见到的袋鼠完全不一样，那里的袋鼠活蹦乱跳，这里的袋鼠却没什么生机，行动非常迟缓。不知是不是因为被关得久了失去了斗志，想到前两天跟着女儿看到的一个脱口秀节目，讲的就是动物园中的动物失去了生机活力、勉强度日的生活，大概这里的袋鼠也一样吧。因为我在大洋路看到的袋鼠是纯野生的，在纯天然的宽广的草地上自由行动，果然与这里的不同。

比袋鼠更懒的是考拉，它的眼睛本来就小，躲在树上几乎一动不动，眼睛耷拉着，几乎完全看不到了。只有一只还算活跃，在吃着东西，但嘴虽在嚼着，身体也一样一动不动。大概因为缺乏运动，几只考拉都很胖，如同大肥猫一般，不是很讨人喜欢。

要说这里最活跃的便是一只鹦鹉。我们正在听导游讲解，它突然就嘎嘎叫出声来，把我们都吓了一跳。仅仅几分钟，它又大声叫起来，似乎是在抗议把它拘禁在了这样一个不够宽阔的天地中。但并无人理会它的抗议，大家只管继续前行。我便忽然觉到了它的可悲，一个不满于自己的命运而想努力反抗的斗士，但这样的反抗有如人类徒手抗议暴行一般，没有任何结果，或者，如果再遇到更暴力者，便会直接把它投入鸟笼了。不过，我这样的假想并无意义，一会儿扭头时，发现一位游客正在逗弄这只鹦鹉，给它轻揉皮毛，鹦鹉大概很享受，不仅停止了刚才抗议的举动，反而显得非常温顺。一会儿，这位游客做起舞蹈的手势，鹦鹉也随之上下起舞，堪称一绝。看来，即便动物也是如此，一味的强力并不能使之屈服，而善于捕捉它们的习性巧加利用，便能很快收缴它们的心了。

好容易到了上车时间，我们奔赴此行的最后一站——缆车。这里的缆车行程超长，约一个小时时间，穿越雨林、原野、河流，风景绝佳，中间还有两个周转站，游客可以在这里下车观光。当缆车行进到开阔地带，原野、房屋、草坪、公路，以及远处的大海尽数进入视野的那一刻，整个人都会被这种美景震撼到，这时，语言真的完全苍白无力，相机也无法拍摄出真正的现场感，只能用心灵感受那种存在了，这大约是我一天的行程中心情最佳的一刻。

旅行，可能也并不一定看到的全是美景，但你走出了平时的生活，可以一心一意感受别样的风光，这本身便是一种自我超越了吧。虽然因为语言障碍，我不能够实现旅行中的完全自由，但无疑，这次行程对我自己也是一种挑战和超越，也或许它会让我更加想要感受世界的奇妙。这是一座奇妙的城市，全然不同于我平日的生活，人们可以自由惬意地随意拉一张垫子或一个沙发在海边的沙滩晒太阳，或是在大街中看一段街头艺人的表演，是我们所不能有的轻松美好，这才是度假的真义吧。

晚上又收到学校开学前铺天盖地的信息，充满了紧张的气氛，但我在这样一座城市中，那一切距离我太遥远，还是好好享受眼下的美好吧，工作，待到回去再考虑。

十五

大堡礁的行程结束已经几个小时了，人还处在眩晕的状态，再度体验了十多年前每次从老家到北京或是从北京回老家时的感受，那时坐的还是绿皮火车，行程十三四个小时，下车后整个人便是这种晕的状态，身边的一切仿佛都在摇动，大概今晚梦中也依然会如那时一样是摇晃的场景吧。

尽管晕船的体验实在无法让人愉快，但我依然觉得不虚此行。大堡礁的景色之神奇，实在不是我可以用语言表述出来的，只能用眼睛看、用心灵感受。确实，我被这种奇景震撼到了，这种景观，大概真的是绝无仅有的，让你感受到世界之大之神奇，感受到海底世界的广阔与美妙，比起它，自己曾经观览过的景观竟真觉得没什么神奇可言了。

我们于早上九点出发，历经两个小时的颠簸，终于到了外海大堡礁。原以为这里会是如我们中途所经的绿岛一样的一座岛屿，没想到，这里竟只是海上人工搭建的一座平台。虽然船上的工作人员已经反复提到"平台"这个词了，之前也在网上的评论中看过了，但我依然没有意识到"平台"这个词的真正含义，直到我们真的到那儿才明确地知道了这个词语的内涵，这真的就只是一个平台，就在大海的中央，人工搭建起那么一个并不比一艘船大很多地方的平台罢了。谁能感知我那一刻的绝望？因为别人是打算来潜水的，可我没打算，我只打算看看风景，可是，这里让我看什么？除了大海还是大海。

但无论如何，既来之，也只能暂且安之了，因为我别无选择。于是在人们纷纷开始准备下水的活动时，我只专心等待午饭开始。这是一顿吃得逍遥舒适的午餐，因为我有的是时间，在平台上需要呆四个小时才返航。吃完饭，晕船的感觉才算消散，我们才慢慢悠悠去排队坐玻璃底船，以为既然来了，总须有些活动才好。震撼之旅是从坐上玻璃底船的那一刻开始的，大概只有跟我有过相同经历的人才会明白坐玻璃底船是一种什么样的体验。你看到那些珊瑚就在你脚下，仿佛触手可及，有的如同花朵，有的如同树木，有的如同脑回路，一丛紧挨着一丛，比我们看到的任何一座花园都要美丽得多。我们几乎是屏住呼吸在观看这样的人间美景的，全船的人应该与我一样，因为除了惊叹，也都几乎不及言谈了。船离开平台并不很远，但我们全心在眼前的景观上，谁也没有再去关注平台了。

玻璃底船的行程结束，刚好赶上半潜艇行将出发，我们立刻又踏上了另一段里程。刚才的玻璃底船是俯视，这却是在水下的平视，视野要开阔很多。开始并未看到什么，渐觉无趣，但没过几分钟，大片大片的珊瑚礁开始出现在眼前，向下看，大概会有一座山峰的高度，仿佛一座陡峭的崖壁出现在眼前，但那崖壁不是石头组成的，而是各种色彩斑斓、形态各异的珊瑚组成的，有紫色的、蓝色的、绿色的……虽然我说不上有几种色彩，但事实上，每一种色彩都是深浅不一的，这些色彩共同营造出了斑斓的珊瑚群、唯美的海洋世界。平视过去，又仿佛这是一个并不平坦的原野，虽然高低起伏，但美丽的珊瑚无处不在，似乎蔓延了几百海里一般，放眼全是。鱼儿在这片珊瑚群里自由自在地游泳，有色彩绚丽的小丑鱼，有张开着巨大的翅膀一样的鳍的鳐鱼，有黑白分明的不知名的鱼儿，有成群成队的小银鱼，还有巨大的海参等等，海水那样清澈，鱼儿看起来那么逍遥，让我不免为自己以往见到的那些鱼儿感叹，感叹它们没有这么美好的生活环境。在这样的感叹与震撼中，我们的行程很快就结束了，真恨不得船能停下来，好让我们可以再认真细致地去观看去欣赏去陶醉。于是，在上岸后，我们再一次去坐了玻璃底船，再次欣赏了一遍这看不够的美景。原本还想有机会再坐半潜艇，但时间已到，不能再坐了，于是不无遗憾地离开。

接下来是平台上的海洋生物触摸时间和喂鱼表演时间，不过这些并没有很让我们感兴趣，瞥了一眼也就罢了。然后又花很长时间去看那些在海中浮潜着的人们，看来他们也正玩得兴致盎然，全然没有上岸的打算。虽然今日天气晴好，阳光明媚，但毕竟是冬天，气温只有二十七八度，海水的温度大约只有二十二三度，不用想都知道会有多么寒冷，很是佩服大家的勇气。

还值得一记的是途中遇到的一只在水面跳跃的巨大的鲸鱼，距离我们不算近，但飞跃出水的姿势依然清晰可见，引发人们一阵阵兴奋的欢呼。还有就是船上的冰激凌实在太诱人了，连吃了三次，克制住了吃第四次的打算。

今日的行程实在堪称绝佳，虽然一开始的我其实是有些失望的。据说大堡礁已经在迅速的消失之中了，庆幸自己还可以一睹这番美景。傍晚，我们坐在临海的酒店，吃着美味的海鲜，看着天边残存的一抹晚霞，听着海边街头歌手悠扬的乐曲声，真的如在梦境。今生何幸，可以有这样美妙的体验。生命因之而更美好！

十六

今日是在澳的最后一日了，晚上八点，我将真正离开这呆了一个多月的地方，返回我的大中国了。并没有不舍，因为我本不属于这里，但还是有些许的惆怅，因为要与这种轻松舒适的度假般的生活告别，开始新一轮的忙碌与焦虑。

忙碌是外在的，焦虑则源于内心。也许我可以选择忙碌但不焦虑的生活，但实则我做不到，大都市连轴转的生活节奏已让包括我在内的大多上班族失去了自我，成为在一个大型机械上不停转运着的齿轮，如若真是齿轮倒也罢了，可以什么都不想什么都不做，只任凭外力的作用就好。然而我终究不是齿轮，我有自己的思想和愿望，我期望能够按照自己的想法去生活，这便势必造就我的焦虑。初来北京时，我似乎不是这样的，我对未来充满信心，以为努力便可以造就一切，然而很快发现自己被旋进了一个巨大的旋涡之中，越转越快，再也停不下来。当我意识到自己没有能够改变环境，反而被环境改变了的时候，我第一时间选择了跳脱，趁着自己还没有被彻底洗脑，我还是要走回到自己的路上来。

　　如果是因为这样的忙碌让我发现了真正的自我，我还是需要满怀感激的。许多年来，我似乎一直都在寻找自我的道路上。经常看到诸如"上班三年还没有找到自己的正确定位"之类的言论，其实对于更多的人而言，一生可能也未必能找到正确的定位。从走出校园步入社会之日起，我几乎一直都奔波在寻找自我的道路之中，然而我找到了吗？似乎并没有，虽然在他人眼中，我也算有了很大的飞跃。这一次的出行，也许是我又一次的寻找，为了这样的寻找的机会，我也付出了极大的自由的代价，时间的垫付且不必说，每日的心力交瘁也几乎令我崩溃。现在，我依然不敢说自己找到了真正属于自己的方向，因为很多时候我都会发现自己只是一厢情愿，重新回到原点。但至少，我重新发现了自己生活的动力，也许这便足够了，否则我将不知如何面对接下来的日子，我不愿在低落与消沉中度日，我还希望自己是那个不管不顾、一直往前冲的梦想家。

　　梦想是每个人都会有的，但要让自己的梦想成真，真的不是那么轻松了。接下来我要面对的可能会是家庭、工作、自我的巨大冲撞，我很难把这些都协调好，因为我从来就是一个不能兼顾的人，但我还是要有面对的勇气。岁月给我带来的最大收获可能便是勇气，年轻时遇到问题便退缩便不知所措，到现在我已能够沉着面对。生活需要选择，每个人生命的不同便在于选择的不同，我不能预知下一刻生活会有怎样的变化，也不能预知在各种变化下自己的选择，但我明白我已能够坦然选择，内心不再纠结不安。人生的每一个阶段都会有每一个阶段的首要任务，找到那个首要任务才是关键。

　　我想我本已找到了自己下一个阶段的首要任务，但生活往往会横生枝节，让你一时措手不及。也许我不得不重新选择了，也许生活的意外会逼迫我放弃自己的初衷，但又有什么关系呢？在可以努力的时候，我会尽到自己最大的努力便好，该放手的时候，也不用纠缠不休。能以这样的心态去面对，我才能够让自己不得不面对的焦虑降到最低程度，才能让自己的生活得以平静。

这些天来，我并不平静。最初是因刚来时的种种不适而引发的情绪的种种波动；接着是发现了新生活后的心灵的冲击与躁动，自然也夹杂着对未来的新的希望；当一切归于平静，我又面临着回国前的不安与不甘了，于是四处游逛，仿佛不如此便对不起自己的远行一般，这大概不过是与每一个出国行的游客相同的心境罢了。直至今日，真正要离开，或者说是在我这篇文章已写了上千字之时，我才能够静下心来反思自我，问问这一个多月里我究竟获得了什么，对于自己的未来又会有怎样的影响。

我想，最大的触动便是发现了不一样的生活。在这里，你感受到的是生活的平静，这平静甚至让习惯了喧嚣的你感到绝望，但生活得久了，才发现平静才应是生活的本义，也才是生活的终极方向。这种体悟，也许是从每晚我的homestay一家人其乐融融的画面中感受到的，也许是从Gary那晚的吉他声中感受到的，也许只是从夜晚家家闭门不出的宁静中感受到的。在这里，你会觉得时间似乎凝固了下来，每日都会有大把的时间任你挥霍，任你消遣，而你竟可以做到于心无愧。

由外在的平静而引发的，便是人们内在的安定。这不是一个人人想要成功想要成名的社会，而是每个人过好自己的生活、不依附不仰仗的社会。大家会做好自己的本职工作，并不懈怠，但不是为了争名夺利，而只因为这是自己的义务；大家也会在下班后选择加班，但也不是想要创造什么样的业绩，只是觉得有些工作还是需要加班完成的。不依附不仰仗，曾经是我自己的理想，当我发现它原来可以是一种社会的普遍存在之时，我更加感受到了自己以为的辉煌原来那么不值一提。从此，我期望自己可以做一个心灵宁静的普通人，而不是在普遍焦虑的环境中罹患小人物恐惧症的人。既然自己一直就是一个小人物，那就把小人物的生活过得有滋有味一些好了。

对我未来发展影响最大的，自然还是自我定位的重新思考。这些年来，我得说自己一直很努力，也在自己的职业发展方面取得了一些进展，但要说热爱，似乎还是不够。回望曾与自己结伴而行的伙伴们，大家都在努力寻找方向，但又都陷在自己眼下的处境中不能突破，经历了种种思考与冲撞，慢慢学会沉淀自我，有的开始走上仕途，有的开始在学术方面求深求精，还有的打算另辟蹊径冲出困境……而我，渐渐发现自己实非仕途中人，也不能潜心深入做学术研究，又无独辟蹊径之才华，这样的发现几乎令我绝望，以为自己的一番挣扎最后竟无果而终，让自己最终不得不泯然于众人。但现在，我不再绝望，因为改变让我发现了新的生活的可能，这可能在我心头盘桓不去，并且越来越强烈，越来越执着。一旦这样的念头强烈到让我开始行动之时，我想，新的改变必会随之而来。也许这竟是一条适合于我自己的道路，因为许多年来，这样的愿望其实一直都在心头，只是因为缺乏适合的土壤而没有能够让自己坚持下去。我始终相信，热爱可以改变一切，当你终于寻到自己真正的热爱之时，你要做的，便是将自己的热爱转变为自己的生活方式，并在这样的生活中发现快乐。

那么，在澳洲的生活就称得上自己人生当中的一个里程碑了，它让我从无路可走的窘境中解脱了出来，重新发现自己存在的价值，重新定位自己的未来，这便是自己此行的最大意义吧。如此，我将不带任何遗憾地离开，开始奔赴自己新的征程。

读书之思

善读者必善思，

读书之用，

本就在于在书中寻找自我，

让书中的人物、

故事亦或道理渐渐并

入自我的认知体系中，

再让这新的『我』将新的

思考代入生活，

代入书中。

我的阅读史

与研究会共读群中的伙伴呼应，决定梳理一下自己的阅读史。尽管之前曾经提到自己对于专业书籍的阅读总是带着一种戒心的，然而这并不影响自己汲取其中对自己有帮助的一面。如果一路走来算是在不断进步着，那必然会与我的阅读史有关，不过，这自然不是职业生涯的全部，可能更重要的，或者至少与之同等重要的应该是课堂实践本身以及生活经历对一个人的影响。

一

同水心老师一样，我们那个年代的孩子，自然是与小人书结缘的，这大概便是我们最早的阅读，至于读了些什么，已全无印象了，大概也应该有《岳家将》《隋唐英雄传》一类的故事，因为这些内容我是明确地知道的，但在后来的阅读史中却又没有，当是儿时的读物。有一点可以肯定，这样的阅读还是不少的，这得益于我是家中最小的孩子，那时可看的书不多，但哥哥姐姐们总会想方设法找来他们喜欢看的小人书，我便也跟着沾了光，只记得那时家中曾经有过一大箱小人书，后来全都不知所踪了，结婚后一次回娘家，意外发现了其中的两本，视若珍宝，保留到了现在。

其实谈阅读史很无聊的一点是，我们曾经的阅读经历是大致相似的，我的正式阅读的历史也是从琼瑶、金庸开始，如果彼此间有所差异，可能就是每个人执着的程度不同罢了，我的近乎偏执的性格从这件事上可见一斑。第一次偶然间从同学手中得到一本琼瑶的书，读到泪落如雨，惊叹世上怎会有这样的好书，有这样美的诗词，从此开始尽力搜寻一切能搜集到的琼瑶的作品，好在那时琼瑶的作品已开始四处传播，找来读不算一件难事，由此读遍了琼瑶的作品，几乎背下了其中的每一首诗词，由此也奠定了自己古诗词的功底，因为热爱是一件神奇的事情，一旦这种热爱被激发，学习决不再是一件难事。待到上了高中，身边所有的同学都会被我大量的古诗词积累震撼到，在后来的职业生涯中，我也一直比较偏好古诗词，无论自己的硕士论文，还是正式出版的著作，都是关于古诗词的研读，这大概真的要感谢琼瑶了。

但琼瑶的作品对我的影响只是一个阶段的，虽然其中不少作品我反复读了多遍，但现在也已印象不深了。对我影响最大的莫过于金庸的作品，这种阅读也源于初中时与言情小说并行的便是武侠，正如水心老师所说，金庸、梁羽生、古龙大概是我们那代人的青春密码。从这点而言，我一直觉得七零后的这代人算是比较幸运的，那时社会刚刚开始重新发现知识的价值，但还没有太明确的阅读方向的导向，对言情武侠小说也没有如同后来一样集体抵触，使我们能够由此而进入正式的阅读，由此而能沉下心来专注于工作。并且，我也一直不曾认为阅读这样的书籍便是一种精神荼毒，不深入其中，又怎会读出其中的妙味？尤其对那些未曾阅读便对此类书籍持反对意见的人，我更是持一种坚决抵制的态度。不过有一点必须承认的是，这一类阅读容易让人沉溺却是毋庸置疑的，那时的自己便是最好的例证，读金庸的时代，我特意请求坐到了教室最后一排，以免受到老师的关注，因为上课几乎也是沉于其中的，晚上与姐姐同屋，常常是父母催促我们该睡觉了，我们还各自拿着手电筒钻进被窝里读。那时不只读金庸的作品，古龙与梁羽生的作品也被我们深切地热爱着，不过我很快就判断出他们的作品虽各有特色，但都远比不上金庸作品的博大深厚，有一点很明确，他们的作品我一般是读一遍了事，除了《萍踪侠影》大约也是读了两三遍的，但金庸的几部名著我几乎都读过五六遍，甚至十多遍，对其中的每个细节都能记得清清楚楚，以至于后来看各种版本的电视剧时，总能锐利地指出与书中有出入的地方，去评判分析其中的利弊，这种阅读对我的最大影响，大概便是形成了一种比较阅读的思路，这种思路后来也被我用在自己的教学实践中，再后来读叶嘉莹的作品，发现这原来是一种非常科学的阅读方法，确实值得庆幸。

对金庸作品的热爱达到了一种痴迷的程度，为此，我那一度名列全县第一的学习的辉煌史永远成了过去；为此，我曾立志将金庸的作品作为自己未来的研究方向，可惜未能进入一所好的大学，未能接触到这方面的名师，于是终至流于一种单纯的热爱。在这一点上，我还是非常认同新教育集团的观念的，阅读需要一个共同体的促进，需要名师的指导，这样的阅读大概更易读出真正的收获甚至成就来。

与武侠小说大约同时或者稍后，我开始了对《红楼梦》的阅读，87版电视剧大约是在我初三时热播的，我一集不落地看完了，同时开始大量搜集这部剧中的明信片、剧照等等，这大概等同于现在的追星吧，但那时似乎并没有明确的追星意识，更多的是对剧作本身的追捧，由此而掀起自己对《红楼梦》一书的阅读热情。大概有了原有的古诗词的积淀，我并未感觉到这些古诗词在阅读上的障碍，而恰恰觉得是其中最精髓之处，全都做了摘抄背诵，尤其是其中的十二判词，因为有电视剧中优美的音乐背景辅助，尤其记得烂熟。"寒塘渡鹤影，冷月葬花魂"一类的诗句，我可以随口吟出，想来还是确实学了不少东西的。后来我一直疑惑现在的孩子何以大多不喜欢读《红楼梦》，现在我开始觉得，这大约是因为他们缺少了在这之前的阅读积淀，如我自己对琼瑶金庸作品的阅读，无论这些书的阅读价值有多大，但至少有一点，几百万字的阅读量是达到了，有了这种量的积淀，才会有后来的质的提升，如果之前没读过几本书，生生让一个孩子去读《红楼梦》确实是一种折磨。阅读也需要根据学生的读情制定。

高中时又是自己阅读的一个黄金期，不得不感谢的是那时一位并不代课的教务老师，因为家离学校近，他常会让我帮他做一些教务方面的工作（那时还没有使用电脑统计），由此而与他熟识，并接触到了他家在那个年代还太稀罕的几个大书柜，他是一个嗜书如命的人，每次借我书籍阅读，还一再嘱咐我好好保管。从此我的阅读开始了真正有质有量的提升，他的藏书多是世界名著，是我之前一直未能接触到的，如同眼前突然打开了一扇窗，我如饥似渴地开始了自己的阅读，直到现在，我阅读的大多世界名著都是那时积淀的，还记得一次将他的《基督山伯爵》一套四本借出后，一位关系特别要好的同学也要看，我一再告诫她保存好，结果还是被她弄丢了两本，最后，还是我自己花钱从别处买来一套新的还给老师，剩下的两本，至今还在我的书柜中存放着。然而当时的那份心痛至今还在，那决不是因为所花的钱，而是仿佛一个太精彩的世界被我不小心破坏了一般，从此开始对书有一种特别珍惜的情感，对每一本借出去而未能及时收回的书惦念不止。

这期间对我影响最大的一本书是《飘》，后来看到的版本译为《乱世佳人》，说这本书彻底改变了我的人生当然夸张，然而说它是自己人生中最重要的一本"根本书籍"毫不为过。那时的阅读也许还是注重情节的，并且也不记得是否读了第二遍，但郝思嘉（另一种译本称为思嘉丽）的形象永远地刻在了我的脑海里，并且好像自己化身为她，遇到的是同样的生活，经历的是同样的情感，执着的是同样的任性倔强，我一直以为，自己这种遇到挫折决不低头的精神底色正是从她那里来的，许多年来，我都以那一句"明天，又是新的一天了"为自己的激励，不断去面对新的生活、新的状况，有过同样的脆弱不安，更多的是同样的坚定不移，我的骨子里，便是这样的一种打不倒的精神永存着、激励着。许多年后，偶然翻开其中的一个章节，我居然依然泪流满面，而且更加读懂了其中复杂的情感，更让我的心与之契合。与很多人将一本自己最爱的书放在床头不同，这些年来，这本书并不在我身边，但我一直感觉着它的存在。我想到自己捐书给研究会时，女儿也将她的很多书交给了我，但其中有一本《风雨哈佛路》，她坚决不肯交给我，我想，对她而言，这本书的价值大约如同《飘》对我的价值一样吧。

这一阶段，对我产生了巨大影响的还有一本薄薄的小书，内容不多，文字很美，我曾一遍又一遍地拿来阅读，这本书我现在已不记得它的名字，它确实给了那时我稚嫩的心灵以极强烈的冲击——世界原来不是我们想象中的样子。后来读到柏杨的《丑陋的中国人》，也对国民性提出了许多批判，但我以为远比不上那本小书带给我的震动更大，或者可以说，它是我形成自己初步的批判性思维的起点。因而，有人倡导中学生就应该读一些完全纯净的书籍，《水浒传》一类也应禁读，我并不以为然，我们不能刻意给他们营造一种虚假的世界美景，真正的阅读，必然是能带给人心灵的触动的，这是思考的起点。

二

然而说了这么多，这样的阅读，仍然不过是魏智渊老师所提到的阅读的"浪漫"阶段罢了，"精确"期的阅读，或者是自己的专业阅读，还是从大学时代开始的。因为读的不是什么名牌大学，这一时期，依然没有能够接受比较系统有效的阅读指导或专业指导，所学的大多还是一些最基本的课程，但自己在学习中渐渐有了一种鲜明的专业偏好，偏好古代文学远甚于现当代文学，同时，养成我自己的一种学习方法，就是将这种专业书籍当作一本书来阅读而不是当作教材来死记硬背，对其中的具体内容也许记忆不够清晰，但我能够清晰地梳理出文学史的框架，说清每一种文学体裁的历史沿革与彼此间的发展联系，这种方法使我大学的专业成绩一直名列前茅。而且，因为自己当时读的是专科，后来先后参加了中期选拔、专升本、硕士、博士专业考试，我将几套中国文学史读到了滚瓜烂熟，尤其是袁行霈的四本文学史，至少反复研读了三四遍，而且每遍都是边读边做梳理，这种学习，确实是对自己的一种莫大的提升，因此，在文学史学习这方面，确实还是可以自诩的。硕士考试时，我的文学史专业考到了140分，大概也是少有的。

专业方面的另外一种重要阅读应该是为写而开展的阅读了，一是完成硕士论文期间的大量阅读，叶嘉莹便是那时开始接触了解到的，对她的"兴发感动"的文学理论非常感兴趣，一度打算以此作为自己硕士论文的主要内容，后来因为与教育相去较远，才改变了方向，但还是与古诗词相关的，由此而几乎读遍了叶先生的作品，也由此开始读顾随、缪越、王水照等人关于古诗词的论述，当然还有自己的导师康震的作品以及当时红极一时的于丹的作品等，奠定了自己还算坚实的专业阅读的基础。再后来，因为要完成自己的一本专著——《诗情词心》，这样的阅读便更加广泛更加深入，购来大量人物评传类作品，使自己对古诗词作家和作品有了更广泛也更深入的了解。这一时期对自己影响比较大的是蒋勋的作品，从他与叶嘉莹的作品中，我得到的是一种真正独立的治学态度，既有深厚的文学功底，又有自己由心而发的作品解读，与同时期的大陆学者的很多作品有较大的差别，一是他们真正深入的研读，二是他们不一味求助理论而能深入浅出的解读方式。在自己创作时，虽然也想往这方面努力，但实在功力浅薄而且见解孤陋，最终成形的还是一本自己也不愿再读的作品，然而在写的过程中，还是不断督促自己新阅读。所以，我以为以写促读确实是一种很不错的方式，包括大学期间不得不完成的各科论文的写作，也都逼着自己读了许多并不打算读的专业书籍，除了这一类语言文学类书籍外，也包括很多教育类的书籍。反之，这种阅读也在不断提高自己写的能力，现在对我而言，几千字的文章写起来丝毫不觉艰难，一方面出于写作本身的训练，另一方面依然得感谢自己广博的阅读。

另一类专业阅读便开始得比较晚了，那便是教育类书籍的阅读，往往都是为了应付各种考试或论文不得已才读的。所以，等到研究会成立后，为了建立起我们自己的书库，我将自己的大量藏书捐赠出来时，才发觉原来自己的阅读方向如此偏狭，除了文学作品，大多都是文学常识或评论类的书，教育类的书籍多还是读书写作时不得不买的，其中除了卢家楣"以情优教"的系列书籍是自己完成论文时很自觉而认真进行的阅读以外，其他竟没有什么是给自己留下了深刻印象的。这使我意识到自己阅读的局限，并决意改变了。同时，因为书库的建立，我们的阅读视野也得以大大拓展，大家捐赠出来的书中有很多特别值得一看的，例如梁会长捐赠的一套大夏书系的教育书籍，得以一观，其中如吴非的《不跪着教书》、管建刚的《不做教书匠》等等，可以说是这套书开启了我的教育类书籍的阅读历程。之后，我开始大量关注阅读这一类书籍，如李希贵、窦桂梅、李镇西等教育名家的作品，以及周国平论教育的系列书籍等，都是在这一时期阅读的，这些书使我真正走进了教育之门，开始有意识、有系统地思考教育问题。同时，研究会的同仁们也开始推行读书会的模式，最先共读的是潘新和教授的一系列语文专业理论书籍，获教颇大，他的《"表现—存在论"语文学视界》一书给我的启示尤其大，也在与同仁们交流的过程中，形成了自己初步的教学体系的思路。而在后来的教学实践中，我也一直践行着这样的教学理论，并尝试使之成为自己的研究方向，形成属于自己的教学体系。

期间，最为我敬仰的朱岩老师为我指点迷津，告诫我一定要读一些哲学类的书籍，这为我提示了另一个方向的阅读。好在有了对周国平哲学入门书籍的大量阅读，不再觉得这一任务过于艰巨，于是，《理想国》《沉思录》这些原本与我相距遥远的书籍也成了我这一时期阅读书目中的一部分。这些书籍的阅读不再如之前的读物一样可以轻松自在地作为消遣来进行，而必须投以全部的专注才能读得下去，然而这种潜心的阅读可以极好地训练自己的阅读能力与思维品质，因为需要一边阅读一边概括作者要表达的真正用意，渐渐形成自己的理解与思路。据此，我以为这一类书籍其实是无论教学哪一科还是从事哪一行业的人都有必要涉猎，自然，中学时代也可以在大量阅读后尝试这类书目的阅读，可以较好地训练他们的思维能力。国家最新提出的语文学科核心素养的关键词中，我以为有一点最值得关注，那便是：思维发展与提升。这种发展提升固然可以有很多途径，但我以为有一定难度和深度的哲学作品的阅读不失为其中的一条途径，这是我通过自己的阅读而感受到的。

三

现在，我的阅读可以说已经进入了专业发展的综合时期。这一阶段，我的阅读是比较开放的，文学作品的阅读从来未曾间断，只要有时间，还是很乐意去涉猎此类作品的，例如《三体》《四世同堂》等。这一类作品中对我影响较大的，是刘慈欣的《三体》，初读第一本便让我这个从未对理科有过任何兴趣的文科生第一次对物理学科产生了浓厚的兴趣，虽然也仅仅停留在兴趣层面而已。由此可见，书籍很可能是学生学习入门的指引，如果我读它的时候是在中学阶段，很可能会由此而转学理科。同时，它在令我感到震撼之余，也为我打开了一扇科幻文学作品的大门。不仅刘慈欣本人的其他作品，凡尔纳的作品也进入了我的视野与阅读范围，虽然很多故事是早已经了解到的，但再读原作，仍有不一样的感受。

同时，在创作《向现代名家学写作》一书的过程中，我又大量阅读了现当代名家的作品，特别感兴趣的是胡适、鲁迅、林语堂以及沈从文的作品，这种阅读弥补了自己之前对古代文学的过分偏好而产生的不足，也可以说发现了另外一个精彩的文学世界，用了相当长的时间去与这些名家对话，并从他们的传记中获得来自他们的精神激励。然而，迄今为止，这仍是一本未完成的书，因为越写便越觉自己的浅薄，写到九万多字时，终至搁笔，打算等自己能够再进一步时再提笔，不想因为急于出书而给自己的写作留下太多遗憾。在这个过程中，我深切感受到要想真正提高自己的写作水平，现代名家的散文作品是不可不读的，无论思想的深邃博大，无论写法的丰富多样，无论语言的新鲜生动，它们都是可以超越任何一个时代的，为此，在后来的教学中，我总会提醒学生准备这一类的书目阅读，也总会从其中找出一些例证来辅助教学。

在教育专业类书籍方面，这一时期我的阅读更加广博，包括研究会同仁们的共读书目《祛魅与祛蔽》《教师阅读地图》等，也包括我自己购买的《教学勇气》《自由学习》等，有的已经读完，有的正在进行，对于这种阅读，我开始有了一种戒备心理，往往是带着一些戒心去阅读的。因为这一类阅读很可能导致的倾向就是，要么因理论无法与实践相联系而不欲再读，要么过于信奉理论导致一切以理论为依准，陷入机械理论的旋涡中。因而，鉴别性的阅读我以为尤其重要，汲取其中能与自己的认知系统可以融合在一起的，渐渐内化为自己的东西，而又不为之所拘，这应该是我自己的阅读思维。当然，无所谓对错，阅读本就是一种再创造的过程，每个人如何打造自己的阅读世界自可不同。但这其中，仍然有些书籍让我拍案叫绝，《教学勇气》与《自由学习》是让我收获最大的两本教育学理论著作，前者让我对教学的态度、思维、方式有了深入的思考，后者则让我更想将理论转化为自己的教学实践。

与此同时，我也开始了心理学类书籍的大量阅读，这最初缘于区里的一次班主任培训学习，这是一个"萨提亚"的心理沙龙活动，对于这样的活动，我一向并不热衷，然而在那五天的学习之后，我的内心真正受到了震动，也使我真正开始关注心理学领域。我先是购买了大量萨提亚的相关书籍，将这一心理疗治的理论与自己的生活对应起来，才真正意识到了一直压制着我、使我不得快乐的根源，不过只是自己心里对于过去的一种负疚感罢了，而只有接受真正的不完满的自我，才是一种对待现实生活的最好态度。这之后，我便开始一步步尝试与自己握手言和，如果现在的我确然已经能够放下过去，开始新生，那当真需要感激这一心理学理论了。

卡耐基的《人性的弱点》与《人性的优点》系列也算得是心理学领域的杰作，虽然很多人认为它不过是心灵鸡汤类的读物，然而对我的影响同样巨大，尤其是在学习了萨提亚的心理学理论之后再来读它，尤其觉得其中的观点的可贵了，萨提亚教我关注的是自我，而这些书教我关注的是外界，这对于一向只囿于自我生活圈子中的我来说，无疑是有着重大意义的。

此外对我影响较大的还有奥地利心理学家阿德勒的《自卑与超越》，这本书给了我一种全新的心理学解读视角，从人们自小而有的自卑心理出发，阐释人们的行动与这种自卑情结间的关系以及相应的解决对策，虽然专业性极强，但在读的过程中，我将理论与自身经历，也与身边很多人的行为表现结合起来，便得到了一种现实意义上的阐释，使我可以了然自己的一些言语举动引发的他人的意料之外的反应的缘由，也使我可以更好地了解他人，帮助自我走向成熟。这也算是我的阅读史中一种跨越式的提高吧。

这样一回顾，自己在阅读这条道路上，虽也历经诸多曲折，浪费了许多精力与时间，但总体还是值得庆幸的，至少，浪漫期的阅读谈得上丰富，精确期在专业方面有了较大的发展，综合期没有走向封闭。现在，我的阅读还是进行时，并以阅读为人生之快事。

风行水上的人生

一本《林语堂评传》，从上学期读到这学期，因为平心而论，可读性实在不强，完全没有引人入胜的感觉。然而掩卷之时，我依然难禁唏嘘落涕，非为此书，只为传主曲折传奇而又非议众多的人生。

打算认真读林语堂应该是从对现当代作家散文作品的研读开始的，在众多的作家当中，我倾慕鲁迅出神入化的文笔，服膺胡适积极进取的精神，称赏沈从文淡然舒缓的语言，而让我愿以心灵去阅读他的人生，以行动来践行他的主张的，却唯有林语堂。

少年时代的生活对一个人的人生影响之巨大，已越来越被人们意识到了。林语堂一生酷爱自由、不受束缚的心灵，大约正是从福建坂仔的青山绿水间得来的，这青山绿水一面让他自由舒畅地呼吸着自然的味道，一面又让他极力想象渴慕着山外的世界。这一点，与从湘西美丽的风光中走出的沈从文相类，而比沈从文幸运的是他有一位身为基督徒的父亲，他的宗教信仰与所接受的西方文化的最初启蒙，便是来源于他的父亲，这些成了他一生命运沉浮的基点。

林语堂的求学之路可谓曲折漫长，从乡村小学到厦门的中学再到上海读大学，由于学习刻苦，他的成绩总是名列前茅，但他所受的教育，基本是西方的，尤其是在上海圣约翰大学，几乎完全停止了中文的研读，这为他奠定了扎实的英文基础，也使他后来在英语语言学研究方面的成就鲜有人及，但他的文学基础与国学知识，却是在大学毕业参加工作以后才下决心恶补起来的。后来到哈佛大学读硕士时，他便已转向文学研究的方向了，并最终在文学创作与国学研究方面达到了巅峰。人们经常用"学贯中西"来赞美一个国际化人才，而这个词汇放在林语堂身上大约是最为恰切的。

28岁的林语堂从德国莱比锡大学获得博士学位归国后，开始了在北大执教的生活，在语言学研究方面持续努力着，尤其是由他牵头进行的方言研究，更使他成了国内知名的语言学家。与此同时，林语堂也开始了他的文学创作之路，在中国首倡幽默文学，虽不被当时的人们所理解与接受，却为中国文坛拓开了一个新的方向。更为重要的还是他在这一阶段开始的对"国民性"的关注，与鲁迅所提倡的"思想革命"相呼应，林语堂主张彻底改造老大帝国的"阴森沉晦之气"，这种对"国民性"的探究成为他后来向西方社会介绍中华文明的出发点，但也因此招致了众多的社会批判。然而我们现在再读他的作品，不得不承认他对于当时社会现状的描绘是真实的，他对人性的评判是理性而深刻的。

这一时期的林语堂，还直接投身到了当时的反帝反封建的群众运动中。一方面，他创作了大量赞扬爱国群众斗争精神、斥责绅士名流"勿谈政治"的"高调"的社会批评文章，尤其是在"三·一八"惨案发生后，他更是最早作文悼念刘和珍杨德群两位女学生；另一方面，他还亲身参与到反对段祺瑞政府的"首都革命"中，成为革命的急先锋，还在与军警的斗争中被袭而受伤。可见，林语堂从来是一个真性情的爱国之士，而非如后来我们习于认为的反动文人。

军阀混战中的北京陷入了白色恐怖的氛围之中，进步文人纷纷逃离，林语堂也在这样的风波中失去了安身立命之所，于是先到厦门大学继续他的国学研究，再至武汉国民政府开始了短暂的从政生涯，但天性只愿"吃草"不愿"吃肉"的他很快选择了放弃，转道上海开始专事写作了。但他从来不曾中止过对政治、对社会现实的关注，在上海期间，他创办并主编《论语》半月刊，以之为阵地讥评时政，对当时的南京政府颇有不满之词，又与宋庆龄、蔡元培等人发起成立中国民权保障同盟，引发南京政府的不满与制裁，也可以见出他家国天下的责任意识与担当精神。只是与此同时，他也对当时共产党的作为有所斥责，于是招来某些左翼作家的批判，这便使他处在政治的旋涡之中而备觉艰难了，便如当年苏轼置身于新旧党争的旋涡之中不得脱身一般，这样看来，后来对于林语堂的诸多评价其实有失公允，完全抹杀了他的一腔爱国热忱与天性中的直爽坦诚。

在政治打击中举步维艰的林语堂这时遇到了对他后来的人生产生重大影响的一位作家——赛珍珠，受其所邀，开始了他第一部英文著作——《吾国与吾民》的写作，此书在美国一出版便赢得一片好评，成为美国当年最畅销的书籍之一，林语堂的名字也由是在美国广为传播，而与他获得巨大国际声誉的同时，则是许多国人对他的不满，甚而因他在著作中对中国人精神弱点的揭露而说他是"以卖国求名"，这也是导致他最终接受赛珍珠夫妻相邀而决定举家赴美的重要原因。从另一方面，也正可以印证他书中对国人精神弊病的揭露，对他人的成就常好恶意中伤并冠以反动之帽，以平息自己的嫉妒之意。这种兴灾乐祸的本能大约是人性中最普遍而潜藏的恶，也常常被我自己感受得到。

林语堂的赴美，应该更多的是对社会、对人性的失望所致，然而这显然又落了那些以诋毁他人为能事的恶意之人的口实，因为这正是中日战争爆发的前夕，正使这些人说他"卖国"的言论成真，也是后来他受到左翼作家批判的重要依据。这无疑是人们对一位单纯的文人的苛求，正如现代社会一些吃不到葡萄说葡萄酸的人，一提起有谁出国便大骂其为卖国贼，仿佛自己是最爱中国的人，而实际上除了每天发牢骚以外一事无成，殊不知中国更需要的恰恰是被他所骂的那些既有中国底色又有国际视野的复合型人才，而如他一般的人，在中国是俯拾皆是的。正如林语堂自己对文学沦为政治的附庸的反对，他的人生道路，本也不应是由政治决定的，如果仅仅从政治的角度对他来定性，本来就是如同让史铁生与人比举重一样荒谬的事情。

林语堂在海外的生涯，一直就是大力弘扬中华民族文化和宣传抗日救国的生涯，而这也并不是出于政治的考量，而依然只是他的本性中对于国家的热爱与对中华传统文化的热爱所致，这与他的离开中国一样，也是情之所至的至性之为。他先后写成《生活的艺术》《孔子的智慧》《中国与印度的智慧》《啼笑皆非》等文论、政论作品，并以《红楼梦》为底本写出了《京华烟云》这样的鸿篇巨制，可见他在海外著述的用力之勤之劳。可以说，很多美国人对于中国的认识都是从林语堂开始的，这样的功绩，实在不是其他任何一位文人所能及的。

日本无条件投降后的林语堂依然选择了留在美国，开始了他的《苏东坡传》的著述，这本书历时三年完成，倾注了他最大的心血与热爱。事实上，林语堂的生命，与苏东坡有着太多的相似之处，虽非被贬偏陋之乡，但他在海外的渴归之心，其实与苏轼贬谪流放期间并无二致。而另一面，天性中的直率又使他秉承了苏轼性情中的洒脱旷达，应该说他们都是中国文人中最为真挚、最为可爱也最为亲民的作家。由此，林语堂笔下的苏轼成了他的人生情感的最理想的寄托。他在对苏轼的评论中说："他一直深陷政治斗争之中，却始终超越于勾心斗角之上。他不忮不求，一路吟咏、作文、评论，纯粹只是为了表达心中的感受，从未考虑可能会对自己造成不良后果。"这大约也是他的一种自我评价吧。

走上向西方传播中华文化的道路后，林语堂不曾稍驻，继《苏东坡传》后，他又完成了《老子的智慧》《英译重编传奇小说》《武则天传》等书目的创作或译著，《武则天传》与《苏东坡传》一样，也是林语堂倾注了鲜明的个人情感色彩的一部严肃的历史传记，只是与苏传相反，武则天是林语堂倾力塑造出来的"邪恶之徒"的典型代表，她对权力的无限攫取欲望与残忍的灭绝人性的手段被描绘到了极致，林语堂将武则天作为智能犯罪的一个案例做研究，认为武则天的成功在于她"敏锐冷静的智慧与厚颜无耻胆大包天的野心合而为一的结果"，自成一家之言。

多年的海外生活中，林语堂始终心系祖国，拒绝加入美国国籍，随着年岁渐长，他的乡愁越来越盛，开始了长篇小说《赖伯英》的创作，将自己浓郁的乡情与青春的爱恋全都融注于其中，并在自己七十大寿的寿宴上即兴作《临江仙》一诗，其诗上阕为："三十年来如一梦，鸡鸣而起营营，催人岁月去无声。倦云游子意，万里忆江城。"对故乡的眷恋溢于字里行间。也正是这一年，他终于下定决心结束三十年的海外生涯，回到香港与女儿同住，并于第二年定居台湾。

晚年的林语堂并未停歇自己的脚步，他一面继续文学创作，一面开始了《红楼梦》的译著与研究，同时还提倡整理汉字，主编《当代汉英词典》，这些努力，使他在国际文坛的声誉一步步达到最高峰，但与此同时，他的生命也一步步走向了终点，在走过八十大寿的第二年，他带着无限眷恋离开了人世。

林语堂的一生是洒脱的一生，却也是艰难的一生；是风光无限的一生，却也是务实勤勉的一生。在向西方传播中国文化、推介中国传统方面的努力无人能及，但他的成就又不限于此，可以说，他是一个远远超越了"专家"这个称谓的天才、通才。如同陶渊明一样，他是一个"真"人，只将自己最真诚的一面呈现给世人，即便因之而招致许多的麻烦与诽谤，也依然直面生活中的各种苦难。他的人生，正是风行水上的人生，洒脱而不轻飘，水面也必会因风的轻拂而留下波痕。

人生不过如此

林语堂有一本书，名为《人生不过如此》，此处姑且借用一番，虽无斯人之深厚学养，却也期冀在年复一年的日子中为人生留下一点什么，仅此而已。

确然如此，我所有的努力、所有的奔波，大约并无任何可视为崇高之目标，不过是想为自己的人生留下一点什么罢了。我从来不欣赏波澜不惊的湖面，而更喜欢观赏波涛汹涌的大海，我也从来不爱那种缠绵梦幻的温情故事，而更喜欢有着大起大落、深痛巨悲的灾难片。这使我许多年来从来不肯歇下脚、放下心来做好一件事情，也使我无论做任何事情从来不去认真考虑后果，只是想到了便去做，至于成败，本来就是再自然不过的事情，没有人会注定成功，那失败又有什么可怕的？最多不过承担打回原形、从头再来的后果便是。失败了太多次后，我终于想通，成败不过如此，原本不用畏惧担忧。

虽已料定人生无可畏惧，但在向前时也需辨明方向才好。我自认自己从来算不得认真努力之人，无论读书亦或工作，或许因为在很多人眼中的正务在我这里都算不得什么要紧之事。然而另一面，我也可能会全身心投入到一件事情之中，哪怕只是一件无足轻重的小事，如果我喜欢去做，我可能会力求将它做到百分之百完美，无论付出多大的代价，这也使自己偶或赢得做事认真的美誉，然而我知道这认真不过源于热爱。既然人生如此短暂，为什么不去拿更多的精力来做自己喜欢做的事，而只拘泥于他人期望你做的事呢？虽然人生必然会受到太多的现实束缚与条件限制，但毕竟在温饱早已不在考虑范围的现时代与现实条件许可的空间，选择什么样的生活常态只源于心灵。

　　然而正是心灵，这人生常态的根本来源往往被许多人遗失掉。尤其在这个让人眼花缭乱的自媒体时代，太多专家、太多学者将我们的视线、头脑四处牵引，让我们很难静下心来寻觅自我心灵的所在，甚至读了众多，也全不知自己的关注点在哪里，不知哪位专家学者最受自己认可或欣赏，而一味觉得"有道理""不错"便罢。这便如读书一事，许多人好读书，且读书颇丰，然而要他谈自己最欣赏哪位作家哪部作品，却是满目茫然，更毋庸谈及到底这欣赏是源于思想亦或文笔再或只是其人其事，如此，读书再多，也读得糊涂，读得辛苦。那么，我们每天拿出如此多的时间和精力让各不相同的观点态度在脑中混战，岂不也是最辛苦之事？倒莫若留出虚空，让自己的心灵四处驰骋，还不定在这样的驰骋之中忽然灵犀一点，竟由此而拓开自己新的世界更妙。

　　这似乎便是我自己的常态，很多改变，不过源于一念，但这样的一念也许并非只是一念，而是潜伏心底许久，不过在一个合适的时间从心底一跃而起罢了，这样的跃起需要时间。很多人不愿忍受旅途的寂寥落寞，我却在这样的寂寥落寞中最能体味生命的存在，于是，旅途中的奔波也成了自己生活的一部分。常常独自趋车，悠然自得地缓行着，任由周围的车辆呼啸而过，有时发现一条刚刚修好的道路也是一种欣喜，便沿着这少有车辆的路向前，不去管它通向哪里，最多便是到路的尽头再折返而回罢了，似乎有如魏晋士人。也许正是那个终于发现了自我存在的时代，不仅成为许多特立独行的人物生长的土壤，也成为思想与文学辉煌的根基。不能不设想，没有这一时代的奠基，唐宋的风流辉煌又从何而来？

　　又想到起笔提及的林语堂先生，我并不确知对他的欣赏和热爱源于何时何事，但我从他那里读到了自己的心灵。于是固执地以为，现代文学对林语堂一直未能给出恰切的定位，但历史的长河终会让一切回归应有的轨道，他的鲜为人及的深厚学养与博大胸怀，以及洒脱豁达而又专注执着的人生态度，终会让他的名字及作品成为中国文学甚至世界文学史中的经典而广为人知。而这样的坚信又使我一面重新思索自己未来的人生之路，一面也开始了自己专业中的另一番探索，虽不能有所成，但本来人生不过如此，那便从心而行。

《人生不过如此》的封面有一句话："他的人生就是风行水上，下面是旋涡急流，风仍逍遥自在。"以这句话来概括林语堂的人生真是再恰切不过，而这，也是我自己的人生向往，既然人生不过如此，又何必被旋涡急流拖住脚步？风行水上岂不自在舒畅？

眼中世界 心底乾坤

　　蒋勋在评说《红楼梦》时曾提到，曹雪芹的文字最可贵之处，在于他笔下的每一个人物都是丰富的、立体的，即便是最卑微最不得人心的角色，细读来也会感受到作者平和的文笔与悲悯的情怀，而不因其恶劣或猥琐有露骨的批判反感之意，他只是在抒写自己眼中所见，心中所感，从未对某个人物持有尖锐的态度。

　　这大约源于曹氏与生俱来的大气，同时也是他丰富的人生阅历使然。若无海纳百川的广博之气，如何能将如此众多的人物全都纳于笔下？若无胸怀乾坤的风范大度，又如何能够对每一个人物都投以这样的悲悯情怀？更重要的是，在他自己由富贵公子转而成为普通民众之时，他更易理解小人物的辛酸与情怀，而又同时超越于这些普通民众之上，他看得到他们身上的种种自私、刁钻甚至邪恶之念，又对造成这种种自私、刁钻甚至邪恶之念的环境与遭遇深感同情。

　　每念及此，总不免为之感动。那些感天地泣鬼神的惊天伟业也许会令我油然生敬，然而这样的普通人的悲悯情怀更让我心怀触动。这样的情怀，虽无济于世事苍生，却是这世间最值得仰视的人格，在这伟岸的人格面前，所有的争夺与计较都显得那样卑微与渺小起来。

　　这样想时，身边许多原本可能引发自己的不满、怨怒的人或事便多能以平和之心待了。每个人的人生都有不易之处，不曾经历别人的生活，谁也没有资格站在道德的制高点上妄自评判，所以，不必因自己的成功、幸福而藐视他人，也不必因生命的缺憾而耿耿于怀，觉得整个世界都欠了自己。史铁生令我尊敬不在于其绝佳的文笔，而恰是那种不因己之不幸而欲人之不幸的坦然、宽厚。正如佛印与东坡的经典故事中，面对东坡的取笑，佛印只以微笑回之："你心中有佛，看到的便会是佛，心中是狗屎，看到的便也只是狗屎了。"我们眼中的世界，常常便是我们内心的模样。由此，所有他人的过错，便只是自己的狭隘；生活的无序，也便是内心混乱的投射罢了。

如此，身边那些或强势、或懦弱、或尖刻、或执拗之人之事便皆可解了，于是明白他们的生命中必有促成此种性格的先天基因或生命轨迹，于是学会不以为忤，不以自己的意志强加于他人。世界的丰富、人性的多面，恰如我们内心的复杂、喜怒的无常，我们需要接受自己的不完美，那又有什么理由不去接受世界的不理想、人性的不光明？

又由之而念及孩子。最近读到一则论述典型的中国式家庭的短文，认为缺席的爸爸、焦虑的妈妈以及失控的孩子，共同组成了中国式家庭的常态。我无意深究此种观点的普适程度，只从自我人生态度出发，以为当下对于子女教育的问题呼声太多，反而破坏了家庭本有的宁静。不同的家庭自有不同的教育方式，既不能强求人人相同，又何以一定要每个家庭全都按照一种方式教育孩子呢？父母常常陪伴身边的孩子，孩子感受到的爱自会更多，自然就会学会去爱他人；然而父母不在身边，孩子未必不成器，未必不友爱，老一代的很多人，大约都是这样成长起来的。我自己小的时候，也未必体验过太多来自父母的陪伴关爱，再到自己的女儿，她的成长历程中，我也常常缺席，但我不认为她的人生便是失败的。所以，可认同的一面是：焦虑大可不必，孩子自会有自己的人生，父母不必将线牵得太紧。然而另一面，任何一位教育专家，也不必将自己的理念视为绝对真理，这世界，绝对的真理从来不存在：太阳每天东升西落，那是因为你不曾到过北极、南极；时间守恒、物质守恒，那是因为你还不曾接触到类似三体世界那样的文明；你所认为的幸福或者你所看重的价值，在他人那里可能会化为不幸或者根本不值一提……

在这样写的过程中，渐渐意识到，自己的思想也在逐渐趋向于一个之前不曾意识到的方向，然而这种思想也不过是这世界的一角罢了，心灵世界本就可以无限丰富，一种观念的对错，也本只在己心而已，那么，既无谓去评判他人，也无意招致他人的评判，允许他人的思想存在，也一样支持自己的思想拥有空间就好。

狱中激情

整个晚上，几个小时，我完全沉浸在《红岩》的世界中，一种激情在心头燃烧，如同狱中那些被革命的信念点燃着激情的人们。

其实一直不看好这本书，虽然女儿早告诉过我这本书很好看，但总是提不起看它的兴致来，尤其是那装帧并不美观的封面，更无法引发我的热爱。拿起它只是出于偶然，且习惯性地带着一种挑剔的眼光来看，与最近所读的其他小说相较，这本书开始时的文笔便显得拙劣了许多，描写也多少有些生硬，我一度疑惑这样的书何以成为经典。

阅读断断续续地进行着，然而越到后来，我越被牵系着不能放手了，那种最初被我视为造作的情感也越来越显示出它的巨大魔力，让我的情感也随之起伏，为那罪恶的渣滓洞、白公馆，也为那些受尽折磨而不改其志的革命者，更为那种让所有人从容赴死的无限激情。我渐渐相信，信仰，是真的可以让一个人为之付出一切的，如同我们着迷于一件事物，千方百计、想方设法想要能够拥有它一般，也如同自己心心念念的梦想逼促自己去努力一般，这可能是很多人会有的执念，然而这样的执念会让一个人拥有巨大的精神力量，在追寻的路途中不觉其苦、不念其累，勇往直前。

狱中生活之单调恰恰促成着这样的激情，因为单调，故而单纯，因为单纯，故而信仰弥笃，故而激情满满。由此观之，我们现在之所以缺乏激情，恰在于生活中充斥了太多吸引着我们眼球的杂乱之物之事，使我们的心志难以集中于一点而生发激情，或者纵有一时之激情，但很快被其他事物所扰而搁置，再拾起又需重新入境，这大概已成现代社会之常态。然而读完全书，我更愿相信，人的潜力真的是无穷的，重要的在于激发，如果我们对于自己所从事的事业可以具备这样的狱中激情，我们还有什么理由不成功呢？

于是又让我想到了教育，教育不是战争，它的情况可能更加错综复杂，然而我以为它也并不比渣滓洞、白公馆中的环境恶劣许多，我们面对的不是我们需要用尽心机与之盘旋的敌人，只是我们可以用我们的真心去打动的一些孩子罢了，我们也不是要消灭旧的建立新的，而只是可以尽我们最大的努力让孩子们做得更好一些罢了，我们为什么不可以用自己的激情带动他们的激情，不可以以一种热爱激发他们的热爱呢？有人说，激情是不可以长久的，然而我并不这么认为，就如同身边那些可以将课堂视为自己的热爱的我所敬重的人们，他们可以无论工作如何繁重，都决不会让自己的课堂变得随意，都会用大量的时间精心准备每一堂课，都会让自己的课堂成为学生收获最大的阵地。这样的老师，我不相信无法获得学生由衷的认可与效仿，而他们的动力不正是一种对于自己的工作的持久的激情吗？

敲击着这些文字时，我的心中也一直充满着这样的一种激情，对于自己的工作，对于自己的文字的激情，也许这样的激情来得有些晚，然而我相信它是可以持久的。如同自己对于生活的热爱，无论经历了多少或喜或悲或激昂或低沉的不平之路，这热爱却始终激发着自己持续前行，这种情感，也必是许多同样热爱着生活的人的共同感受。正如《红岩》虽乏文辞之华美却依然可以震撼人心一样，对生活的激情本身，便可以让人们一路前行一路收获了。

敲完以上的文字，去参加了英语组的教研会，专家点评老师们的课堂时，提到了一位英语老师们熟知且敬重的老教师，她在带高三时被查出患有乳腺癌，她说自己没有时间化疗，很快又站在了讲台上，激情满满地为学生们上课。现在，她又去了一个偏远的地方支教，病魔并没有摧毁她的意志，缘于她对生活的热爱，对工作的激情。这位专家眼含热泪为我们讲述了这个故事，在座的老师也都红了眼圈。那些历经炼狱磨难的人们，最后不也凭借自己对革命的坚定信仰与由之而来的激情，迎来了地平线上的一派红光，迎来了绚丽的朝霞吗？这样的生命，即便短暂，却是最具光芒的。

"韦小宝"之思

　　我是一个金庸迷，中学时便已尽读先生大作并对其中的一些人物痴迷不已。那时最迷恋的自然还是杨过，他的英俊潇洒、聪明过人、武功盖世，尤其是他的专注痴情，几乎令所有花季少女心目中的白马王子相形见绌，与之相较，郭靖不免显得木讷不解风情，令狐冲又少了一份专一与决绝；后来，萧峰又以他不折不扣的英雄气概、不计私情的民族大义压倒了更多从个人情怀出发行事的杨过，而占据我心目中的至高位置；及至走过青春岁月，渐渐学会以一种更理性的目光审视这些人物，发现张无忌的形象更加贴近真实的生活，更具文学价值，他的一身正气与优柔寡断并存，在感情的洋流中随波浮沉，连自己都难以辨明这感情之舟到底系于何处，同时，元明易代的大背景也使这个人物身上多了一份历史的真实感。

　　在这不断翻新的解读中，有一个人物常常带给我困惑，那便是韦小宝。与前述这些主人公相比，韦小宝虽然有着他值得肯定的一面，例如他的聪明机智，再如他讲求道义、不肯出卖朋友，然而更深地刻印在读者脑海中的，还是他的欺上瞒下、机诈哄骗，对于爱情，更是毫无专一性可谈，即便是对最心仪仰慕的阿珂姑娘，也谈不上有丝毫的尊重。总而言之，这是一个完全无法用道德标准来衡量的人物，我一直不知道金庸先生为何要塑造这样一个人物，或许只是因为他想要在文学创作上有所突破，不限于一种人物范式罢了，那么，这一点无疑做得非常成功。

　　然而，即便这样去想，我仍有一点困惑无法解除，那就是《鹿鼎记》开篇对于"明史"一案的交代，用了相当长的篇幅，中学时读此书是直接跳过这一章节的，总觉得它与后面的故事关联不大，虽然也起到了一定的交代时代背景的作用，虽然也与双儿的出现有着紧密的关系，但毕竟这段公案以及这些最先出场的人物在后文的故事中几乎没了踪迹，毕竟双儿算不得是一个特别重要的角色。自然，这困惑并没引发自己太多的思考，这些年也没有再对金庸作品有更多的探究，只是最近发生在自己身边的事情让自己忽然想到了韦小宝，想到了这段"明史"公案，忽生恍然之意。虽然自己的解读未必是金庸先生的原意，但阅读本来就是一种再创造，没有正误之分，想必说来无妨。

韦小宝生活的背景是明末清初，满洲统治者入主中原时间尚不长，民族情绪依然高涨，尤其是文人的不合作使统治者大伤脑筋，文字狱由是愈演愈烈，庄家的遭遇不过是一个典型而已。而这所谓的"冤案"却是统治者有意制造的，文字狱一面在压制了文人反清情绪的同时，一面也使得文人更加谨小慎微，不敢轻言时局，不敢擅自行事，而更多的有志之士，如黄宗羲、顾炎武、吕留良这些大儒则选择了隐居之路。如果没有这样的时代背景，韦小宝这样的人物便很难登上历史舞台耀武扬威，他的机诈巧计便很难处处逢源处处得逞，这正如《水浒传》中的高俅，也正是借了时代混乱之东风才得以平步青云。在一个正义之士不敢直言的社会中，韦小宝的出现是必然的，即便统治者看穿了他的巧诈，却依然不得不重用他，所以，此书中，康熙不除掉他不是不忍，而是不能不借助他来巩固自己的统治。虽然金庸先生还是肯定了他的用人才能，但无疑真正的才学之士是不肯服从于这样的宵小之人的。如果这只是一个短时期内的现象，自然于历史并无大碍，故而小说最后，韦小宝只能失踪，如果这样的人物竟至于长期活跃于顶层，这个社会岂能不令人担忧？如果这样的人物竟不再是个别而是处处存在着，那这个时代还有什么希望？

对于韦小宝的思考源于我的公众号中几篇删去了的文章，自然，删去的缘由是出于善良而非畏惧，不愿给身边的朋友或伙伴带来不必要的麻烦，但这并不意味着我否认自己的观点，而恰恰是相反。韦小宝如果没有遇到康熙，估计还会更加一手遮天、偷天换日；言论钳制的结果，也必然是为这个社会炮制出更多的韦小宝，让社会的安定受到更大的挑战。金庸先生塑造的这个人物形象的意义，实在是远远超越了其他人物的，这也是他的文学创作不断走向新的高度的证明，从最初单纯地虚构人物到与时代的紧密联系，再到写出人物的典型意义，令人不得不深为叹服。这一人物的创作，大概也耗去了先生太多的精力，以至生出"写不出来了"之慨，私以为，这一人物确是先生作品中塑造最为成功的人物。

最重要的事

似乎太久不曾有一本书令我如此沉迷了，虽然看到疲累不堪，却依然难以释卷，这本书的题目是《最重要的事只有一件》。

之所以被它吸引，是因为它十分契合我一直想说却始终未能找到合适的时机和词汇说出的观点，我自己这些年来的经历也在为这一观点做佐证，更重要的是，许久以来的生活困境也似乎由此而寻找到了解决之道，因而为之眼前一亮。

一段时间以来，确切地说是这个学期以来，我被工作的烦琐纷乱捆缚住了手脚，也捆缚住了思想。因为我一直知道自己不是一个女强人，更不是一个多面手，同时也因为完全没有工作的经验而过分依赖信任他人，这使得我将自己如飞蛾扑火般投身到工作中，每日被琐碎繁杂的工作牵着鼻子。虽然长长的工作清单上的对勾越来越多，却并未能感受到多大的成就感，反而总因那些未能完成的工作而遗憾不已。在这一过程中，我甚至放弃了自己原本一直坚持着的写作，因为写不出来，似乎生命只剩下空白，没有任何的精彩可以记录。这样的日子持续了一个多月，我也开始了不断的自我反思，却似乎一直都没有理清。直到读到这本书。

人的时间和精力总是有限的，将自己义无反顾地投身事业固然没错，但若为此消耗太多，甚至以健康为代价，却实在不是可取的了。我需要明白的是，什么才是我必须做的，并且做了这件事之后，可以让其他事务简单轻松很多。正如书名所言：最重要的事只有一件。为此，我需要首先明确的是，我想达到的是一个什么样的目标?在这一目标的统领下，我需要做哪些工作?这些工作的核心问题与解决方案是什么?最后，聚焦于目前最应着手去做的一件事，全力以赴就好，而不是如我现在的工作状态一样，每天做了大量的事，却分不出轻重主次来。于是，我在日记本上对自己的生活与工作进行了一番梳理，也才忽然发现自己目前的工作方式只是自误误人罢了，而我的生活也因为过度的忙碌而一团乱麻。这样的状态需要从今天开始做全新的调整了。

这种调整的核心在于对时间的有效安排，在每日的日程安排中，一定要首先为自己的健康和身体预留时间，因为这是一切的基础；其次要为与家人的相处预留时间，我不能再如以往一样，只自私地考虑到自己的发展而不去关注家人与孩子；在剩下的时间里，我要首先去做自己最想做的事情与自己经过反复论证后认为最重要的事情，至于其他事情的处理，则可以视时间而定了。这样的时间安排我希望可以自今日始，持续下去，使自己的生活不再纷乱，而能清晰地知道什么才是自己想要做的。

一路走过的历程中，虽然没有明确的自我意识，但我的生活其实一直都是这样安排的，每个阶段中，我都会有自己认为最重要的事情去处理，这使得我能够一路向前，而未被生活本身所缚。只是，每一个阶段中，也都会有各种各样的困惑缠身，从未消歇，虽然不免要走一些弯路，但最终还是能寻到那条最简单明晰也最高效畅通的道路，继续向前。

棘刺下的歌唱

终于掩卷，有种如释重负之感。

这本书大约是我所读小说中耗时最长的一本，一则因为这个学期前所未有的忙碌，二则因为这本书给我的一种陌生感、距离感。那片广袤而荒凉的土地，那种令人不可思议的宗教情怀，都因距我太过遥远而无法同化到我的世界中去。然而，或许是因为那片土地忽然因某种原因与我有了那么密切的关联，或许是不断拓展不断探究外部世界的强烈渴望，让我选择了这本在我看来既不引人也不能引发我的共鸣的书籍——《荆棘鸟》。

然而掩卷之后，还是有一种思绪触动了我的心灵。它不是这本书重在表现的爱情，也不是书中德罗海达家族终将衰落的悲剧结局，而是这个家族中的三代女人所历经的如出一辙的从迷茫到清醒的艰难的自我认知的历程：

菲出身高贵，却因爱情的失落而"误落尘网中"，嫁给了视她如珍宝而她始终不曾以心相待的帕迪，直到帕迪的意外死亡，她才意识到，这么多年来，自己竟错失了本该拥有的最美好的尘世的幸福，而只在虚空中寻找心灵的慰藉。于是，虚空的心灵更加虚空，木然的神情更加木然，只有家庭的重负逼迫她不得不更加勇敢更加坚韧。

菲的女儿梅吉是全书中最核心的人物，在爱情的道路上她又重蹈了母亲的覆辙，所不同的是她的自我意识较母亲强烈了许多，一旦意识到无法从世俗的家庭生活中获取她想要获取的安宁，她便毅然决然地选择回到故乡抚养儿女；然而同时，她又在自己那秘不可宣的爱情世界中沉溺太深，以至于将几乎全部的心力投入在儿子身上，而忽略了女儿的存在。及至儿子溺海身亡，所爱之人也步其后尘而去，孤独便成了她的世界的主题词。

独立而叛逆的第三代朱丝婷从小便与母亲有着深重的隔阂，她将自己对于世界最初的爱都给予了自己的弟弟，待到弟弟去世，她将这场失误视为自己的罪过，为了赎罪而选择了逃避家庭、逃避爱情，表面洒脱而内心孤独地在异国奔波，直到开始深深地厌倦这一切，她才开始认真思考未来，认为自己有责任、有义务延续德罗海达家族的生机和活力。在她做出这样的艰难决定时，是母亲的清醒与理智使她的心灵复苏，让她清醒地意识到：德罗海达家族的生活不是自己真正想要的，而她的最终归宿，恰恰是脚下的这片土地，这里才是适合自己的生活与爱情的沃土。

三代人，三种生活，三种思维方式，都是以我自己已有的人生经验与思维水平所无法揣度、难以把握的，我与书中的人物与故事之间，似乎隔着几个世纪若干星球，只能努力寻找与自己已有的人生体悟相近之处。我一直有些难以解读出这本书作者的着力点放在何处，是不是要把这几位女性塑造成"胸前带着棘刺的鸟儿"，她们努力与自己的命运抗争着，却一次又一次地被命运的荆棘刺伤，然而，这种伤害大概是人们自我意识苏醒所必经的吧，她们几乎都是在人生发生了重大改变时才走向真正的自我认知的。朱丝婷的结局让这悲惨的故事多少给了我们一些安慰，然而也并不令人轻松，因为这份爱情的获得是与整个家族的衰落相随相伴的。

这份沉重让我想到余华的《活着》，然而那种对命运的无言的承受毕竟与这本书所要表现的鲜明的抗争有着巨大的差异。福贵的遭遇让我们同情，又让我们感受到个人在时代巨变中的渺小，而这本书则是在平凡甚至无味的生活描述中让我们感受到丰盈而广阔的内心世界的波澜壮阔，让我们感受渺小中的伟大，尽管她们走过的路那么有限，尽管她们所读的书并不足以让她们因此而显得有学识。有人将这本书喻为"澳大利亚的《飘》"，从表现时代的壮阔性与人物形象的丰满性上而言，似乎并不确切，然而再想，从几代人艰难的成长历程来看，从人物内心世界的丰盈来看又似乎并不为过。

　　自我认知，或许真的是人生最艰难的一件事，是要经历荆棘的利刺才能够获得的宝藏。人生的每一步，大约也都是在向这样的认知中前行，这样的前行也似乎并没有尽头，只能一边前行一边回头。曹文轩曾说："人生是一场苦旅。"曾经以为这是一种过于悲观的看法，现在却觉得，这话确实形象至极，这苦便苦在精神世界的迷茫吧。活得简单大约还是可以向往的，只是我们依然渴望自己的生命更加丰盈，那么，这苦便成为不可避免的了，需要自我警醒的大约是，即便是苦，我们也依然需要"带着棘刺歌唱"，依然要努力唱出自己最高昂的乐调。

迷失

　　卢梭在他的《爱弥儿》一书中曾说："我老远就听见那虚假的聪明人发出的叫嚣，他们不断地使我们迷失本性，他们轻视现在，不停地追求那愈追愈是追不到的未来，他们硬要我们离开现在的境界，走向我们永远也达不到的地方。"这话令我沉思许久，想到自己，想到孩子，也想到我们的教育。

　　教育方面的书籍越来越多，理论越来越丰厚，我们却越来越迷茫，不知到底什么才是真正有意义有价值的必要的教育，不知哪位专家的观点才是可信的，面对孩子的问题也不知道哪种方法才是适用而不会带来后遗症的。在这样的迷茫中，我开始无限怀念自己的儿童时光，虽然自己一向不是个恋恋于过去的人，以致一向少有对童年的回忆，然而现在回想，童年无忧的生活、无拘束的快乐却那样令自己怀念，觉得一生最美好的时光莫过于那时。那时的我们，可以整天整天游荡在外而无人过问，总要到自己饿了时才想到回家，那时没有太多的玩具却可以尽情利用自然的馈赠，几块石子、一些草叶就可以使我们乐此不疲，如果还有一面破墙、一个麦秸堆，那更是无穷的快乐。小时候的自己不算很淘气，却也有从猪圈顶上跌落磕伤了脑袋、从平房上向下面的麦秸堆纵跳却不慎扭伤了腿的历史，现在想来居然都是人生的财富。那个年代的家长普遍缺乏教育的意识，但在那样的环境中成长起来的我们却大多自信满满、无所畏惧。到我们自己做了家长，忽然发现一切都变了：我们必须让自己的孩子接受最好的教育，为此我们必须减少甚至阻断他们与自然的沟通；我们必须尽到自己最好的监管义务，不能让孩子受到一丁点儿伤害；同时我们还必须以成人的理性来要求自己的孩子为了未来努力拼搏，我们不断向他们灌输着"苦尽甘来"的理念，似乎人生的美好永远只在未来而不在现在。我还记得我家楼下的沙坑被清理而铺上水泥时，女儿无限伤感地说："最后一块可以玩的地方都没有了。"确实，他们没有了童年，回忆中有的只是学校做也做不完的功课，是各种各样的培训班，是家中的电视电脑，我不知道他们应该怎样感激生活热爱生活，既然生活给予他们的只能是惧怕而不是快乐。

我们迷失在了一个钢筋水泥铸就的迷宫之中，我们的家长、我们的孩子以及我们的老师，我们不再试图感知快乐，我们只相信未来，我们总以为熬过了眼前的困境就会一切美好。然而等到终于熬过了这困境，却发现更大的困境在等着自己，所以，那些上了大学的孩子总会说，老师，我们上当受骗了。因而，我们又开始期待下一个未来，为着下一个未来拼命，就这样，未来耗去了我们现在的美好，未来却永远只在未来。而我们的心灵则在对未来的追寻中渐渐麻木，没有了对自然美好的感知，以至于即便出门旅行也忙于完成旅行任务而不是真正感知自然，同时，永远追不到的未来也使我们丧失了信心，于是得过且过，只安于眼前的工作生活，失去了改变与奋斗的勇气。

这样的想法大概不免有些悲观，毕竟，良好的家庭教育和有良知的老师可以为孩子们打开通向自然坚守本性的门，毕竟，总有那么多有个性的孩子可以突破外在的束缚，不让自己的心灵迷失。然而，如若这样的智识与才情总只在小众范围内，而我们大多数人仍然昧昧昏睡着，任由成功的理念在自己心中生根发芽茁壮生长，那我们总会感受到现实的无法满足的，因为我们所追求的成功永远只能属于小众，而我们很可能沦为生活中最普通的一个，快乐岂不距我们总是那么遥远？我们为什么不普通而快乐着？

春天的花开得正艳，这一个春季，我学会辨识碧桃和榆叶梅，学会分清迎春花与连翘，这真是一种快乐的体验，也真想将这快乐传达给那些还迷失着的人们。

我与语文

无意间与语文的
结缘竟是一生，
热爱也罢，
不满也罢，
终躲不开对语文的
种种思考了。
若这思考可于自己有益，
于他人有所提醒，
则乃万幸矣。

浴血而生

　　热爱语文是从中学时就已有的情结，那时的我只是普通中学一个最普通的学生，唯一不普通的或许就是自己的语文成绩。那时的同学，至今都还记得语文老师给我们上课时最爱说的一句话："仁者见仁，智者见智。"这句话，是为了一个名叫任健的学生上课时的优异表现而说的。

　　然而语文学习与语文教学却完全是两个概念。走上热爱语文教学的道路，对我而言是一段浴血而生的艰难历程。

　　从受到命运的捉弄被迫进入师范院校到随波逐流地踏上教师岗位，甚至在从教很多年后，我都没有办法真正认同这份职业。尽管教学中也获得过不少荣誉、认可，但我知道，我的灵魂游离于教学之外，而灵魂若不在场，身体便只是劳役。甚至有一段时间，每每走到教室门口我都会心中发怵，有一种要上绞刑架的感觉。我特别羡慕那些一开始便能热爱上语文教学的老师，然而我知道我不是。为此，我曾做过许多力图改变的挣扎：脱产进修、考公务员、考研考博、另寻工作……然而，本是为摆脱这条路而做的努力，却让我更加深陷其中了。我不知自己经历了多少次的失败失败再失败，亦无从计算自己经受了多少的迷茫与彷徨、痛苦与折磨。我想到了史铁生的《我与地坛》，在经历了太多思想的困境与挣扎后，他终于想通了：死是一件不必急于求成的事，死是一个必然会降临的节日。那么，接下来就是生的问题了。这有点像那时的我的处境。

　　《五灯会元》中记录了这样一个故事：奉先深禅师同明和尚到淮河边上看到有人在下网捕鱼。有的鱼被捕后从渔网中跳出，禅师赞道："明兄，俊哉。"明和尚不解："虽然如此，还莫如当初没撞进渔网的好。"禅师笑道："明兄，你欠悟在。"没有过进入渔网的经历，便没有那透网一跳的努力与美妙；没有过失败的苦痛，你便无法体味人生的真谛。我未能如那透网金鲤一样挣脱这网的束缚，但奋力跳跃后的失败却使我逐渐冷静下来。既无法跳脱，那便选择浴血而生。

那么，如何而生？

我一向是个随性任意的人，很少对自己的人生进行明确的规划，但我知道，我必须开始规划了，年近不惑之时，已没有时间去悠游、去消耗。我想到了杜甫所说的："四十明朝过，飞腾暮景斜。"孔夫子也说："四十五十而无闻焉，斯亦不足畏也已。"我告诉自己，四十岁之前，我必须有所作为。

既已设定目标，我知道我会坚定地走下去。我想起自己刚刚踏上工作岗位的那年，在只有一条不足五百米的短街道的乡镇上的初中，校长让我准备教师节时的板面，以往的板面都只是编一段话，找人用红纸写好贴上即可，可我的原则是：要么不做，要么做好。条件简陋，我便自己找美术老师进行设计，需要的材料全部是自己出钱购买，又请书法好的老师题字。板面上除了内容，所有的边框、装饰也全是亲力亲为。我记得，那块板面后来一直被放在校长办公室，成为接待外来视察者的展示品。

在我看来，语文教学无外乎两件事，一是教学，二是教研。至于成绩，只属于附属品。我要做的便是在教学和教研上下功夫，而这两件事，又其实只是一件，如果能将教研工作做好，那自然可以做好教学工作了。我开始细致认真地揣摩教材中的每一篇文本，力求将文本中的每句话吃透。我一向反对在外围打转而不深入文本的教学方法，貌似课堂内容很多而学生不能真正对文本有所感悟。就如同研究《红楼梦》，《刘心武揭秘红楼梦》完全是在书的外围寻找突破，却始终没能真正进入书本内部，而《蒋勋说红楼梦》则是完全将自己介入文本之中，分析人物的经历、心理，这才是真正的阅读。渐渐地，我放弃了教学参考书，而试图从自己或学生的角度出发对文本进行解读。每一次公开课，我都可以讲出与他人不同的设计思路或内涵，这正是在这方面下了功夫的缘故。包括参加省教学能手评选，虽然允许带教参，但我依然只带了几本教材参加。

对文本有了自认为足够深入的解读与把握后，我决定将自己的成果整理成册。一直以来，最偏爱的是古诗词，于是，我的第一本书稿便以古诗词研究为内容。现在，这本《诗情词心——重品经典古诗词》已然面世，尽管作为自己的第一部作品，还有着太多瑕疵和不足，但毕竟自己的教学研究已正式起步，并将持续下去。

对文本的研究只是第一步，而对于语文学习的终极意义的研究更加重要，这关乎学生的成长，关乎他们的人生观价值观的建立。教育的目的在于育人，而语文尤其应当承担这一重任。这里的"人"，应指一个顶天立地、堂堂正正的人，一个有着自己的行为准则并能奉行不悖的人，一个勇于担当时代重任并能锐意进取的人。语文教学如果仅仅意味着高考时学生要达到120分，那它便只是工具性的学科，而人文性才是语文的根本意义。为此，语文老师必须有明确的传道意识，尤其要关注语文学习目标中的情感态度价值观的目标。我总是尽可能利用一切机会让学生感受情感的触动。运城使用的是苏教版的教材，我曾一度非常排斥，但后来才慢慢发现，苏教版的教材编排体系是很有特点的，可以更加有效地对学生进行情感教育。例如第四册第一专题的标题是"我有一个梦想"，但这个专题的内容却是一些最有担当精神的圣人或伟人，于是我建议将标题改为"以天下为己任"，并以鲁迅的那句"无穷的远方，无尽的人们，都与我有关"为材料，让学生将这一专题的人物作为素材整合成文，这样既使学生更加熟悉文本，也使他们受到了人物身上高贵精神的震撼，从而转化为自己内在的修养。尽管这样的教学似乎并不能取得立竿见影的效果，但坚持去做，学生的语文素养及道德修养是一定可以获得极大的提升的。

教育的根本目的在于学生，语文教学同样要做到以学生的发展为核心。在北师大攻读硕士期间，我兼职担任了北师大汉语文化学院的对外汉语教师，正值完成论文期间，我对要将论文摘要全篇翻译成英语感到头痛，于是利用工作之便找了一位美国的留学生与我一同翻译，为此还耽误了这位留学生一节课的时间。这节课上课的是学院中一位很有威望的女教授，她对我的所为提出了尖锐的批评指责，说："留学生都是交了很高的费用来中国学习的，你有什么资格随随便便耽误人家的课？这完全是一种不负责任的表现。"当时的我几乎无地自容。然而这件事教会我，在教师的岗位上，我们必须做到以学生为本，如果从事语文教学的目的只是为了自我发展而忽视学生的成长，那便是一种不负责任的表现。我开始在备课时下功夫，努力调动学生的积极性。高三的复习是紧张枯燥的，我便通过活动的方式让学生有兴趣参与。例如在讲基础知识时，我设计了一次对联比赛，让各个学习小组自定主题，拟出上联，然后在上课前张贴在教室各处，一节课时间，学生自由在教室对对联，能对多少对多少；第二节课时，就开始进行展示，以对得多的小组为获胜组。有一个小组是以老师们的名字为主题的，他们出的关于我的上联是：任阶前点滴，风霜沉沉，临窗行笔健。最前面和最后面的字连在一起就是我的名字：任健。有同学对的下联是：闻窗外风狂，星光熠熠，伏案用心语。前后的字放在一起是：语文。

全力投入工作的日子很辛苦，但也很充实。每天，我会拖着疲惫的身体回家，回到家中，却又开始了新一轮的征战，熬夜到凌晨是常有的事。觉会睡得很香很踏实，因为几乎总是倦累至极时才上床。我必须将自己以往浪费过去的时光用尽可能短的时间弥补回来。

付出必有收获。曾经有一段时间我很质疑这句话的真实性，但现在我坚信不疑。40岁时，我完成了自己第一本书的创作，组织起运城各县市有激情有梦想的语文教师共同成立了运城市语文教育教学研究会，并创办了我们自己的会刊，建立起我们自己的网站。我还帮助两位在语文方面表现尤其突出的学生出版了自己的文集，自己的教学成绩与荣誉便是这些努力的附属品了。

在语文教学的道路上，我走过了太多弯路，然而我却可以无悔，或许，像别人一样单纯地走直线的生活会更快到达人生的顶峰，但也会错过崎岖小路上的风景与浴血而生之后的成熟冷静，正如黄州时期的苏轼，是磨掉了锋芒之后的成熟。现在，我可以毫不矫情地说，我热爱语文教学，并会在这条道路上坚定沉着地走下去。

语文是什么

似乎每届高一新生的开学第一课，我都会与学生交流"语文是什么"的问题，学生的回答五花八门，有的说就是抄、背、默，有的说是要多读书，有的说是要学做题，当然也会有学生提到语文要学会审美、学会鉴赏，更有优秀的学生会提到收获思想提升境界等。

在学生形形色色的回答中，我也在不断梳理自己的思路，渐渐形成了自己关于语文的明晰概念。说来惭愧，大约有很多年，我并不去想"语文是什么"的问题，我想也一定有很多语文老师同我一样并不去想，也因此并不能形成自己关于语文的理解，于是，自己教成什么样，便觉得语文就是什么样，而并不以为，自己以为语文是什么，就可能会向什么样的方向去引导。

语文是什么？首先，它同英语一样，是一门语言学科，同为语言学科，它也必然与英语一样，可以细化为听、说、读、写四项。这种观点完全不是什么新鲜概念，是几十年前语文学就已明确界定了的，反观我们当今的语文教学，却在不断确立各种各样的新观念中忽略了这一最基本的界定。认真想想，我们从小接触汉语，但我们真的会听吗？我们能够从交流者或演讲者滔滔不绝的语流中迅速把握他要表达的核心意思吗？我们能善于倾听他人的倾诉而不是急于表达自己的观点吗？再从说的角度，我们经常会遇到一张嘴就能口若悬河地絮叨几个小时也不消歇的人，我们笑侃这样的人"太能说"，但这能够等同于"会说"吗？他的絮叨是否有明确的指向？是否有清晰的思路？又是否能让听者真正接受而非自说自话？这样看来，我们的"听"，我们的"说"，其实与语文想要达到的"听"与"说"的目标相去甚远。

那么，如何才能更有效地"听"、更高质地"说"呢?一则是学生的听与说的课堂锻炼必不可少，它首先应该是语文课的内容所在。同时，仅有课堂上的"听"与"说"是远远不够的，它本身也需要内存于心而外显于形的输入与输出，即阅读和写作的支撑。"读"是输入，是积累，这一点是我们这些年语文教育最大的着力点，但效果如何，实在有待商榷，因为很多阅读就如同我们现在的微信朋友圈一样，只是眼睛扫过而并不能真正留心，这样的阅读并不能输入到学生的心中。那些属于学生自己的真正意义上的阅读，首先应该是一种素读，即不借助任何资料而进行的完全自我的阅读，即使读不出其中的内涵，也会在自己心中投下一些影子。而我们现在的阅读，却往往因为解读过多而失去了它的韵味，例如现在特别流行的所谓的"整本书阅读"，一旦兴起，便又是一场运动式的活动，到处都在进行所谓"整本书阅读"的指导，怎样让学生进入书的境界，怎样让学生关注某一细节，怎样让学生读出意韵，林林总总，却很少有人提及，自己留了多长的时间让学生不受任何干扰地完全投入到这本书的世界中。语文界这些年来的干扰大多与此类似，实在堪忧。

然而，即便真正"读"了，成了自己的东西，如果不能输出，那也会很快淡化而至消亡的。语文学习中，输出是最重要的环节，语文学习如果缺乏持续的输出，便会成为片言只语的零碎的东西，而不能形成学生的持续成长的语言能力了。因为输出的不只是语言，事实上更重要的是思考，所有外在的语言都源自内在的思考，语言更大的功效在于将这种思考条理化、明晰化，在这样的不断反复中，使自己的思想越来越清晰条理地呈现并且能够持续地深入下去。就如同自己这些年来在语言表达方面持续不断的进步，一方面得益于自己不断创造的各种公众场合演讲的机会，另一方面自然也要归功于持续的写作，这让自己一面头脑渐趋清晰，一面语言更加简明准确。

不过，如果语文只是听说读写，那它与英语学习乃至其他学科的学习也没有什么大的区别了，而语文之所以更为重要，实则在于它担负着其他学科都难以担负的一个重要职责。这些年关于语文学科的界定将它定义为"人文性"，我以为这样说不妥，固然因为这一概念实在不足以说明语文与其他学科的差异性，更因为它实在未能表达出语文更重要的意义与价值所在。我以为，语文的另一要义在于引领学生在现实的世界之外找到一个属于自我的心灵世界，有了这个世界，现实的一切苦难与挫折都会萎缩乃至消亡，而不是被放大而倍受打击。一位同事曾有过一篇仿文，很为我所欣赏："当信息的沙尘铺天盖地而来，把春天逼迫得仓促而去，或许还有语文，能带给我们希望。因为语文是一棵能抵挡风沙的树，一棵供我们休憩的树，一棵守护心灵的树，一棵能指明方向的树，一棵能发展成森林的树，一棵能唤回春天的树。这就是语文，总出现在我们无路可走的时候。"如果语文老师没有这种为学生创造一个新的世界的意识，他的学生是不幸的。

　　为此，我的语文课堂将会是学生展示自己的听说读写能力的舞台，同时，我的语文课堂一定会致力于学生的精神世界的营造，这，便是我以为的语文。

语文之"情"

一直觉得，成人之前的我就像一株生长于断崖边的小树，虽然一样有阳光的普照，一样有雨露的滋润，却茫然不知自己该怎样吸收这阳光雨露，只任由自己的本能慢慢感知这世界的温度与湿度。因为根基太浅，一阵狂风就可能将我吹落山崖，一场暴雨也可能让我就此倒伏不起，回想起来，孤独是我整个成长历程中的核心词。

如果说有什么改变了我的柔弱，终至于未被吹落山崖，未因风雨侵袭而倒伏不起，现在想来，应该是语文。说这话并不矫情，语文于我，决不只是一门学科，亦不只是一份职业，它是我生命中很重要的一部分，从发现了阅读的美妙而爱上语文，到确定中文系的目标而走上语文教学之路，语文真的改变了我太多。初中的我，经常沉迷于小说的世界不可自拔，因那虚幻的世界而多愁善感，伤春悲秋，说不出缘由的伤心与落泪不知有多少次，也因此而遭受了太多的指责，然而，在这样无故的感伤与受责中，心灵的世界却渐渐丰盈，情感的承受力也渐渐增强。高中时，因为古诗词的积淀与文学阅读的基础，语文课成为我的强项，敏捷的理解力与流畅自如的文笔让我赢得了许多的赞美与羡慕。那时的自己大约同当年的三毛一样，数理化都学得一塌糊涂，唯有语文，始终让自己满怀生活的信心，很多时候，我会庆幸自己的中学时代尚没有被后来愈演愈烈的唯成绩论的氛围笼罩，每个学生只须有一项长处，便可以自足而自信，我的强大的自信心应该便是那时打稳了根基的，而这自信，又使我能够应对后来的诸多挫折而不被击倒，并且能迅速地重新站立。现在，我关于中学的回忆中最珍贵的一幅画面，大概便是每日清晨在教室门口捧着自己钟爱的语文课本走来走去专心诵读的情形，无论这过程本身，还是这弥足珍贵的记忆，都会让我获得一种内心的宁静，也让我的世界不再局限于眼前的现实。

现在，那时捧书所读的文章早已没有了记忆，课堂上的精彩回答与作文本上总被老师当作范文的文字也全然无迹可寻，然而因语文而收获的情感的敏锐丰盈与心灵的安适自足却成了我生活的主导。由此，语文所赋予人的，首要的便应是一个"情"字吧，不过，这是一直存在我心底却未能明晰地发掘出来的理念，将它明确提出的是我远在大洋彼岸的表妹，因为读了我的许多文章，与我展开了一番关于语文的探讨。这大概又是语文赐予我的一件珍贵的礼物，让我可以因写作而与他人的思想接轨，而不是只活在自己的世界与理念中，这中间给我最大感触与影响的，是我的一位朋友，她常常将自己关于教育的一些想法提供给我，让我不断反思自己、反思语文，再就是我的表妹，她将自己可以搜集到的关于语文课堂与理念的东西转发给我，让我可以不止步于现在。

表妹从一位理工专家的角度来看语文，以为数理化包括中学的英语都是技术层面的东西，而语文则是属于艺术层面的，老师不能按照讲技术、科学的方法来讲艺术类的课程，而学生如果可以意识到自己学习的目的在于未来可以找到一份让自己全心全意付出的职业的话，他们对于语文的学习态度一定会不一样的，因为找工作时其实每个人都有很多硬件设备，如果有80%的求职者可以符合公司的硬件条件，最后被选用的人，比其他人更具备的就是软件，而这软件就是一个人的素养，一个人为人处世的能力与用心做事的心思，而这些，是语文课的基础也是优势，是其他学科无法替代的。

这让我又一次思考语文是什么与语文怎么教的问题，这也是自己经常思考的问题。最近听了很多课，不仅是语文，也包括数学英语等，这些学科与语文学科的巨大差异在做学生的时候并不能鲜明地感受到，但现在再听感受就会全然不同，这些学科鲜明的逻辑性、层递性与语文学科所看重的丰富性、深刻性对学生思维的要求并不相同，而语文老师的低调谦逊使得他们更多选择的是削足适履，而非标新立异。语文必须是创造性的、拓展性的，是能够有独立的思考与鲜明的个性的，语文老师如不能念及于此，语文课便很难取得应取得的成效。同时，语文所赋予学生的，仅有生活的情怀是不足的，还应有社会的担当，鲁迅与梁实秋曾有过一场针锋相对的笔战，鲁迅以为梁实秋只活在个人的小天地中，而梁实秋则以为鲁迅太尖锐，不会生活，其实都是有理的，二者如能调和，才会是人生的最佳状态，二者兼具之人，也才是完整自足之人，而这，也应是语文的追逐。所以，有时我会觉得，一所学校的整体氛围固然离不开领导者的倡导，但也在很大程度上与语文老师的素养有关，因为语文关乎"情"，关乎灵魂的塑造，将老师称为"人类灵魂的工程师"，用以指语文老师其实更合适。一位语文老师，被要求的素养应该远高于其他老师，这不是苛刻，而是必须。

另一方面，语文老师的个人素养与课堂的成功并非正相关。我看到过很多优秀的语文老师，个人素养极高，对课堂的情感投入也很多，然而学生并不买账，学生与老师是脱节的，我自己大概也有很长时间是如此。后来渐渐意识到，与学生的情感贴近、融入本身就应是语文教学的一部分，情感与情感的碰撞才会让交流畅通无阻，也才能让学生产生情感的反馈。这种情感的碰撞可以是语言的交流，也可以是文字的交流，我一直是个不太善于与人聊天的人，与学生的话便少，于是，我转而借助文字，让学生去抒写自己的情感，我再将自己的思想通过文字传递给他们，这样的交流使我与学生的情感大大改善，大多学生乐意接受这样的交流。同时，这本身就是对学生语言表达能力的提高与思维的训练。写作应占据语文的半壁江山甚至更多，学生可以由此而获得语文学习的成就感与学习兴趣，更能收获丰厚的情感，我过去的一位学生曾写过一篇《语文之灵动》，她说，她对于语文的感知与热爱是在一次又一次地观察太阳、描写太阳中建立起来的，这观察与描写让她确知，这是属于自己的太阳，而不是其他任何人的。我想，这便是她对于语文所投入的"情"，在这样的自我感知中，她的世界自然也会不断丰富不断博大。

同时，语文课堂毕竟不可轻视，我总以为，语文课如果也仅是知识的传授、方法的反复运用，学生的收获显然不能如其他学科充实，但若能成为思维的延展与深入，学生会慢慢接受并形成自觉的。这在很大程度上有赖于老师的创造力，能够创造性地使用教材、创造性地整合学科内容，同时也创造性地变换课堂形式。按部就班地将教材中的课文一篇篇细致分析给学生，或是永远是老师在讲台上滔滔不绝而学生在课桌前昏昏欲睡的教育状况，早已无法适应时代对于语文的要求，21世纪学生发展核心素养已成为国际共识，它需要学生充满活力去接受生活的挑战，团结协作去迎接未来的考验，所以，课堂上的活力与协作同样是必须的。他们需要共同解决问题，需要积极主动思考，更需要开放自由的空间，而这是语文课堂应该提供给他们的，也是未来教育重新定位的核心。

曾任耶鲁大学校长20年之久的一位教育家说："真正的教育不传授任何知识和技能，却能令人胜任任何学科和职业。这才是教育，也是判断一个人是否受过教育的标准。"语文教学，任重而道远！

语文的生长力

今日奔波两地，听了四节课，两节高中的，两节小学的，整体感受便是：没有比较就没有伤害。当看到小学那么充满灵性、充满活力的课堂转被高中沉闷枯燥的氛围替代时，我的心是受伤的，我们的语文课到底对孩子们做了什么？

一年多来，听课基本成了自己的专业，各学科都听，渐渐发现其他学科的好课很多，而语文的好课虽不能说寥若晨星，也其实罕有。甚至我们常常以为的好课也是经不起推敲的，因为它缺了一种内涵：生长力。

百度了一下"生长力"这个词语，并未查到确切的解释，但立刻搜到海量图片，多是植物的生长过程，从柔嫩到苍翠，从含苞到怒放，我们会因之而鼓舞，因之而动容，正如眼下草长莺飞的迷人春季，让我们因感受到勃然的生机而欢欣而振奋，因为万物的生长在这个过程中是那样的鲜明，那样逼近我们的眼与我们的心灵。那么，语文之所以长久以来如此令人失望、令身在其中的人痛苦纠结，大约正在于它缺乏这样一种鲜明的生长力。其他学科自然也有其他学科的问题，但学科的逻辑性与层递性显然是要比语文鲜明许多，于是，学习的生长力也就更易于在这样的逻辑与层递中找到，而语文的内涵太广太泛，反而使得其中最重要的内涵被忽略掉了。

一

那么，语文的生长力何在？我以为，核心的要素应该是学生鲜明的习得感。即通过语文的学习，学生可以鲜明地感受到自己的成长。我们常常会因学生沉迷于电子游戏而愤愤然，以为他不务正业，却很少去想，这种沉迷，正在于游戏带给他们的成就感，因为不断通关的设计让他们鲜明地感受到了自己通过努力而获得的进阶。再如仅用三四年时间便成为了在线英语独角兽的 VIPKID，它对孩子们的巨大吸引力往往并不在于课程本身，而在于他们能够通过上课而获得的不断积累的能量石，从而用它换购其实原本造价不高的小礼品，这种通过上课而获得的看得到的成长值满足了孩子们的习得感，便使得他们很乐意成为课程的忠实粉丝了。

如此，再反观我们的语文课堂，便很容易发现：语文学科一直沉浸在单篇课文的学习中，貌似通过每篇课文的学习都可以收获大量知识与情感内涵，诸如作者生平、创作背景、字词、艺术特色、作者情感甚至时代意义等等，然而，学生并不能从中感受到任何个人的成长值，而每篇课文的循环往复，造就的便是徒然的时间与精力的消耗，最终消耗掉的便是学生对于语文学习的兴趣。那么，为学生创造习得感便应是使语文获得生长力的重要部分，这种习得感不仅要在一段时间的学习后感受得到，在每一节课的学习中也应该要感受得到。

使学生获得课堂的习得感，寻找课堂任务点是有效的途径之一，这一点也是自己那时追随梁元成会长时最大的收获，意即课文只是我们的一个媒介而不应成为目标，我们只是借助这一篇课文让学生收获一个点，将这一个个点连缀起来，从而构成语文学习的网络。这需要对语文学科的整体筹划而非零散的感知，其实是一项非常艰巨的任务。例如学习小说单元，如果每篇文章都在讲三要素，讲主题，学生还没听便会产生一种拒斥感。但若每篇课文只解决一个问题，反而更易让学生接受，例如今天这位老师所设计的《林教头风雪山神庙》，便只放在了细节描写上，可以说是一种好的设计，因为可以让学生通过这一课的学习，明确地感知到自己学会了读小说中的细节，也学会了通过细节描写刻画人物的手法，这便是一种习得感。我自己在上《林黛玉进贾府》一课时，便放弃了多年来的传统教学方式，只设定了一个课堂任务点，那便是：通过这一课的阅读感知，结合自己对《红楼梦》整本书的阅读了解，以及与其他作品的比较，分析《红楼梦》成为经典名著的原因。原以为学生可能只是泛泛而谈，我自己也做好了最后讲解分析的准备，但事实上，即便一些学习力不是很强的学生，他们也能说得头头是道，远远超出了我自己的想象，他们提出的很多观点也是我在备课时并未想到的。更重要的是，在他们自己能够对经典作品做出分析后，他们对经典名著的不自觉的抵触可能就会消减很多，会重新审视并发现名著的魅力，这种习得感，我想他们是可以感知到的。

二

自然，这种课堂意识转变的根本还在于老师，唯有老师自己具有了这种变革的课程意识与学生意识，学生才可能从中收获更多，习得感更强。首先就语文课程而言，多年来造就的阅读中心的意识现在已有很大的改观，写作的重要性越来越被人们看到。然而另一方面，写作教学的现状其实是非常令人担忧的，我们的写作教学的成果出了不少，体系越来越庞大完善，但学生的收获感并不值得乐观。我以为，很大程度是由我们的学生意识造成的。我自己上学时的经历便可以印证这一点，每次作文课，老师都会拿几个学生的文章作为范文来读，而且时间一长，几乎每次范文都是这几位同学的，只不过我自己还算幸运，那时总在这为数不多的几个人之内。我也问过自己的学生，他们既有的语文课堂的感受与我相同，班里谁的作文写得好大家都是很清楚的，然而这才是最大的问题所在。因为写作原本是不可以用范文来框定的，尤其是脱离学生写作实际的范文，实在是对学生的写作水平丝毫无益，现实却是我们的许多老师仍会费尽心思寻找标准范文，且一定要分出一类文、二类文的标准来让学生分析，听这样的课的时候，我常常会觉得自己不寒而栗。我们的作文教学就是为了制造机器的零件，让大家全都一个模子吗?这需要对多少真正杰出的写作人才进行戕杀啊。

只要稍有写作经验的老师便应该发觉，现实生活中的写作全不如此，个人秉赋性情不同，写出来的东西本就是人各一面各具风貌的，虽也不免会有优劣之分，但并无严格意义的好坏之别。我自己在讲写作时，是从不用现成的范文来讲的，而是就学生的文章分析学生的文章，更重要的是，这种分析不是谈好与不好，而是寻找每个学生的特色所在，基本每次讲写作，一个班级三十多人，我会找至少十几二十份来分析，并不去读原文，而是分析他们各自的特色，告诉大家，每个人都可以成为优秀的写作者，都可以成为最好的自己，重要的是用心对待这样的写作任务便好。这样，学生有了一种成就感，写作的积极性自会大大提高，一个学期下来，学生在写作上的提高他们是可以鲜明地感受得到的，而且很少会有开始时对于作文的那种畏惧了。

三

教师的这种变革意识，还在于一种不满足的心态。教学多年，很容易产生懈怠的心绪，语文老师似乎尤甚，因为语文老师思想中，道家"无为"思想的影响比其他学科的教师更大，多年的教学经验积累，尤其易使他们满足于自己既定的成果，课堂上更易于信手拈来已有的思维，变化不大。很敬服过去身边的一位老教师，他每教完一本书，便将自己用过的书扔掉，用全新的教材去教新的学生，这时他便可以有一种新的思考新的创造，从而使自己的课堂永远都在创新的途路之中。这也是我自己一直以来努力的方向，我期望自己每一年的教学都可以有新的突破，都可以感受到自己在教学过程中的新的生长，而这样的生长，必然也会投射到学生身上，不仅使学生从课堂本身获益，也从这样的人生态度中感受到自己生长的渴望。

自然，除了课堂意识、写作意识，语文教师欲要自己获得教学的生长力，必需有大量的阅读辅佐，一个不写作的语文教师很难教出写作优秀的学生，而一个不阅读的语文教师，更不够格成为语文教师。反观我们身边的语文教师，他们的阅读，多只限于与课堂教学相关的内容上，且多是片段式的阅读，能够花费精力进行大部头作品阅读的，其实寥寥，这实在是语文教师的悲哀。我以为学校的教研活动形式多样，而对于语文教师，最好的形式其实莫过于读书会，当阅读成为习惯，语文教师才会在自己的专业道路上不断收获新的成长，也才能让学生真正收获生长力。

在百度的过程中，搜到一本关于企业管理的书——《成长力》，这是一位美国作家的作品，我大概看了一下目录，发现企业的成长力其实与我们的语文生长力没有本质的区别，一样需要变革意识，一样需要心灵的参与，自然，也一样需要以人为本。语文，原本是社会的一部分，是生活的一部分，欲使它不僵化，则需使之不断生长。

学理之辩

　　我不是一个好争辩的人，大概因为我的思想中道家的成分太重，我一直特别认同《道德经》中的一句话："生而不有，为而不恃，功成而弗居。夫唯弗居，是以不去。"一个人的持守也罢，功业也罢，不需要自己不断向人陈说，但真正的功业是不会被抹去的，为此，我一直是个很低调的人，虽然这低调在现代社会中似乎很不被人看好。

　　因为这样的思想根深蒂固，我一直不太认同儒家的汲汲于功名。有人说，道家是为君之道，儒家是为臣之道，细想来，还真有道理。虽然儒道在哲学领域从来不分轩轾，但因了这份汲汲于功名而不免落了下乘，儒家思想里，我特别喜欢的是那句"毋意，毋必，毋固，毋我"，更通达一些。在这点上，儒与道是共通的。而更多时候，儒家都是为了功名而不得不四处奔波游说，不得不窘迫狼狈，虽然这样的人对社会的贡献无疑更大一些，但就一个人卓然于世的风骨而言，到底局促了一点，少了一份大气。所以我们想到孔子，总是一个微胖而谨慎的老者，双手揖举，严守"礼"防，而想到老子，则会是仙风道骨、凌空蹈虚的形象。

　　由此，我本无意于在辩论的道路上继续下去，只是由于写作的关系，心里有了一种想法，总觉得不吐不快，便随性而发。建文与我，一直都有很多的共同点，这也是我们可以一直愉快地合作的原因，但在学理这方面，我还是无法认同。诚然，学理的丰富意味着语文教学意识的增强，无可置辩，然而每一种学理都有它的局限性也是事实。语文教学如果有一种"理"可以统驭，那也是以学生发展为核心的"理"，除此之外，每一种具体的学理都可能将人导入执念之中。例如建文极其认同的"思辨教学"之理，大概源于余党绪的语文教学思想，我不否认其合理性，但我在读余老师的《祛魅与祛蔽》时，最强烈的感觉就是他的执念。例如他在与名家的对话中，总在有意识地将对方的思绪引到"思辨"的重要性，虽然对方一开始根本没有这种意识，但在他的不断强化与引导下，也会渐渐觉得可能确实如此，于是最后便达成统一。然而，既然这些名家一开始并没有这样的意识，那说明他们在平时的工作中并没有按照思辨的所谓原则在进行，然而他们一样可以凭着自己的热情与努力取得自己领域中的成功，这岂不本身就是一种反证吗？再如建文谈及自己的小说教学，最后得出的结论是学理的重要性，我不能苟同，如果要找学理，每一位老师都可以轻而易举地为自己找到一种学理的支撑，正如我们大学写论文时，很多人往往是先有了自己要写的内容，然后再到处翻阅资料寻求理论支撑。其实，如果不谈什么学理，学生一样可以在投入的阅读中有所收获，要找学理只是一种本末倒置罢了，这正如我们让学生做的文本阅读中的"因果倒置"的问题一样。

学习中国文学史，我总也记不准、绕不清的是明代的散文发展，从台阁体到茶陵派，接下来又有前后七子，还有唐宋派、公安派、竟陵派等等，总也让我头疼不已，最后留下的，便只有这些名字而已，具体的主张、作品能清晰理出头绪来的寥寥无几。最大的原因，我想可能因为他们的主张虽然明确且各成一家、各有所长，然而并没有太多优秀的作品作为支撑，于是，他们所倡导的理念、名词便成为一种被架空的东西，距离文学的本质相去甚远了。私以为，目前的语文界颇如明代的文坛，走得越远，听到的理念、名词越多，可谓八仙过海，各显神通，且公有公的理，婆有婆的理，我们很难驳倒任何一方。然而要去学习时，却发现很是茫然，不知道这些理念与实际的课堂如何联系起来才能真正有助于学生发展。前几天去101中学听程翔老师讲《窗》。富于戏剧性的是他在上海讲这一课时是给高二的学生，在本校讲同一课却是给初一的学生，在那场以

"思辨教学"为主题的现场会上他用这一课来阐释思辨阅读的教学，而在今天这节课上却完全没有刻意体现或谈及这一术语。在课后的互动环节，我提出了自己的疑惑，问他这节课如何体现思辨性，他的回答是，所有的教学思想都需要有一个具体的依傍，不能为思辨而思辨，不能让思辨成为海市蜃楼，要讲小说，还得根据小说的特点和规律去谈思辨。这让我意识到，一种教育理念，无论听起来多么有理，多么高大上，如果不能落实到具体的课堂中，不能使学生产生真正的收获，那它就如同很多学生的考场作文一样，徒有其表而无实际内容，过期无效。

回到建文对我那篇《语文之"情"》的辩驳，他以为教学中，有情固佳，无情也无妨，重要的是必须在基本的规约内遵循学科学理开展教学活动，才能稳步提升语文教育的质量。这样的争鸣我很感激，然而就语文教学的"情"与"理"而言，我以为是没有什么争鸣的必要的，既然是课堂，没有学科的专业知识、理论的支撑，没有教师处理和应对课堂的能力是不可能得以顺利进行的，这本来便毋庸置疑。我所想要表达的只是在同样具有这样的"理"的过程中，我们更应关注的，是学生的实际获得罢了。上海师大卢家楣教授专门就"以情优教"进行研究，他也从未说过"以情代教"。所以，无论说什么，我们最后要看的，还是学生的实际获得，而且这获得，还不应仅是知识能力方面的获得，也应该包括情感的获得。

从这个角度去看程翔老师的课堂，整节课从头到尾，他都是微笑着的，和蔼地与学生进行交流，引导学生不断思考、不断获得。虽然学理是程老师提出的教育观念，也是他处理教学的根本依据，但若不注重与学生的互动交流，不能让学生心悦诚服地融入课堂，课堂效果也会大打折扣。在现在以学生发展为核心的时代教育大背景下，无论怎样讲理念，不能让学生有真正的收获，便是无效的课堂。

语文学科应该遵循一定的理念，但这种理念应该是基于学生发展的大理念，不是一种具体的操作方法，没有一种操作方法可以包办一切。程翔老师提出的"学理"，是要求语文老师不断学习，对本专业的最新理论及实践成果有所了解，对课程理论及课堂处理方式有所把握。例如讲小说，便要熟悉小说的理论与实践；讲诗歌，则应有一定的诗歌积淀等等，而不是以一种学理大包大揽。现在，各种学理满天飞，并未见得让语文教学发展有真正实质性的突破，如同我们最初去饭店吃饭，觉得一切都比家中美味，因为饭店的饭菜调料较重，在菜品的原味上不断增加其他味道，然而时间久了，一定还是家中清淡的饭更入口，因为一切外在的东西都经不起时间的考验。学理也是如此，一篇文章，用心读自可读出内容，不必谈什么学理，以学理冠之，只是纸老虎罢了。

为此，教师可以不被名目繁多的理念遮蔽了双目而无所适从，只需着力于自己课堂的实效性，以扎实的教育功底和最优的情感熏陶影响学生，让他们乐学并且学好才是教育最可取的方向。

公开课之我见

　　每一次的公开课后，都是一种疲累到灵魂出窍的感觉。其实早在几年前便决定不再参加各种赛讲或大型的公开课，因而连参加"金钥匙奖"的机会都主动放弃了。那天读到张丽娟老师的《我为什么还在讲公开课》，不免自觉羞愧，张老师在同事们心中是女神一样的人物，在教学中取得的成绩让我们大家都不能不仰头视之，但她始终那样谦逊而努力，那如我这样一点成绩也未取得的，哪里还有资格自视高明而不去奋发呢？更何况，这毕竟是自己在新环境中的第一次公开课，更没有资格狂妄自大了。因而，我用了整整三天的时间来精心准备自己的课堂，虽然教学总是一门充满遗憾的艺术，但终究还算自我感觉良好。

　　研究会在绛县研讨会后，不少老师在群里发表了自己对于公开课的看法，自己不免也有一些想说的话。我以为公开课首先是老师们最快的成长途径。回想自己在教学中的大的成长，几乎就是一次次的公开课累积起来的，教学生涯中印象最深的课堂也几乎就是这一次次的公开课。郭世永校长在《河东新语文》的"成长之路"专栏中有一篇文章，题目就是《公开课历练二十年》，大概这也并不仅仅是我与他的共同感受，而应该是所有语文老师的共同感受。同时，这也是为师者的一种职责所在，年轻教师需要借公开课自我提高自我成长，中年教师需要借公开课自我提醒自我警策，而年长的教师也需要在公开课上将自己的毕生经验与感悟传达给年轻教师。在这条路上，没有谁可以自得自满或自羞自愧地缩在自己的课堂中，这是一种不负责任或退缩。在我担任教研组长时，遇到公开课的安排，一些年轻人表现出的是无奈，而一些长者又不免抱怨，我总以为这都不是一种正确的姿态，自己年轻时所表现出的对于公开课的踊跃或许受人讥嘲，但缺乏这样的踊跃，便缺乏了对于职业的热情与迅速成长的空间；年长一些，我更愿意让年轻人从我这里得到一些启示，来反思自己的课堂，所以，对于校内的公开课，我从不拒绝，而且很多时候都是主动承担首任的。

但另一方面，公开课不是自我作秀，我之所以拒绝参加赛讲也是如此，这种公开课的结果无非是得到一张获奖证书，而且没有谁能确定这张获奖证书能否代表自己的真实水平。我以为公开课的最终目的还是为了让学生在自己的课堂上收获更多，而不是秀给其他老师看自己的水平有多高。因而，在公开课的具体内容上，我向来反对那种看似热闹非凡或深度很高却并无多少实际价值的课堂，记得一次听公开课时，我不留情面地质疑一位老师的一节课有上的必要吗，结果遭到了大家的一致反对。但现在我依然这么认为，因为这节课的课前和课后学生并没有得到任何实质性的提高。还有一位老师的个人水平相当高，但他的一节课完全摆脱了文本而在东拉西扯秀个人的渊博，我以为这样的课堂也不值得称颂，学生虽然云里雾里听得似乎很专心，并由此敬佩这位老师的学识，但对于所要学习的内容，依然找不到任何方法和途径。毕竟，中学阶段，我们需要教会的是学生如何学习。因而我自己在设计公开课的内容时总是尽可能做到紧扣文本提炼方法，教会学生阅读和思考。我最常做的便是在公开课前，捧着一篇文章反反复复地自我阅读，不借助任何参考资料，大概读到二三十遍的时候，我的课堂思路就很清晰了，然后再去补充填充。由自己的阅读经验而引发出的教学往往是一种方法的积累，于是在课堂教学中，教给学生内容的同时更多的教给他们的是一种方法，使其能够触类旁通。我并无意炫耀自己的方法一定正确，但至少我可以自诩不是他人学识的搬运工，而是有着自己的思考的，而我们要教给学生的，不就是这样的一种思考吗？

在公开课的经验上，我觉得最想与人分享的是我的课堂设计方法，我从来是把公开课的教案作为一篇文章来写的。写作是一种完全独立的创造，它虽然可以学习，但没有任何一种别人的方法完全适合自己。就像王欢老师所讲的那节公开课，我并没有听到，但我看了他在群里发的自己的课堂讲稿，看得出，他是以自己深厚的文字功底来驾驭课堂的，这是一种值得称道的讲法，也因为如此，我历来认为，一个自己不从事写作的语文老师，很难成为一个真正优秀的老师。但写作有着自己独特的阶段性，第一阶段的写作可能会无话可说，就像我们最初上讲台时不知如何处理，只能借助各种资料各种参考；第二阶段则是会说了，但话太多，开始杂七杂八，貌似广博而实则凌乱，就像稍有经验的教师在课堂上会给学生讲很多课外的东西，博取了学生的赞美而洋洋得意；却不知，写作的最高阶段则恰恰是简约洗练，去掉一切多余的修饰而言简意丰，这也是课堂应该追求的极致。所以，看了王欢老师的课堂设计，我在称赏的同时，也意识到他正处在教学的第二个阶段，如若能有意识地进行精简，他在教学上的优秀指日可待。我不愿以一位长者的身份自居，但一直以来对于年轻人的成长都极其关注，因为自己年轻时在这条道路上倍受困惑而无人指点，一路跌跌撞撞磕磕绊绊走到现在，但凡有年轻人认可并乐意接受我的帮助，我总会不遗余力倾囊相授的。当初成立研究会，很重要的一个原因便是希望那些真正有才华的年轻人不必一定要在体制的框架内一步步熬资本，而是可以通过这一条途径脱颖而出，王欢老师让我看到了这份期望的实现，但还是希望可以有更多这样的优秀者不必经历自己年轻时所经历的无助。

写作此文中间，接到了一位老领导的电话，关切地询问我的现状，一时不免感激涕零，所有的付出与努力终究都会受到他人的认可，虽然这并不是自己的初衷。公开课是这付出与努力之一。

我思故我在

在一篇关于阅读的文章中，我曾提到思考缺席是现代社会的通病，在越来越多彩的现代生活中，我们每天要接触大量的新信息，这让我们本已忙碌的生活满满当当，几乎没有时间可以留给我们自己去思考。这便如我们被塞得过满的胃一样，连消化的空间也没有了，就必然导致身体的不舒服，而我们的心灵如果被外在的信息塞满，没有空间让我们自己的思考存在，那也一样会导致灵性的衰微，而至于只为活着而活着了。

我常会对自己的学生说，我允许你们在课堂上发呆，只要你们发呆后能够有所收获，并将你的收获转为表达就可以。在我看来，发呆是人类的专长，我不知道动物是否也有这样的本领，但人的发呆可以产生思想的火花，这是无疑的。以我自己为例，我曾在漫长的乘车途中长时间发呆，而不觉时间之难熬；也曾在无眠的夜间任由思绪飘飞，而不知何时产生的一种想法便决定了之后的人生。从现实的角度而言，我从来不算是一个很勤勉认真的人，然而我从来只生产自己的思考而不搬运他人的成果。自然，这思考一定是建立在他人的成果之上的，但不会是直接拿来。作为一名语文老师，我曾仰慕那些将教科书写得满满的勤奋者，以为自己太不够刻苦，因为自己的教科书总是如同最新印刷的，连标记都很少有。然而后来我意识到，如果书上满满的字迹只是他人成果的搬运，对自己的成长并无太大裨益，我更愿只写极简单的教案，但完全是我自己的思考，也带给学生思考的空间。再以听课为例，不少人几乎逢课就听，其认真敬业精神着实可敬可佩，但其专业成长不见得迅速。我自己从来没有真正拜过一位老师为师傅，也没有很认真地听过几节课，但我会思考自己的课堂如何处理才能更好，思考这一门课程如何才能形成序列，这样，在专业方面，我还是得到了较快的提高。

听一次讲座，参加一次培训，或是举行一次活动，参加者的身份并没有发生变化，然而收获却差异极大，这正如同样在一个教室同样听一位老师上课的学生，收获到的也绝不相同，我们常常将此归为勤勉的程度，然而事实不然，我们常会发现一些貌似勤勉的学生成绩不佳，而一些似乎不够认真的学生反而带给我们意外，这其实还是思考使然。这样看来，做事并不在多，而在于做一件事后的反思，由此，我以为让思考成为习惯，不仅是我们自己必须有的一种意识，更是我们培养学生的一个重要目标。

读一本书，我们应该找到自己的关注点，并反思自己为何要关注这一点而非另一点，这对自己有什么样的影响；观察一个新闻事件，在人云亦云的背景下，理出自己清晰的判断以及做如此判断的理由；参加一次活动，学会观察其他人的反应，并比照自己的意识，分析产生差异的原因……这些都是我们训练自己思维习惯的一种方式。总之，不让自己成为一个生活中的被动者，而是主动调动思考，成为自己思想世界的主人，让自己站在自己思想的舞台上表演。而对于学生，则要努力让他们成为课堂或活动的主角，一个人如果能意识到自身的重要性，他的创造力、思考力便可能被无限地激发出来，一位教师，如果总在抱怨学生不主动不配合而不反思自我，是很难取得真正的突破的。

有思考，还需思考后的沉淀，否则，这思考便如嗜烟之人吐出的烟圈，或如年节所放的烟花，虽具特色甚至美丽耀眼，却会很快消散，最后而至无痕。想让思考留驻继而深化，则需将这思考转化为表达，表达的过程本身便是对思考的一种整理，而表达后的思考则会沉淀成为个人内在的素养。

我们常常羡慕那些出口成章下笔成文之人，而苦于自己不擅甚至不会表达，其实表达远较思考容易得多，因为表达是一种技能，而凡是技能就都可以通过训练获得，如果我们可以多为自己创造一些表达的机会，例如在公众场合的发言，或是与各类不同人物的交流，就会逼使我们将自己的表达条理化、准确化，最好是有意识地强化自己的书面表达能力，这会让自己在进行口头交流时也会有意无意地形成清晰的思路和明确的主题。我自己在这方面体会很深，从小形成的性格使自己较为封闭，不太会与人交流，在表达方面完全没有自信，然而在成立研究会以及之后各类活动的过程中，不得不与各行各业各类人物打交道，不得不主动联络各县市语文学科教学中的佼佼者，不得不草拟各种公文报告，也不得不进行各种公众场合中的演讲，两年时间，我已能够十分自信地进行各种口头与书面的表达而丝毫不觉滞碍了，愚钝如我，而能在自己最不擅长的领域取得如此进步，我想有心为此者均可以超越我。

现代多媒体社会的丰富化使表达的方式越来越多样，各种图表数据直观影像都成为表达的主要方式，然而，无论方式如何变化多端，背后的支撑仍是思考。语文学科的教学一面应力求跟上时代步伐有所改变，使用多样化的表达方式使学生更感兴趣，一面也应固守思考之本，不浮沉于形式的起伏变化随波动荡。这自然也对教师的个人素养提出了越来越高的时代要求，缺乏真正的思考，会被课改的洋流冲击得无法站稳脚跟。

成为一个乐于、善于、习惯于思考的人，是我们存在的重要价值。我思故我在！

一节课引发的思考

两周前，就已给学生布置了准备这周二阅读课要举办的读书会。上周，与学生交流后，决定开展一场别开生面的游戏型的读书会，学生都很兴奋，也很期待。结果，因学校通知我本周二开始参加一场历时颇长的海淀区新课改培训会议，不得不将时间临时调整为周一，并于周末在微信群里再次与学生确认此事。

这便是这节课的前奏，可以说一切俱备，却不料在课前出现了一点意外，因为有老师要听课，让我一时心中颇为踌躇，如果依照设想上成游戏型的读书会，这节课很可能会上得不尽人意甚至失败。于是我在课前先去了解学生的准备情况，结果发现，准备情况确实不算良好，于是觉得找到了最佳的理由，告诉学生再做几天的准备，准备好了再开，这节课就临时改为继续先前的教学内容。学生并没有提出什么反对意见，于是课堂就这样开始了。

虽然是临时调整，但我还是很自信自己的课堂准备是相当充分的，无论从内容的扎实、学生活动的设计等等，我都称得上用心。然而，一切并不如我所愿，课堂上，我渐渐发现，除了对我特别信服的几个学生外，其他学生似乎有一种无形的抵触，并不能如平时一样很积极地投入课堂，甚至一个我素来还比较看好的学生在课堂上公然顶撞我，认为我所讲的内容没有太大的意义。这让我意识到，这节课显然出现了很大的问题，然而，中途易辙已不大可能，我只好硬着头皮将这节不成功的课继续下去了。

下了课，许久不曾有过的一种挫败感袭来，让我无法专心做事。于是干脆回家休息，路上，我开始意识到，这节课从一开始就出现问题了，而问题既不在于我的课堂内容，也不在于学生的懈怠无为，而首先在于师生间未能达成一种心灵的接纳。追根溯源则是自己忽略了学生心里的强烈愿望，忽视了他们应受到的尊重与信任，而自以为是地按照自己的想法控制了课堂。前几天自己刚刚发文，就关注学生实际获得的课堂教学谈自己的思考，出发点就是认识学生、接纳学生，然而紧接着我便在这一点上犯了错误，只能说自己在教育的路上还是没能真正做好这一点。那么想来，虽然形式不同，但与我一样在这点上犯错误的老师应该也不在少数，所以出现学生在课堂上的各种问题便在所难免，而我们最终往往又将这些问题的出现归咎于学生的不认真不专心，实在是从一开始就在自误误人了。所以，教师自身的思想与行为对课堂产生的重大影响，可能远比我们想象的还要大得多。

这是我最大的感触，其次，我还意识到，一个教师处理课堂突发事件的能力也是做教师的必要修养。就如这节课上，有学生对课堂内容的必要性提出质疑，这时我只是从专业的角度对这一点进行了自我阐述，便开始继续这节课的内容了。而如果我能够在当时引导学生对这一问题展开讨论，先解决学生的思想问题，让他们意识到学习的重要性，大概也会有不一样的课堂效果。然而当时还是更急于要完成课堂任务，也不愿在有老师听课的时候旁生枝节，于是就让这个问题最终成为问题留在学生心中。然而，如果这个问题一直悬而不决，以后如何让学生更加专注于课堂？这给了我另一点提示，很多老师喜欢以课堂内容完不成为由无视学生的感受，只顾自己赶进度，同我今天的表现没有什么区别。然而，根本问题不解决，赶进度便只成为赶进度，学生的实际获得并未因赶进度而有所增加。所以，要想让课堂更有效，有必要解决掉一些基本的、前提性的问题，让学生先投入到课堂中来。那么，课堂的应变处理能力虽是一个老师的基本素养，但也可以体现出一位老师的教育理念与引领方向，这同样需要修炼。

再次，从学情出发调整课堂的必要性。在这节课上，我进一步发现，学生在一些基础知识与能力方面还存在很大的漏洞，但我们的课堂似乎并未因他们的漏洞而进行调整，而是继续一路向前，下课后反思，我一节课似乎给学生说了好几次："这是我之前讲过的。"然而，我讲过的学生却未能落实，这本身便说明了我的教学的无效性，那又怎能一味怪咎于学生呢？我们在反复强调自己讲过了时，为什么很少去想我们为什么需要一讲再讲呢？怎样才能让学生在讲过之后就可以有很深的印象呢？事实上，这些学生在接受一些他们感兴趣的东西，诸如手机软件的应用等，是根本不需要有老师讲更不需要反复讲的，我们虽然无法让所有学生对所学的内容感兴趣，但至少，我们是可以想办法让我们所讲的内容对学生有更深的印象的。那么，我接下来的任务，便是将所讲的内容加以强化，或是换一种让学生更乐于接受的形式，让学生对所学内容的印象更为深刻。

最后，改变思维习惯的艰难性。课堂上，我让学生根据我所讲的内容去进行同类分析，有学生说，我最不喜欢思考了，还是讲吧。我回答，不思考便不能真正学会学习。然而，这样的回答我自己都觉得空洞，思维习惯一旦形成，真的很难改变，何止是学生，我们自己又何尝不是？学校一般都会要求老师多学习多反思，然而我们的思维惰性也会让我们讲完课了事，也会让很多老师一种教法用很多年而不变，想要调动他们的教学积极性之困难，我早已深深领会感触到了。这些老师未尝没有出色的才华，然而思维方式的固化使他们很难在自己的领域真正达到优秀，只能将工作当作饭碗罢了。由此，学生未来的发展大概也是从他们现在的思维方式确定的，善学善思者即便成绩并不喜人，未来也很可能会异军突起。那么，如果我们不趁着尚有可为的现在让他们的思维活跃起来，一旦思维定式形成，他们也一样会沦为只为饭碗而工作的工匠罢了。我们怎么能用一句轻飘的"反正该讲的我都讲了"为自己的教学注解呢？

这样一想，教师肩头责任之重大，确实不可轻忽。哪怕只是最平常的一节课，也需要我们运用百般的智慧，才能一点点为孩子们更良性的成长奠基啊！

也谈文本细读

期末统考的试卷中有一道微写作的题目，引到卡尔维诺谈阅读的一句话："在青少年时代，每一次阅读跟每一次经验一样，都会产生独特的滋味和意义；而在成熟的年龄，一个人会欣赏更多的细节、层次和含义。"这让我忽然想到了近几年在语文教育领域颇为风靡的一个词语：文本细读。

我自己便曾被这一理念深深吸引，大约是在读到一本《文学文本细读》的专业书籍之后。或许是因为那时读到的专业书籍还太少，教学还只是一种完全感性的自我摸索以及自我摸索之后的经验之谈，于是很容易被一种理论吸引，以为这才是指引教学的正确方向。也或许是因为那时正对叶嘉莹的诗歌理论着迷，几乎读遍了她的相关理论书籍，对她那种深入解读、细致剖析的阅读思路深为服膺。记得自己的硕士论文也曾一度想要以她的理论为指引，适逢这本《文学文本细读》恰与叶先生的研究思路相符，于是颇有相见恨晚之感。于是，我对教材中的每一篇文章、每一首诗歌，都试图将它读到再无可读的地步，这样的做法确实使我在自己的专业领域有了极大的提升，从此，我便放弃了几乎所有的教学指导用书，拿到任何一篇文章，都能很快读出属于自己的见解，联想到可以联想到的一切相关资源，这使我能够在自己的课堂上轻松驾驭，而且也是一种颇为吸引学生的做法，因为旁征博引很容易赢得学生的敬服。那时我也开始了自己《诗情词心》一书的创作，这种文本细读的方法让我很快找到了思路，将所涉及的诗歌做了尽可能细致全面的解读，将可以串联起来的内容寻找到一条线将它们串联起来，这样，这本书的框架便基本架构起来了。那时我也正担任着学校的语文学科教练，指导学生的语文学习，不知从何下手的自己也正好借助了这一阅读理论，引导学生通过细读几篇文本来把握阅读的思路与方法，而且颇为自得。

我不记得这一理论受到自己的质疑始于何时，由何而起，大概是在这种越来越细致的解读中发现学生渐渐失去了兴趣，使我不得不改弦更张。并由此想到，我所敬慕的叶先生的讲座，若是放在中学来讲，大约也并不能受到欢迎，我自己在北师大曾有幸得睹其容，得听其音，但似乎也并没有想象中的紧张投入，毕竟，研究与课堂是两回事。而我自己的那本书，也并不能如预想中一样可以真正成为指导学生学习的参考书，学生并无意将每一首诗了解到那么透彻。而文本细读的教学思路很快也被我放弃了，尤其是学校推行课改之后。

再到后来，读到潘新和教授的语文教育学著作，更觉"文本细读"一法在中学教学实践中的荒谬性。自然，不是这种理论本身的不可取，任何一种能够产生较大影响的理论应该都有其存在的合理性甚至权威性，然而也需要考虑它的适用性。试想一下，在语文课堂教学越来越向纵深方向发展，对于文本的解读越来越细致的情况下，学生还有多少空间与时间来自我咀嚼自我消化?现在的中学语文课堂，一首几十字的小诗，也需要用整节课甚至两节课的时间来探究揣摩，一篇现代文，更是要读出每句话背后的故事、深刻的内涵，这便难怪鲁迅的作品越来越令人生畏，而史铁生的文字也如同猜字谜了，即便平易如朱自清，一句"这几天心里颇不宁静"也已经让天下学子心中不得宁静了，我们还要怎样地细读下去?

我想到自己的中学阶段，正是一段潜心阅读的好时光。那时的读物，并无严格的甄选，那时的阅读也没人教过方法，只是读，在一种近于混沌的阅读状态中，思路渐渐清晰，文本背后的含义渐渐浮出水面，至于教材中的文本，也能很快领悟其内涵了，这为自己后来的细读文本打下了坚实的基础。但若是一开始就有人教我，需要一字一句细细品读，大约只会败了我阅读的兴味而倒了胃口，从此对阅读视若畏途。这让我想到《庄子》中倏与忽为混沌凿开七窍的故事，七窍开而混沌死，阅读一事在青少年时期，应该正是混沌之时，无须太过细致地品读，方法自也有，但一定在阅读之次，如果我们的语文课堂总在喧宾夺主，那我们岂能责怪学生读书太少？

　　自然，文本细读究竟还是一种可取的读书方法，但更适用于成人，尤其是那些从事语言文学的研究与教学的成人，读得越细越有成效，然而要面对十多岁的孩子，还是少一些这样的细致主义吧，想想自己的青少年时代便好。忽然想到女儿在她的一篇文章里所写过的："所有的大人都曾经是小孩，虽然，只有少数人记得。"我们习惯性地选择遗忘，而以我们自己的标准来要求孩子，教学之事也类同。还是如同卡尔维诺所说，在成熟的年龄再去欣赏更多的细节、层次和含义吧，还学生一个混沌的而非条分缕析的世界，或许是对他们的最大恩赐。

研究会三周年

研究会三周年。

这个概念是通过研究会公众号发出的邀请函定格到我的脑中的，随后便收到了晓丽的邀约，而我，在经历了兴奋、期待、踌躇等种种情感后竟然最终决定不回。

做出这个决定在我看来其实还是颇有些心痛的。固然自己新的工作岗位确实很忙碌，想要在这样的忙碌中抽出时间回家确实很难，然而另一面，毕竟还有些说不清道不明的情感在其中，如同看着自己心爱的孩子一步步成长起来而又渐渐离我远去，想要追却发现自己无力去追一般。

虽然离开对我而言意味着一个全新的世界的展开，但离开本身依然不能不令人满怀遗憾甚或伤痛。而这遗憾或伤痛的最大来源，既非对舒适的生活与轻松的工作的难以舍弃，亦不是对充满温情的家的百般眷恋，而是来自我们的团队——一个最优秀的语文人凝结而成的凝心聚力的团队。这个团队中，有众望所归、自愿挑起运城语文传承帮带重担的梁元成会长，有出口成诗、在全省甚至全国享有名师声誉的女神张丽娟，有自创河东吟诵学派、对传统文化有着深入研究而成为《语文教学通讯》封面人物的帅男柴海军，自然也还有我们这些虽不名于世却也各有所长的语文后辈们：建文独到的研究、争红深厚的学养、晓丽洒脱的课堂等等。我是一个电影迷，尤其对科幻、动作类的影片感兴趣，例如《美国队长》系列、《速度与激情》系列，也包括一些迪斯尼动画电影如《超能陆战队》等等，发觉这些电影中的一个共同点，就是团队合作，团队中的每个人都不是全能，但都有自己的一技之长，而一旦组合在一起并能合力作战，他们便几乎所向无敌。而我们的团队，我以为也恰是如此，从开始时的各自为阵到逐渐凝聚在一起，发挥各自的才能与作用，这个过程是漫长的，然而团队一旦形成，便会发现：我们的每一次合作都可以达到远超预期目标的效果。研究会的影响从我们这里生发、拓开，逐渐辐射到全市甚至外省市，这让我想到看过的一个关于宇宙辐射的视频，从一个原点，辐射可以到达几十万光年外的宇宙空间，观看视频时感受到的是一种强烈的震撼，而研究会发展速度之快带给我的几乎也是这样的震撼。

在研究会发展的过程中，一位位杰出的语文人不断加入并发挥出了他们的最大影响：景明副会长、王红燕副会长从最初的观望或是象征性地出席一下会议到真正为研究会的发展出谋划策，鼓励我们不断努力，平陆郭世永校长自研究会成立便坚定支持并予以各种形式的最切实的帮助，芮城李亚鹏主任、胡颖丽老师的无私付出，以及在我离开后也加入了这个大团队中的刘荣艳校长等等。我一直以为，一个优秀的团队的负责人最应该做的事情便是搭建舞台，让其中的每个人都可以在这个舞台上起舞并可以收获满满的欣赏与赞美，继而吸引更多的人加入，而不是由谁来唱主角。这让我想到当年的邺下文人集团，作为政治领袖的曹操竟可以让这些当世最优秀最具个性的文人服膺于他，这需要怎样的胸怀和气度啊，而这些文人，也正是在曹操为他们搭建起的舞台上舞出了文学史上的一方天地。我之仰视曹操，既非他的历史功绩，亦非他的诗文，而恰是这样的一种胸怀，我期望自己也可以成为这样的搭建舞台的人，而非那个舞台中央的人。

这一点，是从研究会初创时我便一直秉持的理念。事实上，这也是我现在所做的工作的基本出发点。然而正是研究会在发展得最顺风顺水的时期，我却选择了离开。自然，我以为离开并不意味着退出，而是一种深潜，期待深潜后的跃起会更引人。然而，当自己因承担了太多的事务性的工作而无暇深潜的感慨弥上心头时，我也发觉自己只能在一旁为研究会持续的成长而欢呼却无力参与，就如长大的孩子在转角处用背影告诉你：不必追！

然而，尽管伤痛，天下所有的母亲依然会满怀幸福地祝愿转角处的孩子越走越平稳、越走越坚定，而这也正是我对研究会的寄望。同时，我也很想以自己的努力来增强研究会的实力，因为我期待，终有一天，地域不再成为它发展的屏障。